F. G. Klimmek
Asche und Staub

Vom Autor bisher bei KBV erschienen:

Wie die Fliegen
Schnee von gestern
Der Raben Speise
Des Satans Schatten
Tod mit Moselblick
Ein Fisch namens Aalbert
Mach's noch einmal, Aalbert
Asche und Staub

F. G. Klimmek, geboren 1949 in Wanne-Eickel, ist Rechtsanwalt, nebenher hat er sich der Herpetologie (Kriechtierkunde) verschrieben und ist ein profunder Kenner der Kriminalliteratur Sir Arthur Conan Doyles.
Homepage des Autors: www.das-kriminalmuseum.de

F. G. Klimmek

Asche und Staub

KBV

Originalausgabe

www.kbv-verlag.de
E-Mail: info@kbv-verlag.de
Telefon: 0 65 93 - 99 86 68
Fax: 0 65 93 - 99 87 01
Umschlaggestaltung: Ralf Kramp
unter Verwendung einer Fotografie von F. G. Klimmek
Redaktion: Volker Maria Neumann, Köln
Druck: Aalexx Buchproduktion GmbH, Großburgwedel
Printed in Germany
ISBN 978-3-942446-26-6

Der letzte Feind, der vernichtet wird, ist der Tod.

Korinther 15,26

Man erreicht mehr mit einem freundlichen Wort
und einer Pistole als mit einem freundlichen Wort alleine.

Al Capone

Es treten auf

Karl-Heinz Schmidt (Ich)
ein deutscher Frührentner mit 13 Kilo Übergewicht

Harry Vanderkerk
ein holländischer Journalist mit 30 Kilo Übergewicht

Carolus Augustus Meteren
lebt durch Kunsthandel sehr gut

Ewgenij Mostowoi und Alexej Bucharin
sterben durch Kunsthandel sehr schnell

Bertram und Kees
zwei treue Diener eines Herrn

Vitali Beresow
ein nicht ganz so treuer Diener zweier Herren

der Usbeke
ein Freund der Tiere

Michail Tal
ein umgänglicher Geheimdienstler

Ilja Scholochow
macht bei einer Ikone einen großen Fehler

Jan de Groot
ein Kellner mit einer tödlichen Geschäftsidee

Willem Niezen
ein nur bedingt einsetzbarer Neffe

Prolog

KNOCHEN ZU ASCHE

5. April 1970

Für den Rest der Menschen in der DDR war es ein ganz normaler Tag. Aber nicht für die russischen Soldaten Gumenjuk, Schirokow und Oberst Kowalenko, die sich in Begleitung des KGB-Offiziers Scholochow in der Umgebung von Magdeburg dem Ufer des Flüsschens Ehle näherten. Ihre Aufgabe war so simpel, dass es auch für sie ein ganz normaler Tag hätte werden können. Sie sollten nur einen Sack voll Asche in das Wasser streuen. Ganz und gar nicht normal war allerdings der Umstand, dass die Asche von sieben Leichen stammte, zwei Frauen und fünf Kindern, deren Skelette man tags zuvor ausgegraben und dann verbrannt hatte. Und das wahrhaft Außergewöhnliche daran war, dass der Befehl zu der Aktion auf Anordnung des KGB-Chefs Juri Andropow und mit ausdrücklicher Billigung des Parteivorsitzenden Leonid Breschnew ergangen war.

Sie erledigten ihren Auftrag ohne Schwierigkeiten.

Vielleicht wäre auch danach alles glatt verlaufen, wenn nicht jemand auf die Idee gekommen wäre, den ziemlich mickrigen Aschehaufen mit anderem Material aufzustocken. Eine Idee, die vierzig Jahre später etliche Menschen das Leben kosten sollte.

* * *

4. August 2001

»Na, hast du dich mal wieder toll amüsiert mit dem doofen Opa und euren blöden Märchenspinnereien?«

Es war ein Tag, wie die Urlauber in Egmond aan Zee ihn liebten. Der Himmel über Nordholland strahlte in einem kräftigen Blau, getupft mit vereinzelten Wolken, die zu weiß blendeten, um natürlich sein zu können. Von der ruhigen See strich ein kühler Wind herein, der bei einer Temperatur von 28 Grad schon wieder als angenehm empfunden wurde.

Trotzdem hatte Willeke schlechte Laune, sehr schlechte sogar. Sie war seit vier Stunden im Dienst, und auf ihrem Terrassenabschnitt hatten bis jetzt erst sechs Leute Platz genommen. Die Einführung des Euro zum 1.1.2002 warf ihre Schatten voraus, und das sich abzeichnende Bestreben der Gastronomie, in den Speisekarten nur das Guldenzeichen zu ersetzen und die Ziffern davor unverändert zu übernehmen, hatte die Spendierfreudigkeit der Touristen schon jetzt auf ein Minimum sinken lassen. Die Trinkgeldausbeute der jungen Kellnerin, die sich hier im *De Boei* an den Wochenenden zu ihrem Taschengeld etwas dazuverdiente, war aber selbst für die aktuellen Verhältnisse mit ganzen 85 Cent Tagesausbeute ausgesprochen miserabel.

Hinzu kam, dass der von ihr so vehement angeschmachtete Kollege Jan de Groot kein Auge für sie hatte. In ihrer Klasse galt sie als das schönste Mädchen, das sich über einen Mangel an Verehrern nicht beklagen konnte. Aber dieser dämliche Kerl beachtete sie gar nicht und plauderte lieber mit irgendwelchen Gästen über irgendwelche idiotischen Themen. Okay, Jan, der hier die Zeit zwischen Abitur und dem beabsichtigten Biochemie-Studium überbrückte, sah ebenfalls gut aus, war immer freundlich, hatte von zu Hause aus einiges an Geld und machte das hier mehr zum Zeitvertreib. Der kam bei allen Weibern gut an. Und trotzdem, das konnte doch nicht sein, dass er es vorzog, mit fremden Leuten zum tausendsten Mal über seinen beknackten Lieblingsfilm *Jurassic Park* oder die eklige Klonmaus mit dem Menschenohr auf dem Rücken zu labern, als sich mit ihr über die Discoszene im nahen Amsterdam zu unterhalten. – Irgendetwas konnte mit dem Typen nicht stimmen.

Jan, das Tablett mit einem gerade abgeräumten Kaffeegeschirr noch in der Hand, lächelte milde aus seiner Höhe von knapp Eins-neunzig auf sie herab. »Das ist ein netter, älterer Herr mit einer sehr komplexen Allgemeinbildung ...«

Ihr wurde schmerzlich bewusst, dass sie nur den Volksschulabschluss hatte. Vielleicht zählten für Jan ihre sonstigen, nicht zu übersehenden Vorzüge nicht so viel?

»... und kein doofer Opa. Er ist Russe, spricht aber perfekt deutsch, weil er jahrelang dort stationiert war, wie er sagt. Und das, was für dich eine Märchenspinnerei ist, sind klassische, griechische Sagen, die mit Sicherheit in vielen Punkten einen ganz realen Hintergrund haben. Gott sei Dank macht die Wissenschaft durch die Computertechnologie jetzt auf allen Sektoren Riesenfortschritte.« Sein Lächeln wurde um einiges breiter und auf die von ihr so gehasste Weise gönnerhaft. »Daher gebe ich die Hoffnung nicht auf, dass eines Tages auch du die Beweise dafür akzeptieren musst, dass es Wichtigeres gibt als Herumgehopse in Amsterdam und die neuesten HipHop-Klamotten.«

Sie wie eine kleine, bescheuerte Tussi zu behandeln! Dafür hätte sie ihn erwürgen können. »Ja klar, ich bin ja nur ein blödes Kind, ja klar. Aber du, Meneer Superschlau, du bist ja wohl selber schon so weit, dass du dir aus so 'ner Bernsteinfliege 'nen totalen Saurier züchten kannst, oder? Über solchen Scheiß hast du doch eben mit dem Opa wieder gequasselt, oder nicht? Der Opa mit dem Märchenbuch, ich fass es nicht. Hat er sonst nichts zum Lesen, ist das sein einziger Schmöker? Oder warum greift er sich sonst die Zeitungen, die die Leute liegen lassen? Ist dein eigener Tyrannus bald fertig, oder wie der da heißt? Habt ihr euch ...«

Jans Lächeln geriet um eine Idee steifer. »Erstens, wie oft soll ich dir noch sagen, dass es sich nicht um Märchen handelt, sondern um Sagen des klass...«

»Ich weiß! *So* doof, wie du immer tust, bin ich auch nicht. Habt ihr ...«

»Und zweitens finde ich es völlig in Ordnung, wenn sich jemand in diesem Alter noch für das Geschehen in der Welt interessiert. Warum soll er dafür überflüssig Geld ausgeben, wenn die Zeitungen hier herumliegen und abends sowieso weggeschmissen werden? Außerdem hält ihn das geistig fit, etwas in einer fremden Sprache zu lesen.«

»Habt ihr euch schon überlegt, wann ihr auf dem Vieh durch Egmond reitet?«, fragte sie.

Jan warf einen kurzen Blick auf den alten Mann, der, zurückgelehnt in seinem Stuhl in der äußersten, linken Ecke des gläsernen Wintergartens, den Blick starr auf den gegenüberliegenden Abgang zum Meer gerichtet hielt. »Du hast keinen Grund, dich hier so kindisch aufzuführen. Nur, weil du etwas nicht begreifst, muss das noch lange nicht ... Ich komme sofort!«

Auf der rechts vom Haupteingang gelegenen Seite wollte eine Familie zahlen, was angesichts des Umstandes, dass der jüngste Spross diese letzte Gelegenheit nutzte, ein gläsernes Windlicht vom Tisch zu reißen, inklusive Schadensbehebung fast zehn Minuten in Anspruch nahm.

Als Jan wieder zurück war, hatte der Gesichtsausdruck bei Willeke von wütend auf besorgt gewechselt. »Du, ich glaub, dein Opa da, der sieht so aus, als würd der jeden Moment den Löffel abgeben. Erst hat er wer weiß wie lange so laut gelacht, dass es schon peinlich war. Der konnte sich gar nicht mehr beherrschen. Und dann hockt der auf einmal so da.«

Der alte Mann saß unverändert auf seinem Korbstuhl, doch schien seine Haltung jetzt irgendwie verkrampfter. Sein Kopf zuckte zentimeterweise vor, um endlich wieder in den Nacken zu fallen, während seine Augenlider flatterten. Unfähig zu sprechen und ohne ihn direkt anzusehen, winkte er Jan mit knappen Krümmungen seines Mittelfingers heran.

Der gab Willeke geistesgegenwärtig die Order, so schnell wie möglich einen Arzt herbeizuschaffen, und stand dann mit drei raschen Schritten neben seinem Gast. Wie so oft im Leben waren es die scheinbar unwichtigen Dinge, die er zuerst registrierte. Das von seiner Kollegin so verächtlich abgetane Buch lag auf dem Tisch, aufgeschlagen bei der Geschichte vom minoischen Labyrinth und dem darin hausenden, stierköpfigen Ungeheuer. Daneben lag die Ruhrgebietsausgabe der Bildzeitung mit den üblichen, reißerischen Aufmachern: UFO-Sekte in Kanada spielt verrückt, Porsche-Erlkönig in Arizona erwischt, schärferes Vorgehen gegen Asylmissbrauch bundesweit. Außerdem ging in Hamburg angeblich jeder zweite Mann fremd.

Jan de Groot musste sich hinunterbeugen, um den alten Mann verstehen zu können, der mit rechts seinen Arm umkrallt hielt und beständig nur das eine Wort murmelte: »Minotaurus.« Dabei zeigte seine andere Hand aber nicht etwa auf das aufgeschlagene Buch, sondern klopfte mit Nachdruck auf die Zeitung.

1. TEIL

ASCHE ZU ASCHE

1. Kapitel

Ich wusste haargenau, dass mir ein Spaziergang zum Strand eine miserable Stimmung bescheren würde – und wahrscheinlich habe ich ihn genau deshalb unternommen.

Die ersten fünfzig Schritte aus meinem Haus hätte ich am liebsten mit verbundenen Augen gemacht, um die steingewordenen Misthaufen nicht sehen zu müssen, die man vor der Aussichtsdüne am Zeeweg errichtet hatte. Früher hatte dort eine Reihe eingeschossiger, hutzeliger Häuschen gestanden mit einer ausladenden Rasenfläche davor und winzigen, aber liebevoll gepflegten Gärten dahinter, deren vielfarbige Blütenpracht selbst den abgestumpftesten Plattenbaubewohner zu einem überzeugten Hobbyfloristen missioniert hätte. Aber diese Schmuckstücke mussten dem hemmungslosen Gewinnstreben einiger Profitgeier weichen, die unter dem alles absegnenden Oberbegriff einer »Seniorenresidenz für höchste Ansprüche« an ihre Stelle eine zum Strand hin Stockwerk um Stockwerk anwachsende Gelddruckmaschine gesetzt hatten, eine Mischung aus Flugzeughangar und Tennishalle, architektonisch subtil in das Ortsbild eingefügt wie eine tote Weinbergschnecke in eine Schwarzwälder Kirschtorte. Alle Einfamilienhäuser der näheren Umgebung, und also auch meines, waren damit auf einen Schlag nur noch die Hälfte wert. Dabei durfte man sich noch glücklich schätzen, wenn das eigene Domizil nicht enteignet wurde, um Parkplätze zu schaffen, auf denen die HellsGrannies von gegenüber ihre Rollatoren abstellen und, mit einer Flasche Doppelherz in der Hand lässig an ihre chromblitzenden Geriatriechopper gelehnt, darüber beratschlagen konnten, wie man mit den Dingern kleine

Kinder am effektivsten vom Bürgersteig in den Straßenverkehr drängte oder alten Hunden über den Schwanz fuhr.

Zu allem Überfluss hatten wir herrliches Wetter mit klarster Fernsicht. Das heißt, es blieb einem nicht einmal der Anblick dieser unsäglichen Riesenwindräder erspart, die sendungsbewusste Umweltschutzingenieure mit dem sublimierten Ästhetikgespür eines Kuckucksuhrendesigners in solcher Ufernähe ins Meer gerammt hatten, dass sie unweigerlich den Blick eines jeden Passanten auf sich zogen. Es waren zwar nicht sonderlich viele und sie erzeugten vielleicht gerade mal so viel Strom wie zehn austrainierte Goldhamster in ihren Laufrädern, aber hier in Egmond genügten jedenfalls die wenigen, das Seepanorama dauerhaft zu verschandeln.

Das reichte für heute, um von jeder weiteren pseudotouristischen Aktivität Abstand zu nehmen und in die Strandbude *De Zilvermeeuve* zu flüchten. Früher hatte ich mich hier oft wohlig im Korbsessel zurückgelehnt, um bei einem Gläschen Bokma den Sonnenuntergang zu genießen, der so kitschig schön war, wie man ihn bloß der Natur verzeihen konnte; denn mit dieser Farbintensität hätte er als Gemälde in einem typischen Ruhrgebietswohnzimmer nur zwischen die obligatorische Karstadtzigeunerin und den weintrinkenden Mönch gepasst. Heute musste ich mich mit dem Gesicht landeinwärts niederlassen, um mir die Windräder zu ersparen. Die aufgrund meiner verkehrten Sitzposition nunmehr vor mir liegende Düne verdeckte dabei gnädig den Ausblick auf das Kennedyflat, einen langgezogenen Backsteinkasten im verspielten Design einer ägyptischen Pyramide und voller 3-Zimmer-Eigentumswohnungen, zu deren Erwerb man den Inhalt eines ungeplünderten Pharaonengrabs benötigte.

Das war verdammt starker Tobak für einen Nordseeenthusiasten, der Egmond schon erlebt und lieben gelernt hatte, als man dort noch das Jazzfestival *Swinging Sails* veranstaltete, die Kneipen dunkel, klein und urwüchsig waren und die Tische von Orientteppichen in Fußmattendimension bedeckt wurden.

Als auch ein Heineken und ein junger Jenever es nicht schafften, meine miese Laune zu bessern, mir vielmehr eine zweite Bestellung noch intensiver verdeutlichte, was hier alles gefährlich im Argen lag, hatte ich begriffen, dass mich langfristig etwas daran hindern würde, meinen alten Seelenfrieden wiederzuerlangen. Nur – lag das an Egmond, oder lag es an mir?

Ich wusste es auch nach einer dritten Lage nicht, kam aber immerhin zu der Erkenntnis, für die Lösung meines Problems in erster Linie einen Ortswechsel zu benötigen. Also rief ich bei mir zu Hause in Selm an, um meinen Nachbarn Hans nach dem Wetter zu fragen und mir einen Vorwand zu liefern, dort mal wieder nach dem Rechten zu sehen.

Das heißt, ich versuchte es. Als auch nach dem zwanzigsten Klingeln niemand dranging und selbst sein Anrufbeantworter nicht mit mir reden wollte, war klar, dass ich ihn heute nicht mehr erreichen würde.

Deshalb bestellte ich noch einen Absacker und hatte damit den Zustand erreicht, der mich eine knappe Stunde später zu Hause vor dem Bildschirm gnädig eindämmern ließ.

* * *

Der nächste Tag brachte strahlenden Sonnenschein, eine angenehme Brise und mir die Vermutung, dass ich mit Egmond vielleicht doch ein wenig zu hart ins Gericht gegangen war und es eventuell eine zweite Chance verdient hatte. Getragen von einem Bestreben nach Gerechtigkeit und in

Erinnerung an die alten, glücklichen Zeiten machte ich mich wieder auf den Weg zum Strand, um meine gestrige Einstellung auf der Basis eines verstärkten Bemühens um Vorurteilsfreiheit erneut zu überdenken.

Ein großer Fehler, wie ich schnell erkennen musste.

Es war nämlich Wochenende, und das lockte immer noch die finanziell Bessergestellten meiner Landsleute an die holländischen Küsten, die es sich trotz der heimatlichen Hartz-IV-Zeit und der exorbitanten Spritpreise leisten konnten, hier in der düstersten Spelunke 17,50 Euro für Spare ribs auf den schmuddeligen Tisch zu legen, ein Gericht, das in den Ruhrgebietszoos den Hyänen vorbehalten war. Alles keine Rucksacktouristen mehr und auch keine Späthippies, sondern mittelalte Typen im 5er-BMW oder Familienvan.

Das wäre, für sich genommen, gar nicht so schlimm, wenn diese Gestalten nicht meinten, ohne Rücksicht auf etwaige Ästheten ihre Wohlstandsfiguren in knappsten Strandklamotten präsentieren zu müssen. Bei den Kerlen, deren Badehose man nicht erkennen konnte, weil der Bauch darüber hing, war das Haar vom Kopf auf Brust und Rücken gewandert, wo es nicht nur jede Menge Platz fand, sondern auch den grässlichen Proletengoldkettchen ausreichend Gelegenheit bot, sich im schweißigen Borstengestrüpp zu verfangen. Das endgültige Entschwinden ihrer Jugend unterstrich jeder dritte dieser vergilbenden Mister Strandgeflüster noch dadurch, dass er sich einen Ludenbrilli ins Ohrläppchen hatte tackern lassen. Und war versehentlich mal ein Bursche mit einem akzeptablen Körperbau dazwischengeraten, stolzierte er herum, als wären seine Eier von Fabergé.

Natürlich sah ich selber um keinen Deut besser aus als das Gros der Bande, aber immerhin zeigte ich mich nicht in derart schamverletzender Manier.

Die weibliche Klientel bestand im Wesentlichen aus zwei Sorten, die als gemeinsames Merkmal eine umfassende Schwabbeligkeit auszeichnete. Die eine hatte sich bereits im Sonnenstudio vorbraten lassen und präsentierte eine Haut von Farbe und Beschaffenheit einer weggeworfenen Aktentasche. Die andere war käsebleich und auf dem Badetuch meistens in Bauchlage, um ihre vermeintliche Erotik durch ein auf das Schulterblatt tätowiertes Fabeltier zu signalisieren. Diese Spezies erinnerte mich fatal an gestempelte Schweinehälften.

Nicht zu vergessen ihre sirenengleichen Kreisch- und Quengelblagen, gegen die jeder verhaltensgestörte Rottweiler pflegeleicht erscheinen musste. Was mich an dieser Brut am meisten verwunderte, war der Umstand, dass diejenigen, die von den augenscheinlich gebildeteren Eltern abstammten, sich schlechter benahmen als die Malocherkinder. Wahrscheinlich lag es daran, dass von einem Tritt mit einem Bauarbeiterstiefel eine länger anhaltende pädagogische Wirkung ausging als von einem mit einer Bad Wörishofener Fußbettsandale. Ich schloss Augen und Ohren so gut es ging, bestellte mir aus medizinischen Gründen eine doppelte Dröhnung, spülte damit all die dummen Gedanken an Gerechtigkeit und Vorurteilsfreiheit hinunter und versuchte es noch einmal mit einem Anruf bei Hans. Gott sei Dank war er da, konnte aber nur von orkanartigen Böen und Dauerregen in der Heimat berichten. Also blieb mir nichts anderes übrig, als meine sofortige Abreise auf unbestimmte Zeit zu verschieben.

Ein ganz großer Fehler, wie sich in naher Zukunft herausstellen sollte.

* * *

Drei Tage später hatte sich an der nordrhein-westfälischen Wetterlage immer noch nichts geändert, die uns allerdings großzügig einen Ableger spendiert hatte, der auch Egmond unter seine Knute und die Menschen in ihre Häuser zwang.

Es war später Nachmittag, das Licht trübe, und ich zu müde und zu desinteressiert, um etwas zu lesen. Also hatte ich rein mechanisch den Fernsehapparat angeschaltet, ohne mich vorher über ein spezielles Programm zu informieren. Natürlich brachten etwa achtzig Prozent der Sender um diese Zeit wieder die unvermeidliche Reklame, aber selbst die verlogenste Werbung schien noch das Ehrlichste an dem ganzen Glotzenprogramm zu sein.

Leider hatte ich Pech, denn die Spots wurden gerade mal wieder von einer idiotischen Kochsendung unterbrochen, in der die nur von eigenen Gnaden prominenten Pfannenschwenker bei der Zubereitung eines bärlauchgeschwängerten Vanillepuddings à la Pierre le Bourreau keine Mützen tragen mussten, weil sie sich zur Vervollkommnung ihrer Backpfeifengesichter die Schädel kahlrasiert hatten und für das klassische Haar in der Suppe mühelos mit ihren clownesken Ziegenbärten sorgen konnten. Anschließend gab es ähnlich gehaltvolle Sendungen wie »Eber sucht Sau« und »Mein erster eigener Stall«. Innerhalb kürzester Zeit war ich schon zu paralysiert, um die Fernsehkiste aus dem Fenster zu schmeißen, also schaltete ich einfach ab.

Ich musste anschließend auf dem Sofa eingenickt sein. Denn als ich durch ein Geräusch aufgeschreckt wurde, war es kurz nach 22 Uhr, und ich lag immer noch auf der Chaiselongue und nicht oben in meinem Bett. Zwar war ich noch einen Moment lang etwas benommen, doch sicher, als Ursache meines Erwachens die Türklingel ausgemacht zu haben, die sich nun jedoch ausgesprochen zurückhaltend zeigte. Welcher Trottel war bei einem solchen Wetter um diese Zeit unterwegs, um dann bereits nach einem einzigen Versuch aufzugeben?

Ich schlurfte trotzdem zum Eingang, vor dem erwartungsgemäß niemand mehr zu sehen war. Als ich die Tür wieder schließen wollte, verklemmte sich darunter ein unfrankierter, bräunlicher Umschlag in DIN-A4-Größe, der bei meiner Heimkehr noch nicht dort gelegen hatte. Also war der Bote nicht unverrichteter Dinge gegangen.

Wenn sich jemand in der Nacht und bei diesen Witterungsbedingungen auf den Weg gemacht hatte, musste der Inhalt von Wichtigkeit sein. Daher trat ich kurz in den Regen hinaus, um wieder einigermaßen klar im Kopf zu werden, und widmete mich dann am Küchentisch meiner Eildepesche, der ich mit einem Brotmesser als Brieföffnerersatz zu Leibe rückte. Aus dem Umschlag fielen ein kaum beschriebenes weißes Blatt Papier und eine Fotografie in der Größe 13 mal 18. Das Foto zeigte zwei Männer. Es war grobkörnig, was auf einen hochempfindlichen Film schließen ließ. Außerdem war es auch nicht hundertprozentig scharf. Trotzdem konnte man alles Wesentliche erkennen. Das Aufnahmeobjektiv war unzweifelhaft ein Tele mit extremer Brennweite gewesen. Genauso unzweifelhaft war der eine Mann tot, der, der am Boden lag und dem ein Arm und ein Bein fehlten. Der andere stand mit einer Schaufel in der Hand daneben und buddelte ein Loch für die Leiche.

Der Mann mit der Schaufel war ich.

Ich musste mich setzen. Ach, du Scheiße! Das Bild haute mich mehr um als eine Steuerrückerstattung.

Die Szenerie war mir trotz meiner aktuellen Benommenheit sofort klar. Das da war vor einigen Jahren passiert, auf Vogelsplein, als zwei schwule Killer den Vogelwart und mich umbringen wollten und wir sie uns mit viel Glück und einer versehentlich ausgelösten Explosion vom Hals halten konnten. Die Leichen hatten wir im Meer versenkt – heimlich, wie wir meinten. Und eine wurde wieder angespült, die ich dann vergraben hatte – noch heimlicher, wie ich meinte[1]. Aber das war wohl mein höchstpersönlicher Millenniumsirrtum.

Ich hatte keine vorbeifahrenden Boote bemerkt, da war ich mir hundertprozentig sicher. Der Fotograf musste also mit einer Spitzenoptik und einem verwindungsfreien Stativ von Texel aus gearbeitet haben.

Wie auch immer, das Bild existierte, und das war schlimm genug. Wir hatten keinen Mord vertuscht, nur versucht, unser Leben zu retten. Und das so dilettantisch, dass die Angreifer mehr durch einen Unfall als unser Zutun ums Leben kamen. Aber wir hatten nichts der Polizei gemeldet, und ich war in diesem Lande auch weiterhin nur ein geduldeter Tourist. Nein, diese Sache durfte auf keinen Fall an die große Glocke gehängt werden. Ich musste mich zwangsläufig mit dem Fotografen einigen, so oder so.

Das machte es erforderlich, mich mit dem kurzen Begleitschreiben näher zu befassen.

Das Papier war Massenware, wie man sie in jeder Bürobuchhandlung, jedem Copyshop und sogar jedem zweiten Supermarkt bekam. Der Text der Nachricht stammte von einem Laserdrucker und war nicht dazu angetan, die geistige Kapazität eines durchschnittlich Intelligenten zu überfordern: *Morgen um 17.00 Uhr.*

Ich hatte mehr erwartet. Etwas in der Art von *Halten Sie 100.000 bereit in kleinen, nicht fortlaufend nummerierten Scheinen!* und vor allem den Zusatz *Keine Polizei!* Insofern war die lapidare Zeitangabe, die an kein Postulat geknüpft war, mehr als rätselhaft für mich.

[1] Siehe F. G. Klimmek, *Wie die Fliegen*

Vernünftigerweise wartet man in einer solchen Situation ab, trinkt einen Tee, und prüft, ob in dem entsprechenden Sprichwort ein Fünkchen Lebensweisheit steckt. Aber so einfach ist das alles nicht, wenn es einen selber betrifft.

Ich zermarterte mir das Hirn, was hier vor sich ging und was für ein Zweck damit erreicht werden sollte. Dass ein solches Foto gemacht worden war, konnte nichts anderes als reiner Zufall sein. Aber wieso tauchte das Bild erst jetzt auf, nach so vielen Jahren? Auch das nur reiner Zufall? Oder kluge Berechnung des Fotografen, der mit seinem goldenen Schuss in petto nach Gutdünken abwarten und mich in Sicherheit wiegen wollte, bevor er mit seiner Erpressung aus dem Gebüsch kam? Oder hatte der Mann mit der Kamera gar nicht gewusst, was er da in Händen hatte, und ein Dritter hatte nun die Bedeutung der Aufnahme erkannt? Oder war ... oder hätte ...?

Als ich den ersten Schluck von meinem inzwischen kalten Tee nahm, stellte ich fest, dass er nach überhaupt nichts schmeckte. Wenigstens ein Geheimnis, das ich schnell lüften konnte: Ich hatte vergessen, den Beutel in die Tasse zu tun. Stattdessen Fragen über Fragen, auf die ich auch keine Antwort wusste, nachdem ich mich im Bett die halbe Nacht lang von einer Seite auf die andere gewälzt hatte.

Irgendwann schlief ich trotzdem ein, ratlos und erschöpft.

* * *

Ich war spät wach geworden und fühlte mich nicht im Mindesten erholt. Ganz im Gegenteil. Die Ungewissheit, was da auf mich zukommen würde, brachte mein Nervenkostüm so in Unordnung, dass ich meinen täglichen Einkauf wie ferngesteuert erledigte. Zu Hause hatte ich das Fernsehgerät bestimmt zwanzigmal ein- und ausgeschaltet, ohne mich an eine einzige Sendung erinnern zu können.

Und zu meiner großen Überraschung war es dann doch irgendwie fünf Uhr geworden, als es klingelte.

»Ihr Wagen steht bereit, Herr Schmidt.« Es war das neueste Modell eines Audi A8 in einem dunklen Perlgrau, das vor der Stadtbücherei auf dem Zeeweg stand, weil alle Parkplätze in der Torensduin besetzt waren. Der Anzug des Mannes, der mich vor meiner Haustür unter einem für zwei Personen ausreichend dimensionierten Regenschirm erwartete, hatte dieselbe Farbe. Der Schirm übrigens auch.

Ich hatte nichts Besseres auf Lager als ein »Danke!«, dann marschierte ich neben ihm her, als wäre er mein Chauffeur, der den Generaldirektor Karl-Heinz Schmidt nach einem mit Geldzählen angefüllten Tag zum Entspannen in den Golfclub abholte. Doch auch als ich mich als einziger Passagier auf die Rückbank fläzen und mir Joe Cocker in gemäßigter Lautstärke anhören durfte, hatte ich immer noch dieses Grummeln im Bauch.

Wir waren bereits an Alkmaar vorbei und auf der A7 in Richtung Hoorn, als mir die intelligente Frage »Wo fahren wir eigentlich hin?« einfiel, die ich nur noch durch »Und vor allem, zu wem?« toppen konnte. Ich sah seine Augen im Rückspiegel.

Sein Erstaunen war das eines Priesters, der nicht fassen konnte, dass ein gerade entdeckter Indiostamm aus dem Amazonasdschungel noch nie etwas vom Papst gehört hatte. Doch er bekam sich schnell wieder in den Griff. »Oh, entschuldigen Sie meine Fehlinterpretation der Situation. Ich habe Sie für einen Bekannten respektive einen Geschäftsfreund von Meneer Meteren gehalten. – Meneer Meteren ist, nun, man kann wohl sagen, einer der bekanntesten, nein, besser bedeutendsten Kunst- und Antiquitätenhändler Europas.

Ich darf wohl ohne Übertreibung behaupten, dass er als ein Spezialist von internationalem Ruf für die Beschaffung seltener Artefakte gilt. Verzeihen Sie, dass ich mich getäuscht und Sie für einen Kunden gehalten habe. – Ich soll Sie übrigens nach Elburg bringen.«

Ich ein potentieller Käufer von wertvollen Raritäten? »Machen Sie sich keine Gedanken. Es schmeichelt mir ungemein, für ein Mitglied einer Kaste gehalten zu werden, die sich solche Kunstschätze leisten kann.« Okay, ein bisschen was, vielleicht sogar ein bisschen mehr, hatte ich seit meinem Abenteuer um Vogelsplein auf der hohen Kante, sprich auf der Rabo-Bank in Alkmaar. Aber weil ich mir in verbissener Selbsthypnose eingeredet hatte, dass mein Leben noch lange währen würde, ging ich nicht allzu verschwenderisch mit meinen Rücklagen um. Für eines der Meisterwerke von van Gogh hätten sie ohnehin nicht gelangt, und mit dem Ankauf eines seiner Pinsel würde ich mich nicht zufrieden geben.

Er wusste offenbar nicht, ob er meine Antwort für bare Münze nehmen sollte, was mir für die nächsten Minuten sein Schweigen eintrug. Möglicherweise sinnierte er darüber, welcher Sorte von Mensch ich denn dann zuzurechnen war.

In Enkhuizen fragte er mich, ob wir kurz haltmachen und er etwas zum Essen besorgen könnte, was ich als aktuellster Gast des »bedeutendsten Kunst- und Antiquitätenhändlers Europas« huldvoll gestattete, zumal er mir ein magenfreundliches Krabbenbrötchen mitbrachte und ich bei dieser Gelegenheit erfuhr, dass er Bertram hieß. Nicht Meneer Bertram, einfach nur Bertram. Vielleicht hielt er sich für das holländische Gegenstück von McGill, wenn ich auch keinen Koffer bei ihm bemerkt hatte.

Nach dem Imbiss war mir entschieden wohler, und als auf der Weiterfahrt Rod Stewart zum Zuge kam, während der

Regen beruhigend auf das Dach trommelte, ertappte ich mich dabei, dass ich beinahe anfing, die Situation zu genießen. Aber nur so lange, wie ich nicht an das Foto dachte.

Wir kamen von Norden nach Elburg rein, ein Örtchen, das sich auf meiner Favoritenliste befand, seit ich zum ersten Mal da gewesen war. Elburg Vesting, genauer gesagt; denn das Dorf drumherum ist ein ausdrucksloses Neubauviertel ohne jedes Flair, mit dem die dort lebenden Niederländer den architektonischen Beweis antraten, dass sie sich dafür schämen, keine Deutschen zu sein.

Elburg Vesting dagegen war ein einziges, überdimensionales Freilichtmuseum. Nicht so extrem wie Volendam, wo die Leute in Trachten herumliefen und sich selber spielten – aber immerhin. Alles war urtümlich und antik, und was nicht so war, gab sich zumindest Mühe, so zu wirken. Die Aalräucherer bezeichneten sich auf handbeschriebenen Schiefertafeln als die einzig wahren ihrer Zunft und ließen ihre Verkaufsgespräche an den langen Theken ihrer niedrigen Katen aus unsichtbaren Lautsprechern von James Lasts *Biskaya* untermalen, bei der Stadtverwaltung bekam man einen kartografischen Rundgang zu allen Sehenswürdigkeiten, und vor dem Stadttorturm im Norden gab es an der Stirnseite des Yachthafens einen funktionstüchtigen Pranger, an dem Heiratskandidaten beim Bemühen um originelle Hochzeitsfotos ihre Auserwählte vor der finalen Unterschrift zum letzten Mal in ihrem irdischen Dasein als hilflose Frau erleben konnten.

Genau hier hatte ein Plattbodenschiff der obersten Größenordnung festgemacht, das den Namen *Mona Lisa* trug, was mich angesichts der Profession seines Eigners nicht überraschte. Ich war zwar nur eine »ssstinkige Landratte«, wie Hans Albers es einst so treffend formuliert hatte, aber immerhin wusste ich, dass auf so einem Kahn für eine gewisse Zeit über dreißig Leute untergebracht werden konnten, ohne sich dabei wie die Sardinen in der Büchse zu fühlen. Für einen alleine musste es sich darauf höchst komfortabel leben lassen, wenn er sich bei seinen sportlichen Ambitionen auf die Anschaffung eines Snookertisches beschränkte.

Den Beweis dafür bekam ich geliefert, nachdem Bertram mich gut beschirmt über das vom Regen schlüpfrige Oberdeck zu einem Niedergang geleitet hatte, der durch einen mahagonigetäfelten Korridor in einen Salon führte, der diese Bezeichnung voll und ganz verdiente. Alles hier war dunkelgrünes Leder, Messing und wieder Mahagoni. Zwei Vitrinen an den Wänden, in einer ältere, aber durchaus gebrauchstüchtige Faustfeuerwaffen wie Bulldog- und Lefaucheux-Revolver sowie drei vorsintflutlich anmutende Gewehre mit überdimensioniertem, formlosem Kolben, in der anderen kleine Elfenbeinschnitzereien, die erotische Szenen darstellten. Dazwischen hingen mehrere goldgerahmte Fotos, die vor imposanten Gebäuden oder in Museumshallen immer denselben kleinen Mann zeigten, wie er anderen, ebenfalls zufrieden dreinblickenden Menschen die Hand schüttelte. Die Regale darunter waren angefüllt mit Bildbänden über Kunst, Künstler und Museen, die Schiffsbar in der Ecke entsprach in ihren Abmessungen der eines Hundert-Betten-Hotels, und der Tisch mit seinen acht Stühlen hätte auch in einem Konferenzsaal nicht mickrig gewirkt.

Ganz im Gegensatz zu dem Mann, der dahintersaß. Er war noch erheblich kleiner als auf den Bildern und konnte froh sein, sich bei diesem Wetter unter Deck zu befinden, der Wind hätte ihn glatt ins Hafenbecken geweht.

Als er sich von seinem Platz erhob, um mich zu begrüßen, waren es schmalbrüstige Eins-sechzig, die da vor mir standen. Gekleidet war er, als müsste er gleich an einer Aufsichtsratssitzung teilnehmen, nur dass der dazu passende, dezente Schlips seinen Platz an eine gepunktete Fliege hatte abtreten müssen. Seine Augen wirkten leicht vergrößert durch eine randlose Brille, die seine Weitsichtigkeit ausgleichen sollte, die glatt anliegenden Haare waren mittelblond. Sein Alter schätzte ich auf irgendwas zwischen zwölf und hundertzwanzig. Als er sich zu mir herüberbeugte, sah ich, dass er an einer Wirbelsäulenverkrümmung litt.

»Seien Sie herzlich gegrüßt, mein lieber Herr Schmidt, und verzeihen Sie mir gütigst die ungewöhnliche Art meiner Einladung. Aber wie ich über Sie gehört habe, sind Sie ein Mann, der das Außergewöhnliche zu schätzen weiß – bei den Luftbüchsen, die Sie gerade betrachtet haben, handelt es sich übrigens um echte Girandonis –, sodass ich diesen Weg gewählt habe, um Ihr Interesse an einem Besuch bei mir zu wecken.«

Nach diesen Worten klopfte er mit einem Knöchel gegen eine kleine Schiffsglocke, die an einem geflochtenen Tau von der Decke herab neben seinem Kopf hing, und auf ihren leisen Ton betrat ein gleichfalls in einen dunklen Anzug gekleideter Mann von holländischem Gardemaß den Raum und stellte mit einem genauso leisen »Alstublieft!« zwei Gläser Cognac vor uns hin, zwischen die er eine schmale, längliche Papiertasche legte, in der normalerweise ein Fotohändler entwickelte Diafime retourniert. Meteren beließ es mit Rücksicht auf mich beim deutschen »Danke, Kees!«, worauf der dienstbare Geist geräuschlos wieder in seiner Flasche verschwand.

Wir prosteten uns zu, und Meteren übernahm wieder die Gesprächsführung, wofür ich Unwissender ganz dankbar war.

»Lassen Sie mich vorab eine mögliche Unstimmigkeit ausräumen, die sich auf die Form meiner Einladung gründen könnte. – Bitte sehr.« Damit schob er mir die Tasche zu und lächelte mich erwartungsvoll an.

Ihr einziger Inhalt bestand aus einem Filmstreifen mit fünf Einzelaufnahmen. Drei davon zeigten verschiedene Krabbenkutter, eines einen Kite-Surfer, und das zweite von rechts Karl-Heinz Schmidt beim Verbuddeln von Blondies Leiche. Es war der Film, von dem der Abzug stammte, der mich um den Schlaf gebracht hatte.

Während ich noch bestrebt war, die Falten meiner gerunzelten Stirn zu glätten, holte er ein *Du Pont* aus seiner Tasche und legte es daneben. »Wenn es Sie beruhigt, können Sie das corpus delicti gleich hier an Ort und Stelle für alle Zeiten eliminieren. – Ich hoffe, ich kann Sie davon überzeugen, dass ich niemals die Absicht hatte, Sie zu erpressen oder etwas in dieser Art.«

Ich war so perplex, dass ich das Feuerzeug ignorierte und den Film mechanisch in meine Jacke schob. »Ich muss schon sagen, Herr Meteren, Sie verstehen es, den Leuten Rätsel aufzugeben.«

Mein Gastgeber ließ ein glucksendes Lachen hören. »Herrlich, dass Sie es so sportlich betrachten. Ich kann mich nur erneut bei Ihnen entschuldigen, falls ich Ihnen mit meiner etwas theatralischen Vorgehensweise ein paar grüblerische Stunden bereitet haben sollte. Aber manchmal kann ich einfach nicht aus meiner Haut. – Wissen Sie, ich betreibe nebenher unter anderen Namen einige Antiquitäten- und Kuriositätengeschäfte, da fallen meinen Mitarbeitern gelegentlich die ungewöhnlichsten Dinge in die Hände. In diesem Fall war es der komplette fotografische Nachlass eines sehr umtriebigen Knipsers, der sein gesamtes Bildmaterial peinlich genau sortiert, datiert und abgeheftet hatte. Da war es relativ einfach, konkrete Nachforschungen anzustellen. Trotzdem, bei Ihrem ziemlich unscharfen Bild war ich mir lange nicht sicher, was es genau darstellen sollte, bis sich nun die Gelegenheit ergeben hat, einen kleinen Versuchsballon steigen zu lassen. – Nun, der Film hat seinen Zweck erfüllt, Sie sind hier, und das ist das Einzige, was zählt.« Sein Mienenspiel bei diesen Worten erinnerte mich stark an die Katze aus *Alice im Wunderland*. Um das Bild rund zu machen, hätte er nur noch schnurren müssen. »Und da sich unsere Begegnung so erfreulich gestaltet, will ich gleich mit der Tür ins Haus fallen und Ihnen erklären, wofür ich Sie einspannen möchte: Sie täten mir einen großen Gefallen, wenn Sie für mich eine Ikone ankauften, völlig legal, versteht sich. Selbstverständlich stelle ich den Kaufpreis zur Verfügung ebenso wie ausreichende Spesen und, da Sie meines Wissens finanziell durchaus gut gestellt sind, als Dank für Ihre Unterstützung ein Stück aus meinem Raritätenfundus nach Ihrer Wahl. – Könnte das nicht eine reizvolle Unterbrechung der alltäglichen Langeweile für Sie darstellen? Es wäre für Sie eine völlig neue Welt, in der Sie sich da bewegten.«

»Moment, damit ich das richtig kapiere. Ich soll also für Ihr Geld einfach irgendeine Ikone kaufen, wie es im Grunde jedermann genauso könnte, sie bei Ihnen abliefern, und das war dann die ganze Schose?«

»Im Prinzip richtig – bis auf irgend*eine*. Es geht um eine bestimmte Ikone, die Schwarze Madonna von Illintsi. Sie dürfte sich gegenwärtig noch in Russland befinden, wird jedoch zusammen mit anderen Exponaten im Ikonenmuseum in Recklinghausen erwartet. Das Stück ist relativ jung, künstlerisch von eher mäßiger Ausführung, und für sich genommen von allenfalls geringem Wert. Ich will sie als Kernstück einer noch aufzubauenden Kollektion, die nach Fertigstellung in ihrer Gesamtheit allerdings sehr viel Geld einbringen wird, davon bin ich überzeugt. Mit anderen Worten, ich muss dieses Exemplar unbedingt haben. Sonst funktioniert mein ganzer Plan nicht.«

Ich wusste nicht, ob ich nicken oder den Kopf schütteln sollte. »Vielleicht bin ich ja ein bisschen dusselig, aber wenn das alles so simpel ist, warum kaufen Sie das Ding dann nicht einfach selber?«

»Wie ich schon sagte, das Ding ist besserer Kitsch und ohne die anderen Ikonen zur Zeit überhaupt nichts wert. Aber wenn ich mich offiziell dafür interessiere, ist auf dem Kunstmarkt der Teufel los. Weil mir da nämlich mein eigener Ruf im Wege steht, verstehen Sie? Jeder aus der Branche wird sofort vermuten, dass etwas Besonderes dahintersteckt, wenn sich Carolus Augustus Meteren einmischt, und dann ist das Geschäft im Eimer. Wenn ich anfange, Ikonen zu kaufen, um die man eigentlich einen Bogen machen müsste, werden alle kaufen, und dann schießen nicht nur die Preise in astronomische Höhen, dann wird es praktisch unmöglich, noch eine vernünftige Serie von Kunst aus den Schwarzen Dörfern zusammenzukriegen. Dann schnappt mir die Konkurrenz Stücke weg, von denen ich im Moment nicht einmal weiß, dass sie auf dem Markt sind oder wie ich an sie herankommen soll. Die haben schließlich auch ihre Beziehungen und Informanten.«

Ich nahm einen vorsichtigen Schluck aus meinem Schwenker und versuchte, als mitdenkender Zeitgenosse zu erscheinen. Schwarze Dörfer? Von Ikonen aus einem Negerkral hatte ich noch nie gehört, und sie boten auch jetzt keine Veranlassung, mir auf die Schnelle ein Bahnhofskioskwissen über diese Volkskunst anzulesen und mich anschließend mit einem Paperbackkenntnisstand zu brüsten, der mich um 18,90 Euro klüger gemacht hätte als die anderen Laien. Logisch denken konnte ich trotzdem noch – hoffte ich wenigstens. »Gut und schön, aber warum schicken Sie nicht einen Ihrer Angestellten als Strohmann? Die können doch unmöglich allen Ihren Konkurrenten von Person bekannt sein.«

»Weil Sie für diese Aufgabe der Idealtyp schlechthin sind. Erstens: keiner aus der Branche kennt Sie. Für die sind Sie der totale Außenseiter, der – ich hoffe, Sie verzeihen mir diese bildliche Darstellung – sich wohl nur deshalb spontan für russische Volkskunst begeistert, weil er tags zuvor eine Flasche Wodka Gorbatschow geleert hat. Zweitens: Die Ikonen gehen nach der Einfuhr direkt nach Recklinghausen ins Museum, wo sie den Hauptbestandteil einer Ausstellung über zeitgenössische religiöse Kunst aus Russland bilden. Es ist schon vorgekommen, dass so eine Präsentation zuletzt in eine Verkaufsausstellung umgewidmet wird, bei der der Erlös zwischen Aussteller und Museum geteilt wird. Andere Museen haben das schon mal getan, ob das in Recklinghausen auch so funktionieren könnte, weiß ich nicht. Aber wenn, dann sind Sie auf jeden Fall als Erster vor Ort. Selm, wo Sie wohnen, ist ja bloß ein paar Kilometer entfernt, also alles ganz normal, wenn Sie da auftauchen. Drittens: Ich werde ein paar Fäden ziehen, dass sich der Ramsch, der sich bei der Kollektion befindet, anschließend in Egmond wiederfindet. Die Recklinghäuser werden froh sein, wenn sie die künstlerisch minderwertigen Dinger los sind und sich nicht länger damit blamieren müssen. Die wussten ja gar nicht, auf was sie sich da eingelassen haben, als die den Deal mit den Russen gemacht hatten. In Egmond finden jedenfalls im Saal der Kirchengemeinde auf der Julianastraat öfters Exhibitionen statt, zum Beispiel von Kunsthandwerk aus der dritten Welt und so. Und die Preise sind ausgesprochen moderat. Für die wären diese laienhaften Exponate genau das Richtige. Und Sie sind ja dann schon ein ausgewiesener potentieller Käufer, der obendrein von seinem Haus in der Torensduin nur um die Ecke zu gehen braucht. Dass Sie bei Ihren Hobbies, nun, sagen wir, gelegentlich ein wenig exzentrisch sind und obendrein auch das nötige Kleingeld haben, um ihnen zu frönen, ist ja nicht unbekannt. – Sie sehen, alles in allem die beste Konstellation, die man sich vorstellen kann. Sozusagen grenzübergreifend und obendrein völlig unspektakulär, verstehen Sie?«

Allmählich beschlich mich das Gefühl, dass der Typ über mich mehr wusste als ich selbst.

Während mein Hirn seine Ausführungen verarbeitete, war der Regen immer stärker geworden, und die anfänglichen Böen hatten sich zu einem soliden Sturm gemausert. Plötzlich gab es ein Geräusch, als würde Moby Dick mit seinem Schädel auf der Suche nach einer Schwachstelle an der Bordwand entlangscheuern, um uns am Ende mit einem Rammstoß auf den Grund des Meeres zu schicken. Meteren zeigte sich allerdings nur über meinen entsetzten Gesichtsausdruck beunruhigt. »Ach das? Das ist nur der Bugfender. Der Wind hat das Schiff in Richtung Kaimauer gedrückt.«

Na prima, die halbe Welt ging unter, aber es war nur der Bugfender. Der einzige Fender, den ich kannte, hieß Freddy, war ein Tex-Mex und sein größter Hit *Waisted days and waisted nights.* Aber ich hatte eben nur ein Landrattenwissen.

Und weil sich mein Wissen um Kunst und ihren Handel auf einem vergleichbaren Niveau bewegte, stellte ich Meteren die Frage, die meines Erachtens so deutlich auf der Hand lag, dass ich sie im Grunde schon viel früher hätte stellen sollen. »Bei Ihren Beziehungen, warum lassen Sie sich die Ikone dann nicht direkt aus Russland anliefern, ganz ohne Umwege?«

Meteren antwortete mit einem Anflug von Amüsiertheit in der Stimme. »Ja, das habe ich mich in vergleichbaren Situationen selber immer wieder gefragt. Aber für meine Methode gab und gibt es zwei gute Gründe. Mütterchen Russland hält nichts davon, seiner Kunstschätze und dessen, was man dort dafür hält, beraubt zu werden. Wenn auch nur der geringste Verdacht besteht, es könnte sich um Schmuggel handeln, ist der Deal geplatzt. Die Ware wird beschlagnahmt, und es kann Monate, oft sogar Jahre dauern, bis man die nötigen Nachweise erbracht hat, dass alles legal ist. Und wenn dann endlich die Freigabe erfolgt, fehlt die Hälfte der Stücke, und der Rest weist die eine oder andere Beschädigung auf. Zweitens lege ich größten Wert darauf, jederzeit die Echtheit meiner Objekte beweisen zu können. Dazu gehört in den meisten Fällen auch die lückenlose Dokumentation des Transportweges der Sachen. Vorliegend ist wichtig, dass sich die Ikone einmal nachweislich im Museum von Recklinghausen befunden hat, egal, wie lange, und egal, ob sie überhaupt ausgestellt worden ist.«

So viel Logistik bei einem Exponat, für das diese Vokabel eigentlich viel zu hochgestochen war? »Dann geht es hier also doch nicht um so ein simples Stück, das man praktisch als Dutzendware in jedem der exklusiveren Einrichtungshäuser kaufen könnte?«

Er seufzte zwar einmal, und das ziemlich tief, machte sich anschließend aber wieder daran, meinen laienhaften Geist zu erleuchten. »Doch, schon, aber es ist alles eine Frage der Zeit und des Timings. Sie müssen die Angelegenheit von der geschäftlichen Seite aus betrachten. Früher war das Verständnis von Kunst ein anderes. Bei Genies wie da Vinci oder meinem Landsmann Rembrandt war jedermann auf den ersten Blick klar, was für eine Qualität er vor sich hatte. Da mussten den Menschen nicht erst durch Sachverständige und schlaue Expertisen die Augen geöffnet werden. Die Zeiten sind vorbei. Auf dem aktuellen Kunstsektor gibt es nur sehr wenige, bei denen ›Kunst‹ noch von ›Können‹ kommt. Überwiegend Dilettanten, die sich in solche Augenwischerei wie

Videoinstallationen und Schrottplastiken flüchten. Heutzutage wird mehr denn je Kunst bzw. das, was als Kunst gilt, ›gemacht‹ – und zwar von Galeristen und Händlern, also Leuten wie mir. Das heißt, dieser Personenkreis legt fest, wer auf dem Markt einen Namen bekommt, wessen Werke in Museen landen, und letztlich, was dafür an Kaufpreis zu zahlen ist. – Nun, ich will nicht verleugnen, dass ich einer von jenen bin, die mit an dieser Schraube drehen, und ich bin soeben dabei, so ein neues Projekt zu starten, dank Ihrer Mithilfe, wie ich hoffe. – Haben Sie schon einmal etwas von den roten Wäldern gehört?«

»Rote Wälder? Meinen Sie diesen typischen Herbst in Kanada, diesen Indian Summer?«

Meteren schüttelte den Kopf.

2. Kapitel

Beresow kannte die roten Wälder. Er hatte sie noch mit eigenen Augen gesehen, als sie quasi über Nacht diesen eigentümlichen Farbton angenommen hatten und selbst die sonst so strahlend weißen Birken ihn an etwas Metallisches erinnerten. Natürlich hatte er sich erst Jahre nach dem Unglück in die Todeszone getraut, als er davon ausging, dass ein kurzer Besuch wohl keine Dauerschäden oder Siechtum mehr hinterlassen würde. Aber damals standen sie noch, diese einzigartig eingefärbten Bäume.

Mittlerweile gab es sie nicht mehr. Teils hatte der Lauf der Zeit sie beseitigt, teils waren sie auf Anordnung der Regierung gerodet worden. Die Natur war dabei, sich ihr Reich zurückzuerobern, aber trotzdem lag die Allgegenwart des Todes wie eine unsichtbare, doch spürbare Decke über dem Sperrgebiet, perfekt instand gehalten von seinen zuverlässigen Assistenten Caesium 137 und Strontium 90.

Beresow hatte den rot-weißen Schlagbaum hinter sich gelassen, an dem er statt einen Passierschein vorzuzeigen einen mit Dollarscheinen gefüllten Umschlag übergeben hatte. Zwar trug er immer vorsorglich seinen in einer sauberen Kunststoffhülle steckenden, alten KGB-Ausweis bei sich, aber wenn es sich machen ließ, bevorzugte er den heutzutage üblichen, unauffälligen Weg, sich Tür und Tor zu öffnen. Sein neuer Job, den er jetzt auch schon seit mehreren Jahren ausübte, war interessanter und weitaus besser bezahlt als sein früherer. Und seine von ihm selbst kreierte Berufsbezeichnung »Außendienstmanager« gefiel ihm so gut und erschien ihm dermaßen satirisch, dass sich selbst heute noch, wenn er sie einmal offiziell gebrauchen musste, ein schelmisches Funkeln in seinen Blick stahl.

Er befand sich nun innerhalb der Dreißig-Kilometer-Sperrzone auf dem Weg nach Illintsi, einem der sogenannten schwarzen Dörfer, die bei dem Reaktorunglück von Tschernobyl so heftig der Strahlung ausgesetzt waren, dass es der Regierung sogar zu gefährlich erschienen war, sie abzureißen.

Der Ort hatte auch zu seinen besten Zeiten nie mehr als eintausend Einwohner gehabt, aber jetzt, nach der zwar verbotenen, aber gleichwohl geduldeten Rückbesiedlung des Geländes waren es keine vierzig mehr. Ausnahmslos ziemlich alte Menschen, die schon 1986 alt gewesen und in ihren Ersatzwohnungen in der Stadt nicht zurechtgekommen waren.

Den Heimkehrern war es lieber, hier zu sterben, als anderswo zu leben. Sie kümmerten sich nicht um die Kontaminierung des Bodens. Größer als ihre Sorge, verstrahltes Gemüse zu essen, war die Angst, ihre armseligen Gärten könnten von Wildschweinen leergefressen werden, deren Rotten sich trotz aller Widrigkeiten der Umwelt ebenso wie ihre mutierten Mitglieder ständig vergrößerten. Angesichts einer staatlichen Rente, die sich deutlich unter einhundert Euro pro Monat bewegte, blieb nichts übrig für die Anschaffung eines ordentlichen Drahtzauns, sodass man sich mit dem behelfen musste, was sich in den vielen leerstehenden, verfallenen Hütten der Nachbarschaft abwracken ließ. Die Erfolgreichen fanden ausreichend Holz, das noch stabil und nicht vermodert war, die Glücklichen hatten sogar Metallbetten, Sprungfedern und Klappstühle auftreiben und daraus einen Verhau basteln können. Trotzdem blieben die Wildschweine die heimlichen Herrscher dieses Gebiets.

Beresow ließ seinen Toyota-Geländewagen mitten auf dem Fahrweg stehen, der früher einmal eine Straße gewesen war.

Längst war der Asphalt auf dem darunterliegenden Sandbett nur noch in kleinen Placken zu erkennen, krautige Vegetation hatte die Fahrspur mit einem verzerrten Schachbrettmuster überzogen, und die regelmäßig auftretenden Schlaglöcher würden jedem Pkw das Überleben schwer machen. Vermutlich würde tagelang kein anderer Mensch auftauchen, der mit einem Auto diesen Weg benutzen wollte.

Das einstöckige Haus auf der rechten Seite war das einzige bewohnte, so weit sein Auge reichte. Der Lattenzaun ringsherum war eingefallen, das Dach mit dreierlei Arten von Schindeln gedeckt, und die Äpfel, die im Garten noch an den Bäumen hingen, faulten fleckig vor sich hin.

Den größten Teil seines Gepäcks ließ er im Wagen. Er nahm bloß sein Koffertelefon mit, das zwar im Zeitalter fortschreitender Handyminiaturisierungen ein wenig antiquiert wirkte und zugegebenermaßen ziemlich sperrig, dafür aber hundertprozentig funktionstüchtig war und keine Funklöcher zu fürchten hatte. Es war der Ausrüstungsgegenstand, von dem er sich nur höchst selten trennte. Noch seltener trennte er sich nur noch von seiner deutschen Walther PP im Kaliber 9 mm kurz, die der russischen Makarow als Vorbild gedient hatte, qualitativ von dieser jedoch eindeutig nicht erreicht wurde.

Als er zwischen zwei niedrigen Pfosten, an denen kein Tor mehr hing, zu der frisch gestrichenen Haustür gegangen war und mehrfach geklopft hatte, trat eine korpulente Frau von etwa achtzig Jahren ins Freie und musterte ihn mit überraschend klaren Augen hinter einer Brille, deren Bügel mit Heftpflastern an den Scharnieren festgeklebt waren. Er gab ihr dafür alle Zeit, die sie wollte; denn es war sicherlich viele Jahre her, dass sie zuletzt hier in der Sperrzone einen Mann in einem Anzug mit Krawatte und geputzten Halbschuhen gesehen hatte. Dann nahm sie die Brille ab und begutachtete den Ankömmling von oben bis unten. Sie kniff die Lider zusammen, während sie sich auf sein Gesicht konzentrierte. »Sascha? – Bist du nicht der Sascha, mit dem mein Oleg damals ...?

Beresow schmunzelte und salutierte, wie er es seinerzeit zusammen mit dem jüngsten Sohn der Alten beim Militär gelernt hatte. »Jawohl, Genossin Iwanowa. – Oder besser jetzt in dieser guten neuen Zeit: Frau Iwanowa. – Ob Sie mir wohl ein Dach über dem Kopf gewähren könnten?«

Beide mussten lachen, und die Alte führte ihn am Arm ins Haus.

* * *

Zur gleichen Zeit drang ein anderer Mann in das Sperrgebiet ein. Sein Name war Akmal Karimov, aber so hatte ihn schon seit Jahren niemand mehr genannt. Für jeden, der mit ihm zu tun hatte, war er nur »der Usbeke«. Und einige wenige bezeichneten ihn zuweilen als den »Freund der Tiere«, aber nicht etwa, weil er sich wahrheitsgetreu rühmen konnte, noch nie auf ein Tier geschossen zu haben, sondern weil sie wussten, auf welche Weise er sich der Leichen seiner Opfer entledigte.

Im Gegensatz zu Beresow trug er keinen hellen Anzug und keine weichen Halbschuhe, sondern Tarnkleidung aus Armeebeständen. Er hatte auf jede Art von Ausweispapieren verzichtet und auch nicht übermäßig viel Bargeld bei sich. Sein Handwerkszeug, das in zwei wasserdichten Säcken auf sein geräuschgedämpftes Quad geschnallt war, machte es erforderlich, jeden Kontakt mit offiziellen Stellen zu vermeiden und besonders jeden Kontrollposten zu umgehen. Der eine Sack enthielt eine komplette Scharfschützenausrüstung, der andere ein Beil, drei unterschiedliche Sägen und mehrere Messer.

Dass er auf seinem Weg quer durch die Wälder nur langsam vorankam, war ein unbedeutender Nachteil angesichts des Umstandes, dass er damit für jedermann unsichtbar blieb. Und wie immer hatte er sich die Zeit so eingeteilt, dass er pünktlich zur Stelle sein würde.

* * *

Am nächsten Tag machte Beresow sich früh auf den Weg. Er kannte zwar Pripjat schon von früheren Besuchen, der letzte lag etwa vier Jahre zurück, doch in dieser Zeit konnte sich einiges verändert haben, und er hatte immer schon großen Wert darauf gelegt, das Gelände genau zu analysieren, auf dem er seine Aufträge auszuführen hatte.

Als er über den aufgeplatzten Straßenbelag der ehemaligen Trabantenstadt fuhr, durch den sich überall die Grasbüschel gearbeitet hatten, kam ihm der Gedanke, dass wohl kaum ein Ort auf der Welt die Bezeichnung Geisterstadt mehr verdient hatte als dieser. Geisterstadt, darunter hatte er sich als junger Bursche immer eine verlassene Goldgräbersiedlung im Wilden Westen vorgestellt – mit eingesunkener Holzfassade am Saloon und einer Mainstreet, durch die der Wind Staub und Büschel von Tumbleweed trieb. Aber das hier war etwas völlig anderes. Dieser Ort war nicht einfach nur leer und verfallen, hier spürte man körperlich, dass sich der Tod in jeder einzelnen Wohnung noch in der schmalsten Ritze eingenistet hatte.

Beresow ließ mit einem Knopfdruck die Seitenscheiben hinuntergleiten und stellte den Motor ab. Er lauschte auf Geräusche, ohne dabei etwas Bestimmtes zu erwarten. Zu hören war nichts außer dem Wind, der die Blätter einiger

Bäume zum Rascheln brachte und so der Natur die Gelegenheit bot zu beweisen, dass sie niemals aufgab.

Er startete den Wagen und fuhr langsam in Richtung Jahrmarkt. Die Orientierung war leicht, denn das Riesenrad war von etlichen Standpunkten aus gut zu sehen. Das Riesenrad, das sich für die zum 1. Maifeiertag erwarteten Besucher kein einziges Mal gedreht hatte.

Als er den Autoscooter erreichte, parkte er den Toyota direkt vor dem Metallgitter, das den Zugang zu der ehemaligen Kirmesattraktion mit ihren gelb-rot-grünen Wagen versperrte, deren dominierende Farbe heute ein Rostbraun war und die auf der geborstenen Fahrplatte herumstanden und -lagen, als hätte eine riesenhafte Hand mit ihnen Domino gespielt. Er wusste, dass dies der Platz war, an dem Gagarin am ehesten anzutreffen sein würde. Gagarin, das war natürlich nicht sein richtiger Name, aber er schien irgendwie passend für einen jungen Burschen mit Unternehmergeist, der sich seinen eigenen Kosmos geschaffen hatte und in ihm zu den Sternen wollte.

Es dauerte nicht ganz eine halbe Stunde, in der zwei halbwüchsige Füchse unter dem Zaun durchgekrochen und zwischen den Schrotthaufen verschwunden waren, und danach noch ein paar Minuten, die ein Wildschwein nutzte, den Auspuff des Geländewagens zu beschnuppern, bis der Bursche aus der Richtung des Flusses herangeschlendert kam. Nach Beresows Schätzung musste er jetzt ungefähr sechzehn sein. Er hatte seine Dieseljacke lässig über eine Schulter gehängt, trug eine Cargo-Hose, die aussah, als hätte man sie für einen Orang-Utan maßgeschneidert, und Boxerstiefel. Eine Kappe der *New York Giants* hatte er so aufgesetzt, dass der Schirm auf seine rechte Schulter zeigte. Beresow musste lächeln. Dies war anscheinend die aktuelle Version des Outfits eines ukrainischen Rappers.

Der Junge gefiel sich in der Rolle des Joe Cool und kam ohne Umschweife zum Geschäft. »Worum geht's, und was ist für mich dabei drin?«

»Ich möchte mit den Leuten sprechen, die sich hier im Sperrgebiet um die sachgerechte Aufbewahrung von Kunstgegenständen und Antiquitäten kümmern, insbesondere um Ikonen.« Der Außendienstmanager vermied es bewusst, von Plünderern zu sprechen, was den Nagel auf den Kopf getroffen hätte. Je neutraler und legaler seine Absichten erschienen, desto weniger Geld würde er aufwenden müssen, hoffte er.

Nun war es an dem Jungen zu lächeln. »Dadurch wird es auch nicht billiger.«

»Kannst du das überhaupt in die Wege leiten?«

»Klar, und es kostet fünfhundert.«

»Rubel?«

Gagarin konnte sich nicht halten, er prustete seine Heiterkeit förmlich hinaus. »Dollar ist top, Euros werden auch akzeptiert.«

»Hör auf, mich zu verscheißern. Wie haben schon mal ein Geschäft miteinander gemacht. Ich bin damit so was wie ein Stammkunde von dir, der Rabatt beanspruchen kann. Also, ich habe keine Lust auf große Hin- und Herfahrerei, und in diesem strahlenden Kurort mit seinem Heilklima will ich auch nicht übernachten. Wenn du in spätestens einer Stunde wieder hier bist und mir den Kontakt vermitteln kannst, geb ich dir zweihundert Dollar. Ich weiß nicht, was dein Vater gemacht hat, aber so viel hat der nicht in einem halben Jahr verdient. Da kann sich dein Stundenlohn wirklich sehen lassen.«

Der Junge kniff kurz die Augen zusammen und ging dann stumm zum Riesenrad hinüber, bis er aus Beresows Blickwinkel verschwand.

Nach fünfunddreißig Minuten war er wieder da. Er trat so nah an den Wagen heran, dass er die ausgestreckte Hand, die einen Zettel hielt, ins Innere schieben konnte. »Ich hab da aufgezeichnet, wo du sie treffen sollst. Morgen um vier, im Schwimmbad. Die Typen hören auf Ewgenij Mostowoi und Alexej Bucharin. Ob die tatsächlich so heißen, keine Ahnung.«

Beresow wusste, wo das Schwimmbad war beziehungsweise seine abrissreifen Überreste standen. Trotzdem nahm er den Zettel entgegen, als würde es sich dabei um eine Schatzkarte handeln. »Danke, Gagarin, das war gute und schnelle Arbeit. Hier, die zweihundert, und noch fünfzig extra, sagen wir, als Expresszuschlag.«

Als der Junge schon einige Schritte weit weg war, drehte er sich noch einmal um. Er sprach so leise, dass man ihn kaum bis zum Toyota verstehen konnte. »Ich hab mal gehört, dass bei den beiden meistens ein dritter mit drinhängt, den aber kaum einer zu Gesicht bekommt. Jedenfalls nennt der sich selber Saizew, angeblich.«

Beresow brauchte nur einen Moment, um den Wert dieser Nachricht zu taxieren. »Komm noch mal zurück.«

Er drückte dem Jungen weitere zweihundertfünfzig in die Hand. Nennt sich selber Saizew – das war die wichtigste Information von allen, die überlebenswichtige.

***

Es hatte damals keine Explosion im herkömmlichen Sinn und damit auch keine Druckwelle gegeben. Daher waren viele Scheiben der Gebäude in Pripjat heil geblieben. Die, die dennoch zu Bruch gegangen waren, hatten dieses Schicksal erst später erlitten, hauptsächlich durch die Wutanfälle der von ihrer mageren Ausbeute enttäuschten Plünderer. Bei dem

Hallenbad sah die Sache anders aus. Außerdem war überall die Farbe abgeblättert, die Deckenverkleidung war in größeren Brocken herabgefallen, und der Boden des staubtrockenen Beckens war mit Schutt übersät.

Beresow war im Foyer über Gerümpel und Unrat gestiegen und hatte dabei im Bemühen, seine handgearbeiteten, italienischen Schuhe zu schonen, Verrenkungen vollführen müssen, die ihn wie einen Tänzer des Bolschoi-Balletts wirken ließen, dem die Füße eingeschlafen waren. Jetzt stand er am Rand des Bassins und konzentrierte sich auf verdächtige Geräusche, wie es ihm im Laufe der Jahre zu seiner zweiten Natur geworden war. Wieder war außer dem Wind nichts zu hören, bloß noch das leichte Schaben von dünnen Zweigen, die über die leeren Fensterrahmen strichen. Aber zu sehen war etwas, wenn auch nur für einen winzigen Moment. Eine flüchtige Abdunkelung, ein Schatten in der Spiegelung auf einer Scheibe im sechsten Stock eines verlassenen Nachbarhauses.

Saizew?

Fünf Minuten vergingen, in deren Verlauf sich das Phänomen nicht wiederholte. Beresow schnipste die Kippe seiner Zigarette in die Grube und trat vorsichtshalber so weit zurück, dass ein Stützpfeiler des Dachs auf einer gedachten Linie zwischen ihm und der Scheibe stand.

Die Zigarette war nur Tarnung. Er hatte in seinem ganzen Leben keine zehn Packungen geraucht. Er wollte harmlos, entspannt und unaufmerksam wirken. Bei den fünfunddreißig Grad im Schatten, die an diesem Tag herrschten, hatte es sich förmlich angeboten, mit kurzärmeligem Hemd und enger Hose in einer Garderobe zu erscheinen, die das heimliche Tragen einer Schusswaffe oder eines satten Geldbündels ausschloss. Die hatte er vor seinem Auftritt in einem speziellen Tresor verstaut, der in die Rückbank seines Toyotas eingelassen war. Für Zigaretten und ein billiges Einwegfeuerzeug war gerade noch Platz, und für die würde kein Gangster aus Pripjat jemanden umbringen. Falls die beiden Ukrainer also in die Richtung gedacht hatten, im Schutz dieser Ruine einen naiven Glücksritter abkochen zu können, der an illegalen Kunstgegenständen verdienen wollte, würde dies ein ausgesprochen undankbarer Zeitpunkt für sie sein – nur viel Lärm um nichts.

Als sich ein augenscheinlich von einem Scheitern des Treffens überzeugter Beresow umdrehte, um die Halle zu verlassen, veranlasste ihn der harte Ton eines Steinchens, das aus größerer Höhe ins leere Becken gefallen war, sich wieder umzuwenden. Auf der oberen Plattform des Sprungturms am Kopfende des Beckens stand ein Mann in einem Trainingsanzug aus Fliegerseide, wie er bei den arrivierten Mafiosi in Kiew schon seit zehn Jahren nicht mehr in Mode war. Er war geschätzte dreißig Jahre alt und mochte bei rund einem Meter sechzig an die hundert Kilo wiegen. Mit seinem feisten Gesicht und dem Zottelbart wirkte er wie die Reinkarnation eines Bojaren aus dem Eisenstein-Film *Iwan der Schreckliche.* In seiner linken Hand hielt er eine lächerlich winzige Pistole, deren Kugel leicht von einer simplen Fensterscheibe gestoppt würde. Nach Einschätzung des ehemaligen KBG-Mannes war das Ding bloß Staffage, die das Theatralische der Situation unterstreichen und die Plünderer als hinterwäldlerische Deppen präsentieren sollte, die man nicht ernst nehmen konnte.

Beresow nahm sie auch nicht ernst. Aber nicht aus dem Grund, den sie sich gewünscht hatten, sondern weil sie so naiv waren zu glauben, er könnte auf ihr Bauerntheater hereinfallen.

Der Kleine musste die ganze Zeit dort oben platt auf dem Bauch gelegen und sich nicht gerührt haben. Beresow hätte gerne mitbekommen, wie er es bei seinem Gewicht geschafft hatte, sich dort hinaufzumanövrieren. Wortlos zeigte der Waldschrat an seinem Besucher vorbei in Richtung Eingang, wo soeben ein zweiter Mann in ähnlicher Kleidung, aber von normaler Statur und mit einem gestutzten Bart aufgetaucht war.

Der Größere übernahm die Vorstellung. »Nicht so eilig, mein hektischer Freund aus der großen Stadt. Hier bei uns geht alles viel geruhsamer zu. Wir haben hier alle Zeit der Welt und können seltene Besuche noch richtig genießen. – Mein Freund da oben heißt Ewgenij und ich bin Alexej. Und wie heißt du?«

Beresow entschied sich spontan für Ioseb.

»Ioseb, na ja. Deine Eltern müssen es ja wissen. So einen richtigen Ioseb hab ich mir immer anders vorgestellt. Aber das soll unser Geschäft nicht behindern. Was können wir beide für dich tun, mein Freund Ioseb?«

»Oh, das wisst ihr doch, das hat Gagarin euch doch schon gesagt. Es geht um Ikonen im Allgemeinen und um die Schwarze Madonna von Illintsi im Besonderen. – Wir müssen jetzt nicht lange dummes Zeug miteinander reden. Ich weiß, dass ihr sie habt, weil ihr nämlich *alle* Ikonen aus dieser Kirche gestohlen habt.«

Alexej grinste so breit, wie es seine Rolle gerade noch erlaubte. »Gestohlen ist ein böses Wort. Genommen haben wir sie, um sie zu bewahren und vor der Vernichtung zu retten, ja genau. – Ikonen, allgemein, ah, das versteh ich ja noch. Alte, wertvolle, mit Gold, ja. Die will jeder haben. Aber die Schwarze Madonna, die Schwarze Madonna von Illintsi? Die ist doch neu, die hat doch dieser Spinner erst nach dem Krieg gemacht, nur Gips, Blech und Holz und ein bisschen Farbe. Dieser Spinner, dieser ... ah, wie heißt er noch gleich …?«

Fast hätte Beresow den Fehler gemacht und »Ilja Scholochow« gesagt. Aber er biss sich gerade noch rechtzeitig auf die Zunge und hoffte, dass sein Gegenüber nichts gemerkt hatte.

Alexej klopfte sich demonstrativ mehrfach mit der Hand vor die Stirn. »Dieser, ah, ich meine, Ilja? – Ist ja auch egal. Dieser Ilja war wohl kein besonders guter Handwerker, wie man sehen konnte. Und außerdem ist er ernsthaft verrückt, verstehst du. Der sucht in der Stadt herum und will seine Ikone wiederhaben. Angeblich ist er uns schon dicht auf den Fersen.« Das schallende Gelächter der beiden Ukrainer ließ keinen Zweifel daran, was sie von den geistigen und sonstigen Fähigkeiten des alten Mannes hielten. »Was willst du mit dem Ding überhaupt, das musst du mir verraten.«

Natürlich hatte Beresow diese Frage erwartet und sich als Antwort nicht einmal eine Lüge ausdenken müssen, zumindest keine große. »Es geht unserem neuen Russland um Kunst und Völkerverständigung, mein Freund. Deshalb soll im Land unseres früheren Erzfeindes und heutigen Handelspartners in Recklinghausen, das ist eine Stadt in Deutschland, eine Ausstellung stattfinden, und zwar eine, die von den Anfängen der Ikonenmalerei bis heute typische Exponate zusammenstellt. Das Museum da ist außerhalb der orthodoxen Länder das größte der Welt. Die haben schon alles, was alt und wertvoll ist. Aber bei dieser Ausstellung soll eben die Entwicklung gezeigt werden bis zur Gegenwart, da ist der symbolische Wert entscheidend. In euch beiden steckt hoffentlich noch so viel Christentum, dass ihr euch an die Bedeutung einer schwarzen Madonna erinnert.«

Bei seinen salbungsvollen Worten musste Beresow innerlich lachen, vor allem, weil die beiden unisono zu nicken begannen. Die waren so christlich wie ein Kannibalenhäuptling auf Papua-Neuguinea, der gerade seinen Speiseplan um einen Missionar bereichert hatte. Aber immerhin waren sie bereit, sich auf sein Spiel einzulassen.

Im Museum von Recklinghausen wäre man übrigens verblüfft gewesen, welche hehren Motive man ihnen hinsichtlich dieser eher unbedeutenden Exhibition unterstellte. Aber sonst hatte sich der Russe im Wesentlichen an die Fakten gehalten. Die besten Lügen waren eben die, die der Wahrheit am nächsten kamen.

»Die schwarze Madonna ist deshalb schwarz geworden, weil sie das Leid ebenso wie die Sünden der Menschen auf sich genommen hat. Und welche schwarze Madonna wäre also besser für die Thematik der Ausstellung geeignet als die aus dem von Menschenhand verseuchten Gebiet von Tschernobyl? Wenn ihr eine bessere wisst, sagt es mir, dann kauf ich von den entsprechenden Leuten eben die. Wenn nicht, dann könnt ihr das Geschäft mit eurer Madonna machen.«

»Und wie viel zahlst du, mein Freund Ioseb?«

»Was glaubt ihr wohl, ihr Kunstsachverständigen? Ihr habt diese Gipsplatte doch nur mitgenommen in der Hoffnung, irgendwann damit einen dämlichen Touristen in Kiew bescheißen zu können. Wenn einer mehr als zwanzig Dollar dafür gibt, muss er verrückt sein. Aber okay, ihr habt Glück, ich *bin* verrückt. Deshalb geb ich euch das Zehnfache. Morgen treffen wir uns hier wieder, und die Sache ist erledigt.«

Es war das erste Mal, dass eine Lautäußerung von dem Kleinen kam, der in der Zwischenzeit fast geräuschlos vom Sprungturm herabgeklettert war und sich neben seinen Kumpel gestellt hatte. Ein abschätziges Gemecker. »Freund Ioseb, hast du nicht selber gesagt, dass es besonders bei diesem Stück auf seinen symbolischen Wert ankommt, seine kulturelle Bedeutung? Und da willst du deine Freunde mit einem Trinkgeld abspeisen, du, der von bescheißen spricht? Tz,tz,

Ioseb, das ist ein schlechter Anfang einer Geschäftsbeziehung. Außerdem halten wir eine kleine Gefahrenzulage für angemessen, weil doch der alte Ilja hinter uns her ist. Der ist verrückt, glaub es mir. Wir mussten dieses Kulturgut praktisch vor seinem eigenen Schöpfer in Sicherheit bringen.«

»Und was schwebt euch so vor, ihr Kulturpfleger?«

»Ein ehrlicher Gegenwert, sagen wir 2000 Dollar.« Ewgenij ließ sich auch von Beresows abwehrender Geste nicht unterbrechen. »Gut, das Material ist nichts wert. Aber du musst bedenken, was so ein Stück für einen Eindruck auf die Interessenten macht, ein Original aus der Todeszone. Das kannst du dort doch leicht für das Doppelte verkaufen. Also kauf oder lass es.«

Der Russe tat, als müsste er sich das Angebot erst noch durch den Kopf gehen lassen, obwohl man ihm einen Handlungsrahmen bis zu 5000 eingeräumt hatte. Das war die Summe, die man freiwillig zahlen würde, um die Aktion glatt ablaufen zu lassen. Würde das nicht reichen, musste es auch anders gehen. »Na gut, schweren Herzens, und weil ich dadurch Zeit und Nerven spare. Wie soll der Austausch über die Bühne gehen, morgen hier um dieselbe Zeit?«

»Nein, mein Freund, nicht in diesen unsicheren Zeiten, in denen man keinem trauen kann.« Die Stimme von Alexej, der übernommen hatte, war verblüffenderweise frei von jeder Ironie. »Dieser Kaninchenbau hier hat zu viele Löcher. So ungestört wie wir jetzt ist man hier nicht zu jeder Zeit. Es gibt hier Menschen, die haben Spätschäden, die sind völlig verdreht.« Der Ukrainer machte dazu mit beiden Händen eine Bewegung, als würde er sich eine Gewindestange in den Kopf schrauben. »Die bringen dich schon für deine schönen Schuhe um. Nein, wir treffen uns, wo wir ganz alleine sind und sich keiner heimlich anschleichen kann. Nur drei aufrichtige

Männer, die ein faires Geschäft machen. – Ich beschreibe dir den Weg. Und wir haben auch ein Boot für dich.«

Das Letzte, was Alexej dem Russen zurief, als die beiden Ukrainer wenig später das Schwimmbad verließen, war: »Und vergiss unser schönes Geld nicht, mein Freund! Wir sind ehrliche, hart arbeitende Männer, die es sich verdient haben.«

Dann waren sie verschwunden, um sich wieder ihrer ehrlichen, harten Arbeit zuzuwenden.

* * *

Beresow fuhr mit seinem Wagen den Fluss Pripjat, der der Stadt seinen Namen und dem Kühlsee der Reaktoren sein Wasser gegeben hatte, so weit entlang, bis er auf den Damm gelangte, der beide Gewässer voneinander trennte. Der Wagen holperte zu einem Metallzaun, in den jemand schon ein Loch geschnitten hatte, das für den Geländewagen allerdings nicht breit genug war. Der Kamm des Damms, der seit fünfundzwanzig Jahren nicht gewartet worden war, befand sich in einem miserablen Zustand. Glich er zunächst noch einer Buckelpiste aus aufgeschobenen Platten, die sich gegeneinander drückten, nahm er endlich die Form einer Stufenmastaba an, die den Toyota ohnehin zur Aufgabe gezwungen hätte. Ab hier kam man sowieso nur zu Fuß voran.

Vor dem Unglück waren vier Reaktoren in Betrieb gewesen. Entsprechende Ausdehnungen hatte der See, der Beresow riesig vorkam. Er schätzte seine Oberfäche auf deutlich über zwanzig Quadratkilometer. Wenn Saizew also tatsächlich bei ihm zum Einsatz kommen sollte, musste man ihn mit seinem Boot an eine Stelle lotsen, die kaum weiter als fünfhundert, bei günstigsten Bedingungen allenfalls achthundert Meter vom Ufer entfernt sein durfte. Sonst würde selbst der beste Scharfschütze vor eine kaum zu lösende Aufgabe gestellt.

Dabei herrschten keine besonders günstigen Bedingungen. Zwar war die Luft weiterhin heiß und bewegte sich kaum, sodass der See statt mit Wasser mit schwarzem Öl gefüllt schien und ein darauf fahrendes Boot wie ein stehendes Ziel ins Visier genommen werden konnte. Doch die in höheren Lagen dahinziehenden Wolken sorgten für ständig wechselnde Lichtverhältnisse und changierende Reflexe auf der blanken Fläche.

Die Ukrainer wollten wohl vermeiden, dass ihr neuer Geschäftspartner zu früh das Handtuch warf, denn sie hatten das Boot für ihren so unzweckmäßig gekleideten Freund nur eine kurze Strecke hinter der Endstation für Landfahrzeuge halb ans Ufer gezogen. Genau wie Alexej es ihm gesagt hatte. »Immer nur weiter auf dem Damm, bis du zu einem Boot kommst. Das kannst du nicht verfehlen, das ist da das einzige. Es hat einen elektrischen Außenborder, damit kann jeder fahren. Leg einfach ab und fahr auf den See raus. Wenn dich jemand mit einer Lampe anleuchtet, immer auf das Licht zu. Du bringst das Geld, wir die Schwarze Madonna, wir tauschen, dann fährst du wieder zurück. Ende der Transaktion. Danach ist jeder für sich selbst verantwortlich.«

Bevor sich Beresow dem Schlauchboot anvertraute und es von der Platteneinfassung des Damms abstieß, suchte er das Ufer mit Hilfe eines Fernrohrs ab, das, würde man allein auf dessen Größe abstellen, diese Bezeichnung kaum rechtfertigte. Das Zeiss Miniquick 5 x 10 war ein Monokular von zwölf Zentimetern Länge und einem Gewicht von dreiundzwanzig Gramm. Hatte man es mit dem Clip an der Brusttasche eines Hemds befestigt, ging es leicht als gewöhnlicher Füllfederhalter durch.

So weit sein Blick reichte, hatte sich die Natur mit dichtem Buschwerk die Dammkrone zurückerobert. Ein Heckenschütze konnte sich überall darin verborgen haben. Doch die langjährige Routine des Außendienstmanagers ließ ihn auf einen aus dieser Distanz winzig wirkenden Unterstand tippen, der schräg rechts von ihm am gegenüberliegenden Ufer aus weißen Gasbetonsteinen errichtet worden war. Er wusste nicht, ob der Bau bereits zum Zeitpunkt des Unglücks vorhanden war und möglicherweise der Aufnahme von Booten gedient hatte, mit denen periodisch Kontrollfahrten unternommen worden waren, oder von illegalen Anglern stammte, die ausschließlich vom Riesenwuchs der hier in Massen vorkommenden Welse angelockt wurden und sich in ihrer Gier auch nicht vom Wissen um die Mutation und die Kontaminierung der gigantischen Fische abschrecken ließen. Dafür wusste er umso besser, dass ein erfahrener Mann hinter dem Zielfernrohr stets darauf bedacht war, seine Rückseite so geschützt wie möglich zu halten. Das erleichterte die Konzentration auf die eigentliche Aufgabe und verhinderte unliebsame Überraschungen.

Beresow stellte sich vor, dass der legendäre Wassili Saizew, der Held von Stalingrad, mit den gleichen Überlegungen an die Sache herangegangen wäre und sich als Standort eben diesen Bau gewählt hätte. Genau wie jeder andere Scharfschütze der Extraklasse. Dieser Gedanke erleichterte ihn ungemein.

Auf dem See schien es ihm noch heißer als an Land. Sein Hemd klebte ihm am Leib, und der Außenborder hatte so wenig PS, dass es zu keinem kühlenden Fahrtwind kam. Das Schlauchboot war nicht einmal schnell genug, um einen trainierten Ruderer zu überholen. Ewgenij und Alexej dagegen würden ganz anders motorisiert sein, darauf hätte er gewettet. Dazu wäre es eine Riesenüberraschung, wenn sie selber nicht in einer festen Konstruktion aus Holz oder Glasfaser aufkreuzten. Bei ihm dagegen würde ein Schuss in die Luftkammern genügen, um ihn zu neutralisieren. Er hätte dann mehr als genug damit zu tun, um sein Leben zu schwimmen.

Doch es war keine Kugel, die das Boot traf, sondern ein schmaler, scharf gebündelter Lichtstrahl, der bei der umgebenden Helligkeit nur auszumachen war, weil er punktgenau auf sein Ziel gerichtet war. Als Beresow durch einen leichten Druck auf den Steuerhebel das Schlauchboot auf Kurs brachte, merkte er, dass er damit auch in gerader Linie auf den Unterstand zusteuerte. Er hatte sich also nicht verschätzt.

Als sich die Boote trafen, war die nächste Uferstelle über einen halben Kilometer von ihnen entfernt. Das war ausreichend weit, um ungestört zu sein, und nah genug, beim Herannahen eines fremden Schiffs reagieren zu können.

Der kleine Ewgenij saß im Heck am Steuer eines voluminösen, benzinbetriebenen Bootes. Der Motor war zwar ausgeschaltet, aber er schien danach zu lechzen, die schlanke Kunststoffschale samt ihren beiden Insassen mühelos auf ein mehrfaches des Tempos zu beschleunigen, zu dem Beresows Schlauchboot imstande war. Alexej, der sich breitbeinig in sicherem Stand in der Rumpfmitte verankert hatte, präsentierte die vor seinen Bauch gedrückte Ikone so gekonnt, dass ein solventer Interessent sie unschwer als das erwünschte Kaufobjekt identifizieren konnte.

»Ah, mein Freund Ioseb, ein vertrauenswürdiger Mann von Welt und natürlich pünktlich auf die Minute. – Und natürlich hast du auch unser Geld mitgebracht.«

Beresow hatte etwas Mühe, sich in seinem dümpelnden Boot aufzurichten. Er war nicht der Typ, der schon seekrank wurde, wenn er nur ein Tretboot auf dem Teich im Gorki-

Park erblickte, hatte sich aber selbst als Passagier auf weit größeren Schiffen nie sonderlich wohl gefühlt. Das war jedoch nur einer der Gründe, aus denen er sich letztlich entschloss, lieber auf der winzigen Bank des Schlauchboots sitzen zu bleiben.

Er hatte den nicht allzu dicken Umschlag bereits auf den letzten Metern bereitgehalten und warf ihn nun wortlos zu Ewgenij hinüber. Es entsprach dessen Naturell, dass er sich die Lippen leckte, während er den Falz ungeduldig aufriss und zweimal die Scheine zählte, die ihm der vertrauenswürdige Mann von Welt als Kaufpreis für die Hehlerware beschert hatte. Dann nickte er Alexej zu, der mit einer Nummer weitermachte, die ihnen offensichtlich nicht fremd war.

»Ioseb, das ist hochanständig von dir, dass du dich so präzise an unsere Abmachung gehalten hast. Nur sind wir beide in der Zwischenzeit zu der Überzeugung gelangt, dass der vereinbarte Kaufpreis nicht annähernd so anständig ist. Ja, du bist ein kluger Mann von Ehre, der nicht versucht, uns unser Eigentum mit Gewalt oder Tricks abzunehmen. Das haben schon manche versucht, aber die gibt es heute nicht mehr. Glaub mir, wir sind immer vorbereitet. du gehörst nicht zu solchen Gaunern, das wissen wir. Aber trotzdem ist der Preis nicht angemessen.« Ewgenijs Schädel bewegte sich dazu wie der Kopf des Wackel-Dackels vor der Heckscheibe eines Wagens, der über Bahnschwellen fährt.

Beresow hatte anfangs den beiden Plünderern überhaupt keine Empfindungen entgegengebracht. Glasnost, Perestroika, nach jahrzehntelanger staatlicher Reglementierung herrschte plötzlich Goldgräberstimmung. Wem wollte man da verdenken, dass jeder bestrebt war, so viel Profit wie möglich zu machen? Doch jetzt waren sie ihm zuwider. Nicht, weil sie es auf diese schleimige Tour probierten, und auch nicht, weil sie auf ihre hinterwäldlerische Art versuchten, ihn zu erpressen. Sondern weil sie schlicht und ergreifend dumm waren. Er hatte in seiner Jugend und auch noch während seiner Anfangsjahre beim KGB an der Universität die unterschiedlichsten Fakultäten besucht und dabei unter anderem sein Faible für die Klassiker der deutschen Literatur entdeckt. Deshalb kam ihm in dieser Situation spontan ein Satz in den Sinn, der dem Dichterfürsten Goethe zugeschrieben wird: »Unter allem Diebesgesindel sind die Narren die Schlimmsten. Sie rauben euch beides, Zeit und Stimmung.«

Gleichwohl wollte er seiner Linie treu bleiben, seine Aufträge im Verhandlungswege zu erledigen, wenn es irgend möglich war. »Na los, wie viel?«

Auf die einstimmige, feixende Antwort »Zehntausend« nahm Beresows Gesicht den geduldig-betrübten Ausdruck eines Hundetrainers an, der genau weiß, dass er wieder in die Hacken gebissen wird, sobald er sich nach der Fütterung umgedreht hat. »Ihr solltet mir jetzt einmal ganz genau zuhören. Ich kaufe diese Ikone nicht für mich, das dürftet ihr ja wohl begriffen haben. Und weil ich aus meinem Herzen keine Mördergrube mache, sage ich euch, dass mein Limit bei fünftausend liegt. Ihr habt gerade zweitausend kassiert, und wenn ihr mir auf der Stelle die Schwarze Madonna übergebt, tu ich so, als hätten wir von vornherein fünftausend vereinbart, und lass euch morgen den Rest zukommen. Dann gehen wir als Freunde auseinander. Wenn nicht, muss ich euch als Leute betrachten, die den Geschäftsinteressen meines Auftraggebers ernstlich im Wege stehen und entsprechend behandeln. – Also was ist euer letztes Wort in dieser Angelegenheit?«

Während sich bei Alexej ein süffisantes Grinsen zeigte, zog Ewgenij wieder seine Beresow schon bekannte, lächerlich kleine Pistole, die in diesem Moment gar nicht mehr so klein und schon gar nicht lächerlich wirkte, und zielte damit auf den Bauch des Russen. »Morgen bringst du uns die restlichen achttausend. Wie du das machst, kannst du dir überlegen, während du nach Hause schwimmst, mein Freu...!«

Das war Ewgenijs letztes Wort nicht nur in dieser, sondern in allen seinen Angelegenheiten. Der Schwall Blut, der aus seinem zerfetzten Hals schwappte, ergoss sich über einen Arm von Alexej und die Schwarze Madonna, noch bevor Beresow den Abschuss der 7,62 x 54 mm-Patrone hörte. Wie er erwartet hatte, war die Kugel aus dem kleinen Gebäude gekommen, ein Meisterschuss aus einer Entfernung von rund siebenhundert Metern.

Der Russe hatte schon viel Blut in seinem Leben gesehen, sich aber trotzdem nie richtig daran gewöhnen können. Immerhin bewirkte seine Routine, dass er sich bloß kurz räuspern musste, bevor er die Sprache wiederfand. »Und du, mein *Freund* Alexej Bucharin, oder wie du sonst heißen magst, möchtest du mir auch eine Kanone vor den Bauch halten und mich schwimmen lassen? Oder fahren wir jetzt beide an Land und regeln die Sache unter zivilisierten Geschäftsleuten?«

Als der Ukrainer nicht reagierte und weiterhin entsetzt auf den nur noch schwach zuckenden Körper seines Freundes starrte, der mit dem Gesicht nach unten auf dem Schiffsboden lag und von einer sich ständig vergrößernden roten Lache eingefasst wurde, klatschte Beresow laut in die Hände und herrschte ihn an: »Na los, mach mein Boot an deinem fest, und dann ab zu dem Bau da! Oder wartest du gottloser Ikonendieb auf einmal auf eine Auferstehung? – Und pass bloß auf, dass du meine Ware nicht beschädigst!«

Alexej verstand die Welt nicht mehr. Was war hier falsch gelaufen? Er bewegte sich wie in Trance, führte aber den Befehl aus, und nach wenigen Minuten legten beide Boote vor dem Unterstand an einem Steg an, der aus halbtransparenten, luftgefüllten Plastiktonnen und darüber lückenhaft ausgelegten Holzplanken bestand. Er gehorchte weiter, als der Außendienstmanager, der Blutflecken auf seiner Kleidung vermeiden wollte, ihn aufforderte, Ewgenij an Land zu hieven. Und auch danach wurde dem verhinderten Kunsthändler keine Pause gegönnt. »Mach weiter, bring ihn endlich rein!«

Während Alexej sich in dem untauglichen Versuch abquälte, den fetten Körper die leichte Steigung der Böschung zum Unterstand hochzuzerren, drangen aus dem Bau Geräusche, die wie gedämpfte Hammerschläge klangen. Beresow war vorausgegangen, rollte die breite Schiebetür zur Seite, und blieb wie angewurzelt stehen.

Es war nur ein einziger Raum, leer bis auf Kleidungsstücke, die mit Folie abgedeckt in einer Ecke lagen, zwei Scharfschützengewehre mit Zielfernrohr, die an der Wand lehnten, zwei Transportsäcke aus Kunstfaser, und zwei nackte Männer. Aber das war es nicht, was Beresow in eine Salzsäule verwandelte.

Der ganze Unterstand sah aus wie ein Schlachthaus. Ein Großteil des Fußbodens schwamm in Blut, die Wände und selbst die Decke waren voller breiter Spritzer, und alles war überlagert von dem unvergleichlichen, unerträglichen Gestank, der entsteht, wenn sich der menschliche Saft des Lebens mit den allzu menschlichen Exkrementen des Todes mischt.

Die Körper der beiden Nackten schimmerten in einem kräftigen Rot. Der Usbeke hatte sich auf ein Knie niedergelassen und stützte sich mit einer Hand auf den Boden. In der anderen hielt ein kleines, aber schweres Fleischerbeil. Der andere Mann, der sich so gerne mit dem großen Saizew verglich, lag mit dem Rücken auf einer Planke, die noch vor einer Stunde ein Bestandteil des Stegs gewesen war, und hielt gar nichts in der Hand. Was nur allzu begreiflich war; denn er hatte keine. Er war auch im Übrigen ziemlich unvollständig. Die Füße waren abgetrennt worden, ebenso die Unterschenkel und die Unterarme. Damit war die Zerstückelung jedoch noch nicht beendet. Der Freund der Tiere hatte gerade die hölzerne Unterlage, die eine Beschädigung seines Werkzeugs verhindern sollte, zurechtgerückt, um sich den Oberarmen zuzuwenden, und machte alles in allem den Eindruck, als würde er sich nur höchst ungern bei seinem Tun unterbrechen lassen.

Ein einziger Blick über die Schulter von Beresow hatte genügt, Alexej zurück zum Ufer wanken zu lassen. Dort stand er mit eingeknickten Knien, die Hände auf den Schenkeln, und bemühte sich, untermalt von Würgelauten, aller Welt zu offenbaren, dass er wirklich nichts von dem zurückhielt, was von seinem Innersten bewegt wurde.

Beresow, der sich nicht von der Stelle gerührt hatte, verzog angewidert das Gesicht. »Was zum Teufel machst du da?«

Der Freund der Tiere schaute nicht einmal auf, sondern hackte weiter. »Meine Arbeit, was sonst. Außerdem muss sich ja einer um die Fische kümmern. Hast du gesehen, wie riesig die sind? – du brauchst mir nicht zu helfen. Ich hab das immer alleine erledigt.«

Der Außendienstmanager schaffte es bis auf den Steg, ohne noch einmal einatmen zu müssen. Es war immer das Gleiche, ob damals bei der Regierung oder jetzt in der freien Wirtschaft: Man konnte sich seine Mitarbeiter einfach nicht aussuchen. Er kletterte in das größere Boot und hob das Geld und die Ikone auf, die, soweit er es beurteilen konnte, in ihrer Substanz nicht beschädigt, wohl aber dick mit Blut überzogen war.

Der Russe nahm sie mit hinein und zeigte sie seinem Partner. »Wir haben sie, noch dazu kostenlos. Aber ohne Blut wäre es mir lieber gewesen.«

Der Usbeke fasste diese Bemerkung sehr vordergründig auf. Er legte das Beil beiseite und wischte mit der Hand das bereits angetrocknete Blut Ewgenijs ab, so gut es ging. »Was schadet das schon, so ein bisschen Blut. Die ist höchstens wertvoller geworden. Das ist jetzt mehr als bloß eine Ikone, mit dem Blut drauf ist das direkt eine Reliquie.«

Trotz der grauenhaften Situation verspürte Beresow bei so viel unbeabsichtigter Ironie den Hauch eines Amüsements. Der Freund der Tiere hatte einfach nur eine Bemerkung machen wollen, die seiner verqueren Art von Humor entsprach, und hatte dabei keine Ahnung, wie nahe er der Wahrheit gekommen war.

»Ich dachte da eigentlich mehr an das Blut*vergießen*, das dir anscheinend große Freude bereitet.«

Weder Stimmlage noch Miene des ehemaligen Speznas-Angehörigen veränderten sich. »Quatsch. Es musste einfach sein. Wärst du lieber erschossen worden, von dieser Saizewkopie da? Schau dir mal sein Gewehr an. Der Idiot hat sich tatsächlich auch eine echte Mosin-Nagant besorgt. Was für ein Wahnsinniger! – Im Übrigen kennst du meinen Grundsatz: keine Beweise und schon gar keine Zeugen.«

So war es immer beim Usbeken, er ließ nur Blut zurück – als sein Markenzeichen.

Beresow ging zu den Gewehren hinüber, nahm eines nach dem anderen in die Hand und visierte damit nach draußen. Das ältere Exemplar war identisch mit dem Modell, das er als Jugendlicher anlässlich eines Besuchs im Museum von Wolgograd bei der Stalingrad-Gedenkstätte am Mamajewhügel bestaunt hatte. Das neuere war die aktuellste Version eines Dragunow. Verständlich, der Usbeke legte eben Wert auf den Stand der Technik.

»Wenn du fertig bist, willst du dir das Blut wirklich da in dem Reaktorwasser abwaschen?«, fragte Beresow.

»Die Fische leben doch auch noch, oder?«

Vor so viel geballter Logik flüchtete Beresow nach draußen auf den Steg. »Weißt du eigentlich, Alexej, warum du noch am Leben bist?«, fragte er.

Der Angesprochene stand mittlerweile bis über die Knöchel im Wasser, aber immer noch in vorgebeugter Haltung, als traute er seinem Magen zu, noch etwas mehr aus sich herauszuholen.

»Weil wir dich vielleicht, ich betone, vielleicht noch einmal brauchen können. Damit du nämlich bestätigen kannst, dass die Ikone hier von Ilja Scholochow stammt und von dir aus der Kirche von Illintsi gestohlen wurde. Und wenn wir dich dafür gar nicht brauchen, womit ich fest rechne, dann darfst du eben weiterleben, um jedermann, für den es wichtig sein könnte, zu erzählen, dass man nicht versuchen soll, Swiad Tschikitschwili in die Suppe zu spucken. – Hast du das verstanden, Alexej Bucharin? Dann hoffe ich, dass mein fleißiger Mitarbeiter, sollte er noch einmal in die Sperrzone kommen, nicht deinetwegen erscheinen muss.«

Beresow wusste selbstverständlich, dass seine wahre Geschichte ein Märchen war, soweit sie dem Plünderer ein Weiterleben in Aussicht stellte. Doch er war nun einmal ein Mann des Verhandelns und des Ausgleichs, und er wollte nur noch so schnell und komplikationslos wie möglich von hier verschwinden. Also löste er den Strick, der die beiden Boote miteinander verband, stieg wieder in sein Schlauchboot und fuhr zurück.

Nach halber Strecke fixierte er den Steuerhebel, indem er ihn unter seinen Arm klemmte, zog sein Monokular hervor und wandte seinen Kopf dem Unterstand zu. Der Usbeke war gerade dabei, den leblosen Körper Alexejs die Schräge zum Bau hochzuziehen. Ewgenij lag immer noch an derselben Stelle. Er war der schwerere, er würde zuletzt an die Reihe kommen.

Das alles war für Beresow im Prinzip nicht neu. Trotzdem schauderte er leicht, und es ärgerte ihn, dass sein Boot nicht schneller fuhr.

Obwohl seine Kleidung keinen Flecken abbekommen hatte, wusch sich der Außendienstmanager nach seinem Eintreffen im Haus der Alten als Erstes gründlich und zog dann komplett neue Sachen an. Nachdem das erledigt war, wählte er über sein zuverlässiges Koffertelefon seinen aktuellen Boss an und unterrichtete ihn vom Gelingen der Mission. In spätestens sechsunddreißig Stunden dürfte das Objekt an Ort und Stelle sein.

Damit gab es für Beresow keinen Grund mehr, in dieser tödlichen Gegend noch länger zu verweilen. Die Zeit für einen zweiten Anruf nahm er sich allerdings doch. Gleichgültig wie lukrativ, angenehm und prestigeträchtig seiner neuer Job auch die meiste Zeit war, er würde nie seinen alten und die damit ein Leben lang bestehende Verquickung mit seiner Person vergessen. Also griff er noch einmal zum Hörer und telefonierte vorsichtshalber auch mit seinem früheren Chef.

3. Kapitel

Meteren hatte erkannt, dass meine Aufklärung wohl doch etwas mehr Zeit als gedacht in Anspruch nehmen würde. Also ließ er den dienstbaren Riesen eine neue Portion des erstklassigen Stoffs einschenken und spielte dann weiter den Quizmaster. »Oder von den schwarzen Dörfern?«

»Schwarze Dörfer? Was soll das sein?«

»Aber doch bestimmt von Pripjat.«

»Pripjat? Nie gehört. Ist das so eines dieser Dörfer, dieser schwarzen?«

Mein Gastgeber sah mich mit einem Blick an, der aus einer Mischung aus Skepsis, Resignation und einem Hauch von Belustigung bestand. »Meneer Schmidt, sollte ich mich in Ihnen so getäuscht haben? Ihre Einstellung zu Ereignissen, die nicht nur den Lauf der Welt verändern, sondern tatsächlich ihren realen Bestand vernichten könnten, scheint mir bedenklich gleichgültig. – Na ja, aber der Name Tschernobyl sagt Ihnen doch etwas, oder?«

»Tschernobyl, na klar! Der Atomunfall damals ... wann war das noch, ich glaube ...«

»26.4.86.«

»Ja, irgend so was. Damals ging das mit meinem Haarausfall so richtig los. Ich hatte erst wirklich daran geglaubt, der scheiß-kaputte Reaktor wär daran schuld und nicht die Natur. Aber egal.«

Meteren verzichtete pietätvollerweise darauf, einen Seitenblick auf mein Haupt zu werfen. »Pripjat war die den Reaktoren nächstgelegene Stadt. Etwa 45.000 Einwohner, die man übrigens erst sechsunddreißig Stunden nach der Katastrophe zu evakuieren begann. Im UdSSR-Fernsehen versuchten sie, den Betroffenen einzureden, dass kein Grund zur Beunruhigung bestünde, nur ein kleiner Störfall im Reaktor, und das Feuer längst erstickt. Aber die Menschen machten sich natürlich ihre eigenen Gedanken, vor allem, als bereits nach dem ersten Tag die Feuerwehrmänner starben, die auf den Reaktor geklettert waren. Ja, sie haben sie alle auf den Arm genommen, wie man in Ihrer Sprache wohl sagen könnte. – Nun, ich will diesen Aspekt der Angelegenheit nicht vertiefen. Glauben Sie mir bitte einfach, dass ich auf dem Kunstmarkt die redensartlich feine Nase habe und deshalb der Überzeugung bin, dass auch Ikonen schlechtester Qualität höchste Gewinne versprechen, wenn man sie unter dem Oberbegriff ›aus der Todeszone‹ auf den Markt bringen kann. Obendrein bietet sich das nächste Jahr für eine solche Aktion an wie kaum ein anderes: fünfundzwanzig Jahre Reaktorkatastrophe. Ich weiß, wovon ich rede, ich kenne meine potentiellen Kunden. – Sollten Sie später weiter mit dabei sein wollen, auch insoweit herzlich willkommen! Ihre prozentuale Beteiligung würde sich dabei nach dem Umfang beziehungsweise der Effizienz Ihres Beitrags richten. – Ach, und noch ein Letztes. Die Ausstellung soll wohl an einem Freitag eröffnet werden. Es könnte eventuell günstig sein, bereits am Donnerstagabend dort vorbeizuschauen, Dann werden alle wichtigen Leute schon da sein, aber noch keine störenden Besucher.«

Meine Hand glitt in der Tasche über das einzige Beweisstück, das mich mit dem Tod von Blondie und Mephisto hätte in Verbindung bringen können, und das jetzt unwiderruflich in meinem Besitz war. Und von ähnlichem Stimulans war die Aussicht, sich investitions- und risikofrei ganz nach Gusto an einem lukrativen Geschäft beteiligen zu können.

Gut, dass keine Frauen in der Nähe waren, denn mein Grinsen, als wir mit einem dritten Glas unseren Pakt besiegelten, muss wollüstig ausgesehen haben.

* * *

Auf dem Rückweg von Carl Augustus Meteren hatte ich genügend Zeit, die Szenerie von damals vor meinem geistigen Auge ablaufen zu lassen, die mich in diese vertrackte Lage gebracht hatte. Ich glaubte sogar, denselben Gestank zu riechen wie damals.

Sven, Freund und Vogelwart in Personalunion, war mit dem Boot aufgebrochen, um einen Metalldetektor zu besorgen, mit dem wir die Sandbank nach etwas Vergrabenem absuchen wollten, und ich war allein auf Guano-Island. Ich nutzte die Wartezeit, um mir ein bisschen die Füße zu vertreten, und schlenderte am Ufer entlang nach Süden. Ich war keine fünfzig Meter weit gegangen, als sich ein unangenehmer Geruch bemerkbar machte, der sich mit jedem Schritt verstärkte. Noch zehn Meter, und es stank infernalisch. Nur zwei weitere Schritte, und ich traf jemanden wieder, mit dem ich nicht mehr gerechnet hatte. Blondie, einen der für immer im Ozean versenkt geglaubten, stark ramponierten Killer. Es ging ihm wie vielen Männern, die nicht mehr die jüngsten waren, aber sich Venen wie ein Winzer wünschten und aus Angst vor Verkalkung tonnenweise Knoblauchpillen in sich hineinfraßen: Man roch ihn eher als man ihn sah.

Ein Dutzend Möwen waren am Strand aufgeflattert, wo sie sich so nachhaltig mit ihrer Mahlzeit befasst hatten, dass sie mein Kommen erst bemerkten, als ich sie beinahe mit der Hand greifen konnte, und den Blick auf Blondie so spät freigaben, dass ich fast auf ihn draufgetreten wäre. Dafür, dass ich bei ihm ganze Arbeit geleistet hatte, steckte noch erstaunlich viel Leben in ihm. Von Möwen verstehe ich nichts, von Würmern aber noch weniger. Ich kann deshalb nicht sagen, welcher Art die Heere waren, die über und durch seinen Körper exerzierten. Der Kopf und der Armstumpf fehlten bereits, doch ich identifizierte ihn anhand seiner von der Explosion verkürzten Detonationshose ohne Schwierigkeiten.

Ich bin bestimmt nicht zimperlich, aber dieses Stück Aas wollte ich lieber nicht wieder in einen Müllsack verpacken und bis zur Bohrinsel rausschippern müssen. Es wäre das Gescheiteste, Blondie für die Möwen liegen und die Ratten der Lüfte die Sache zu Ende bringen zu lassen. Doch Sven würde bei der anstehenden Schatzsuche zwangsläufig den Kadaver finden und bei seinem Naturell damit für eine ganze Zeit außer Gefecht gesetzt sein. Also übernahm ich erneut den Part des Leichenbestatters und begrub Blondies Reste dort, wo ich über sie gestolpert war. Mit dem Spaten aus Svens Gerätekammer stieß ich den Torso in das Loch, ohne ihn anfassen zu müssen, und saß wieder auf dem Steg, als mein Freund nach fast zwei Stunden eintrudelte. Ich sagte ihm nichts davon, dass unser Pärchen getrennt worden und es Blondie und Mephisto nicht vergönnt war, als einheitliches Exkrement aus einem Fischdarm auf den Meeresboden zu sinken, im Tode vereint. Nicht jeder hat so viel Glück wie Esmeralda und Quasimodo.

Außer mit meinem Freund Armin Rendorf hatte ich bis heute mit niemandem darüber gesprochen, nicht einmal mit Sven. Aber nun hatte mich eine Vergangenheit eingeholt, von der ich immer angenommen hatte, sie würde für den Rest der Welt gar nicht existieren.

Und genau diesen erträumten Zustand musste ich wieder erreichen. Deshalb war ich summa summarum mittlerweile der Überzeugung, mit meiner Zusage bei Meteren eine kluge Entscheidung getroffen zu haben.

Ich konnte manchmal ein solcher Idiot sein.

Nachdem mich Bertram wieder nach Hause gefahren und mich in bester Butlermanier unter dem Riesenschirm bis zur Tür geleitet hatte, hängte ich nur noch meine Jacke im Korridor an den Haken, bevor ich einem wirklich klugen Impuls nachgab und mir meine Privatflasche von Weduwe Visser aus dem Kühlschrank holte, der ich aus ökonomischen Gründen die Gesellschaft eines großen Limonadenglases verordnete. Ich hatte vor, das Erlebte in Ruhe zu verarbeiten, die Erlangung meines Beweisstücks gebührend zu feiern, und mir das Procedere der nächsten Tage zu überlegen, dabei aber nicht berücksichtigt, dass die schlaflose Nacht, das Magenkrampfen und die Hirnzermarterei ihren Tribut fordern würden. So war es praktisch unausweichlich, dass ich es nach dem dritten Glas – nach dem ersten hatte ich bereits jedes Grübeln aufgegeben – soeben noch schaffte, mit halb geschlossenen Augen die schmale Treppe nach oben in mein Schlafzimmer zu bewältigen. Und weil mich diese circensische Meisterleistung dermaßen erschöpft hatte, dass ich einen Tausch meiner Klamotten gegen einen Schlafanzug für denkbar überflüssig hielt, ließ ich mich kurzerhand auf das betörend weiche Oberbett fallen und genoss ausgiebigst diesen paradiesischen Zustand die vollen nächsten zehn Sekunden bis zu meinem Einschlafen.

* * *

Routine im Umgang mit Alkohol kann auch von Vorteil sein. Deshalb war mein Schädel auch längst nicht so dick, wie er eigentlich hätte sein müssen, als ich am nächsten Mittag erwachte. Und er funktionierte sogar einigermaßen. Daher rief ich meinen alten Freund Harry an und bat ihn, für mich einiges über meinen neuen Geschäftsfreund Carolus Augustus Meteren in Erfahrung zu bringen. Wir verabredeten uns für den kommenden Samstag, und ich schmiss mich für ein Stündchen wieder aufs Bett und in Morpheus' Arme.

Das geplante Stündchen war bereits nach fünfzehn Minuten zu Ende, als mich ein Albtraum aufschreckte, in dem mich ein gesichts- und namenloser Fotograf mit einem 600er Teleobjektiv bis aufs Klo verfolgte, das von einer einarmigen und einbeinigen Leiche besetzt war. Ich saß auf einen Schlag senkrecht im Bett und konnte an nichts anderes als den Filmstreifen denken, den ich so stiefmütterlich behandelt hatte und der hoffentlich trotzdem noch immer in meiner Jackentasche steckte.

Auf meinem Weg nach unten nahm ich zwei Stufen auf einmal, was ein absolutes Novum in meinem Leben darstellte, und konnte meinen Sturz nur dadurch verhindern, dass ich mich im Parterre an eben der Garderobe festklammerte, an der auch meine Jacke hing. Ein Griff in die Innentasche, und mein Herzschlag normalisierte sich wieder.

Ich sehe vielleicht dumm aus, aber ich bin es nicht – zumindest nicht immer. Deshalb schnappte ich mir endlich eine Schere, holte mir das Papierbild, das ich samt seinem Begleitschreiben in derselben Schreibtischschublade aufbewahrt hatte, und machte mich an die Arbeit. Da es mir als passioniertem Hobbyfotografen grundsätzlich widerstrebte, Dias oder Abzüge zu vernichten, die nicht an einem technischen Mangel krankten oder sonst wie misslungen waren, schnitt ich das belastende Bild aus dem Filmstreifen und steckte den unverfänglichen Rest in meine Brieftasche. Er sollte mich stets und überall daran erinnern, dass man gar nicht vorsichtig genug sein konnte und sich besser dreimal zu viel umschaute als einmal zu wenig.

Dann begann der genussvolle Teil der Aktion »Vergangenheitsbewältigung«. In einem ausladenden Zinnaschenbecher, den ich beim Kauf des Hauses als Inventar mit übernommen hatte, verbrannte ich mit Hilfe meines geliebten Zippo zuerst den Brief, der für sich genommen belanglos war. Mit mehr Freude sah ich anschließend den Papierabzug zu winzigen Ascheflöckchen verkokeln und krönte meine wachsende gute Laune mit dem befreienden Glücksgefühl, das Dia als die Wurzel allen Übels sich in der Hitze der Flamme zusammenknüllen zu sehen, bis es nur noch ein schwarzer Fleck von der Größe eines Streichholzkopfes war. Mehr Freude am Feuer konnten damals auch die Florentiner nicht gehabt haben, als sie sich auf der Piazza della Signoria den sauertöpfischen Savonarola vom Hals schafften. Und ich hatte noch nie etwas lieber das Klo hinuntergespült als den Inhalt meines Aschenbechers.

* * *

Drei Tage nach der Abfahrt von Beresow stand ein anderer Mann vor der Tür von Swetlana Iwanowa. Er war etwa so alt wie sie und nicht mehr der Rüstigste. Doch der fiebrige Glanz in seinen Augen verriet, dass er von etwas getrieben wurde und so lange durchhalten würde, bis er seine Sache zu Ende gebracht hatte.

In der einen Hand hielt er einen kleinen Kuchen, in der anderen eine Flasche schwarz gebrannten Wodka. »Frau Iwanowa, es ist lange her, dass wir uns zuletzt gesehen haben. Wo wir doch beinahe so etwas wie Nachbarn sind, sollte man sich vielleicht öfters besuchen. Na ja, viel Neues gibt es hier bei uns ja nicht zu bereden. Aber dieser junge Bursche aus Pripjat, dieser Gagarin, hat mir erzählt, dass bei Ihnen jemand gewohnt hat, der sich für Ikonen interessiert. Und Sie kennen ja meine Leidenschaft für die Kunst unserer Väter. Da habe ich mir gedacht, wir könnten doch bei einem Stück Kuchen ...«

Der Blick der Frau blieb die ganze Zeit an der Flasche Wodka hängen. »Kommen Sie herein, Ilja.«

Schon am nächsten Tag war Swetlana Iwanowa auf dem Weg in die große Stadt. Ein Nachbar hatte sie bis nach Dytyatky mitgenommen, von dort aus ging es per Bus zur nächsten Bahnstation, und jetzt saß sie im Zug nach Kiew. Den Vorwand für ihre Reise bildete der Kauf eines neuen Kleides. Eventuell würde sie auch ein zweites nehmen. Denn das Geld würde dabei keine Rolle spielen, wenn sie erst die Nummer, die Beresow ihr gegeben hatte, angerufen und von dem berichtet hatte, was am gestrigen Abend von einem betrunkenen Ilja Scholochow über seine Ikone und seine Reisepläne zu hören gewesen war.

* * *

Harry Vanderkerk, ein freier Journalist aus Abcoude, arbeitete trotz seines Alters immer noch für verschiedene Blätter, war in seinem Job ebenso angesehen wie erfolgreich und verfügte über die besten Kontakte und Verbindungen, die man nur haben konnte. Wir waren seit den einige Jahre zurückliegenden Vorkommnissen auf der Sandbank Vogelsplein, die mir außer größter Lebensgefahr sowie anschließendem pekuniären Wohlstand auch seine Bekanntschaft beschert hatten, gute Freunde und trafen uns in unregelmäßigen Abständen nach dem Motto »Jeder Dicke freut sich, wenn er einen noch

Dickeren trifft« in wechselnden Lokalen zu unseren intensiven Heineken-und-Jenever-Kuren.

Genau wie bei unserer allerersten Begegnung hier im Hafengebiet von Ijmuiden war ich der Erste vor Ort und verschaffte damit meiner nostalgischen Grundhaltung ausreichend Gelegenheit, sich vom aktuellen Landschaftsbild nachhaltig deprimieren zu lassen. Hier wütete man nämlich noch bedeutend schlimmer als in Egmond. Und genau das hatte Harry, der meine Meinung über die rezenten nordholländischen Baufrevel kannte, gewusst, wie sein sattes Grinsen bewies, als er seine alte Karre im Schritttempo um die enge Kurve auf der Düne lenkte und mir dabei mit einer Hand zuwinkte. Anscheinend war Harry ein Verfechter der Schocktherapie und wollte mir zeigen, dass andere Städte noch viel größere Scheußlichkeiten als mein Fischerdorf zu bieten hatten. Während er den Wagen auf dem Restaurantparkplatz vom *De Ijmond* abstellte, hatte ich genügend Muße, mich mit eigenen Augen davon zu überzeugen.

Direkt am Wasser auf einem ehemals steinigen Uferabschnitt hatte man schweres Baugerät in einer interstellaren Größenordnung platziert und Fundamentmaterial aufgebracht, das für die nächste Expo gereicht hätte. Ich hatte mal irgendwo gelesen, dass der Afsluitdijk als technische Meisterleistung anlässlich irgendeiner Weltausstellung als achtes Weltwunder gefeiert worden war. Dieser Rekord sollte hier anscheinend überboten werden.

Dahinter versprühte das Holiday-Inn-Ijmuiden-Seaport-Beach-Hotel seinen Legoland-Charme, und ich war froh, wenigstens den kurzen Weg zur Terrasse des Ijmond mit dem Rücken zum Wasser zurücklegen zu können.

»Deine Stimme hatte am Telefon so einen leicht deprimierten Klang. Und weil du in letzter Zeit immer nur über

Egmond gelästert hast, hab ich mir gedacht, ich zeig dir mal das alles hier. Das müsste dich doch wieder aufheitern, oder nicht? Zumindest solltest du bei deinem Kuhdorf jetzt etwas milder gestimmt sein. – Aber komm, hier draußen ist es ungemütlich.«

Da ein leichter Wind ging, zogen wir einen Platz im Inneren des nur spärlich besuchten Lokals vor, den wir so wählten, dass uns ein Blick auf die Baustelle erspart blieb. Und nachdem wir unsere Auftaktgetränke konsumiert und das Essen geordert hatten, wartete ich gespannt auf Harrys erhellende Ausführungen.

Ich ging davon aus, dass er mich zu meinem weltmännischen Geschäftspartner beglückwünschen und mir in leuchtenden Farben die Zukunftsaussichten schildern würde, die mir meine neuen Beziehungen bescheren könnten.

Stattdessen wirkten seine einleitenden Worte einigermaßen ernüchternd. »Also in medias res. Als Ende der Achtzigerjahre der Eiserne Vorhang anfing durchzurosten, war Meteren einer der Ersten, die diese Gelegenheit nutzten und ein Netz guter Beziehungen knüpften. Er hatte kein Interesse am schnellen, aber kleinen Geld, und verzichtete darauf, Jeans, Schallplatten und ähnliches Zeug in den Osten zu verkaufen, wonach sie dort lange gelechzt hatten. Er verlegte sich vielmehr auf den Import, und zwar von hochwertiger Kunst. Dabei war er hinsichtlich der Vergangenheit und Herkunft der Stücke nicht wählerisch. Egal, ob Beutekunst aus dem 2. Weltkrieg oder reguläres Eigentum russischer Museen und Klöster, er übernahm die Objekte, selbst wenn sie noch die Stempel der wahren Eigentümer trugen. Ich weiß definitiv, dass auf diese Weise einige Werke von Albrecht Dürer wieder heim ins Reich kamen, wie ihr so sagt, aber nicht zu ihren früheren Besitzern, sondern zu den Kunstsammlern, die am meisten boten.«

War Meteren also doch nicht so honorig, wie ich mir eingeredet hatte? Daran hatte ich mehr zu kauen als an meinem gebratenen Seewolf, der mir auf der Zunge zerging.

Harry schien meine Gedanken lesen zu können und goss noch etwas Öl ins Feuer: »Weißt du eigentlich auch, dass Meteren mal als Restaurator angefangen hat, bevor er sich auf den Handel verlegte? Er soll dabei richtig gut gewesen sein. So was ist doch eine prima Basis für einen strebsamen, jungen Mann, der sein Geschäft erst in Schwung bringen muss und der zufällig ein paar Bilder besitzt, natürlich alles Originale, die zweckmäßigerweise ausnahmslos von Künstlern wie Braque, Modigliani und so stammten. Ich hab keine Ahnung und muss mich da total auf meine Informanten verlassen, aber die sagen, das sind alles Typen, die sich relativ leicht fälschen lassen. Okay, man konnte nichts beweisen, und ehe einer richtig nachgehakt hatte, war er dick im Geschäft, und keiner wollte sich mehr mit ihm anlegen. – Das ist alles, was ich in der kurzen Zeit über ihn rauskriegen konnte. Wenn du willst, hör ich mich aber weiter um. – Ach, und noch etwas. Der Meteren soll früher einen anderen Namen gehabt haben, aber welchen, weiß ich nicht. Na ja, vielleicht ist das ja auch bedeutungslos.«

Vielleicht ja, vielleicht nein. Vielleicht hatte er seinen Namen ganz einfach deshalb geändert, weil er früher Antonis Klootzaak hieß. Ich zuckte nur mit den Achseln.

Die folgenden Minuten bis zur Beendigung unserer Mahlzeit verliefen schweigend. Dann meldete sich die berufliche Neugier in Harry. »So, alter Junge, das hat richtig gut getan. Jetzt verrat mir aber mal, warum dich dieser Kerl so interessiert. Am Telefon warst du ja ziemlich kurz ab.«

Wie gesagt, Harry war ein guter Freund. Er war aber auch durch und durch Journalist, und welche Eigenschaft gerade die andere dominierte, ließ sich nie so genau erkennen. Deshalb gab ich vorsichtshalber nur eine bereinigte Fassung zum Besten, in der ich das Bestattungsbild ausließ und das Motiv für Meterens Kontaktaufnahme genauso darstellte, wie Meteren selber es mir auf der *Mona Lisa* verdeutlicht hatte.

Das argwöhnische Blitzen in Harrys Augen verriet, dass ihm noch ein Mosaikstein an meiner Geschichte fehlte, aber er war Kumpel genug, nicht weiterzubohren.

Das war mehr, als ich erwarten durfte. Deshalb, und auch, weil er versprach, in der Sache weiter am Ball zu bleiben, übernahm ich heute die Gesamtrechnung.

Wieder in Egmond fuhr ich nicht gleich nach Hause, sondern machte den großen Bogen über den Boulevard, um mich am Leuchtturm auf eine Bank zu setzen und Harrys Recherchen noch einmal Revue passieren zu lassen. Doch ich brachte einfach nicht die nötige Konzentration dafür auf. Obwohl aus einem wolkenlosen Himmel eine strahlende Sonne so blendend auf den schwerelos dahinsegelnden Möwen gleißte, dass sie im Widerschein silbern schimmerten und jeder Tourist begeistert von einem herrlichen Urlaubstag geschwärmt hätte, ging meine Laune wieder langsam in die Knie. Ich hatte nämlich noch immer nicht verdaut, dass man gleich nebenan das Miss-Marple-gerechte Hotel *Zeezicht* eliminiert hatte, um an seiner Stelle das im Hundertwasserstil gehaltene *Zilte Zoen*, den aktuellen Schicki-Micki-Treff, und das davon kaum zu unterscheidende Nachbarrestaurant *Wonders* hochzuziehen. Beide waren in den Betonklötzen zu ebener Erde gelegen und boten ihren Gästen auf niedrigen Sitzen zu hohen Preisen ein letztklassiges Speis-und-Trank-Programm bei erstklassiger Aussicht auf die Heckpartien einer lückenlosen Reihe von Mittelklasselimousinen, hinter der die leidensfähigen Feriengäste zu Recht das für sie unsichtbare Meer vermuten durften.

Weil das hier also sowieso nichts brachte, stellte ich meinen Wagen in die Garage und machte mich im Internet in groben Zügen über das Ikonenmuseum kundig, das ich demnächst anlaufen würde. Denn so laut Harrys Andeutungen hinsichtlich der fragwürdigen Ehrbarkeit des Meneer Meteren auch in meinen Ohren klangen, war ich doch nicht bereit, meine Zusage rückgängig zu machen. Im Gegenteil, ich war froh, etwas gegen meine Langeweile tun und dabei, zumindest für eine gewisse Zeit, dem neuen, mindestens ebenso fragwürdigen Egmond den Rücken kehren zu können.

Nein, da gab es kein Zaudern mehr. Wenn der Anruf von Meteren kam, würde ich mich auf den Weg in die deutsche Stadt machen.

* * *

Die folgenden Septembertage verliefen ereignislos. Das Wetter war launisch, wie zu dieser Jahreszeit in einem Badeort an der holländischen Küste nicht anders zu erwarten. Manchmal brannte die Sonne so vom Himmel, dass sich jeder bleiche Tourist, der den schützenden Schatten seines Grolsch-Schirms für mehr als eine halbe Stunde verließ, für diesen Leichtsinn mit einem knalligen Rotton und anschließendem Abschuppen seiner Haut bestraft sah. Und abends prasselte der Regen so vehement herab, als wollte die Natur den Boden für das Anlegen von Reisfeldern in den Dünen aufbereiten.

Ich nutzte diese letzten Wochen vor dem Abbau der meisten Strandbuden, die jedes Jahr spätestens bis Ende Oktober abtransportiert und eingelagert wurden, um mir auf der Terrasse der *Zilvermeeuve* ein gepflegtes Polster von sommerlichen Reminiszenzen anzusaufen, das gehaltvoll genug sein musste, den Winter zu überdauern.

Als dann doch noch der Anruf von Meteren kam, hatte mich die frühherbstliche Melancholie so eingelullt, dass ich schon gar nicht mehr damit gerechnet hatte. Nach seinen Informationen würde das Ikonenmuseum wegen anstehender Renovierungsarbeiten am 4. Oktober geschlossen werden und frühestens Anfang 2012 wieder öffnen. Die Vernissage würde am Freitag, dem 25. September stattfinden, sodass bereits der Zeitplan keinerlei Zweifel daran ließ, welche untergeordnete Bedeutung der Ausstellung von Museumsseite beigemessen wurde.

Mir konnte das egal sein, ich hatte einen Job übernommen, und ich würde ihn erledigen. In diesem Sinne machte ich mich bereits am Mittwoch auf den Weg, um in meinem Haus in Selm nach dem Rechten zu sehen. Wie immer hatte mein Nachbar Hans alles bestens in Schuss gehalten, wofür ich ihn dankbar zum Essen einlud und ihm für zukünftige anfallende Kosten etwas Geld daließ.

Als ich mich endlich ins Bett legte, schlief ich mit der beruhigenden Erwartung ein, morgen in Recklinghausen einen mäßig interessanten und mit Sicherheit nicht sonderlich ereignisreichen Tag zu verbringen.

Hatte ich schon erwähnt, dass ich als Hellseher keinen Schuss Pulver wert bin?

4. Kapitel

Natürlich war ich schon etliche Male in Recklinghausen gewesen, und genauso natürlich wusste ich nicht, wo sich dort das Ikonenmuseum befand. Das lag nicht daran, dass ich per se als Kunst- oder Kulturbanause einzustufen wäre, sondern an meiner mehr oder weniger atheistischen Grundhaltung und der fehlenden Bereitschaft, mich von großäugigen Christusbildern aus unbewegten Mienen anstarren zu lassen, bis es mir mulmig wurde. Davon hatte ich ein- für allemal genug, seit ich vor Jahren ein paar Tage Urlaub in Florenz gemacht und kaum eine Ecke in der Stadt gefunden hatte, in der ich einer Dauerobservierung durch diverse Heiligendarstellungen entgehen konnte.

Trotzdem sollte ich wohl kaum einen Routenplanerausdruck aus dem Internet oder ein digitales Navigationssystem benötigen. Schließlich hatte Hannibal auch ohne solchen Schnickschnack die Alpen überquert, und ich hatte im Gegensatz zu ihm noch den Vorteil, ganz altmodisch Passanten nach dem Weg fragen zu können.

Das Gebäude war leichter zu finden und weitaus weniger beeindruckend, als ich gedacht hatte. Es wirkte wie eine alte, umfunktionierte Schule, und genau das war es auch. Im Stadtzentrum dicht an den Einkaufsstraßen, jedoch im Schatten einer ausladenden Kirche gelegen, schien es in seiner stillen Ecke hinter einer renovierungsbedürftigen Fassade in einem eigenen Kosmos vor sich hinzudämmern. Obwohl spätsommerliches Ausflugswetter die Menschen dazu verleitet hatte, sich trotz der beginnenden Abenddämmerung noch immer in die Straßencafés zu drängeln, war die Leere auf dem kleinen Platz davor so auffällig, als hätte man *Betreten verboten*-Schilder aufgestellt.

Zu diesem Eindruck passte nahtlos, dass es sich bei den beiden Fahrzeugen vor dem Haupteingang um Streifenwagen handelte, deren Besatzungen sich erfahrungsgemäß um solche Anordnungen auch bei ihren alltäglichsten Geschäften nicht scherten.

Doch ausgestattet mit dem Selbstbewusstsein eines aufrechten Bürgers, gegen den kein negatives Beweismaterial – mehr – existierte, schreckte mich dieser Anblick nicht ab, und ich marschierte durch die schwere, hölzerne Vordertür, ohne zu zögern. Nach einigen Schritten geradeaus durch einen enttäuschend tristen Korridor öffnete sich rechterhand ein mit modernistischer Verkaufstheke bewehrter Raum, der Entrée, Kasse, Museumsshop und Ausstellungsfläche zugleich war. Dort herrschte erstaunlicher Betrieb.

Zwei uniformierte Beamte hatten dem Eingang den Rücken zugekehrt und beobachteten leicht belustigt, wie sich zwei ihrer Kollegen damit abquälten, beruhigend auf einen höchst aufgebrachten Mann einzuwirken, der in seiner Hektik zielsicher auf einen Infarkt zusteuerte. Er war alt, richtig alt. Einer von der Sorte, dem der Tod schon ein paar mal die Stechuhr unter die Nase gehalten hatte. Und so, wie er bei jedem Luftholen japste, würde er sich nicht mehr allzu oft auf gleitende Arbeitszeit berufen können. Sein Atmen ging, je länger die Diskussion dauerte, in ein kaum überhörbares Pfeifen über, und seine Stellung verkrampfte sich zusehends.

Ein grauhaariger, bärtiger Mann in dunkelbraunem Anzug, vermutlich Inhaber des Hausrechts und in leitender Funktion tätig, umkreiste nervös das Geschehen in dem Bemühen, mit mantragleicher Anrufung des Gottes der Vernunft die Polizisten argumentativ zu unterstützen. Drei weibliche Museumsangestellte hatten sich in der sicheren Region hinter der Theke verschanzt, sich jedoch so weit wie möglich vorgebeugt, um nichts von der Show zu verpassen. Ganz im Hintergrund warteten mehrere Männer in Latzhosen und Overalls, die durch das ganze Brimborium davon abgehalten wurden, weitere Kisten mit Ikonen zu öffnen, die für die Ausstellung bestimmt waren.

So unterschiedlich sie auch sein mochten, eines war allen Anwesenden gemein: Ihre Blicke wanderten immer wieder zu einer ziemlich voluminösen Ikone, die oben auf der Holzwolle einer der Kisten lag und eine beinahe schwarzgesichtige Mutter Maria mit dem Jesuskind zeigte.

Der dickere der beiden Polizisten vor mir, der ungefähr in meinem Alter sein musste, erzählte seinem Partner, der zu jung war, um die Fernsehserie gesehen zu haben, unter Aufzeigung sich nur ihm offenbarender Parallelen die Geschichte von Belphegor, dem Phantom des Louvre. Er freute sich sichtlich, kurz vor der Pensionsgrenze hier eine abgemagerte Sozialhilfeversion der Story live miterleben zu dürfen.

Von den drei Männern in Grün und Braun, die auf den Alten einredeten, schnappte ich Gesprächsfetzen auf wie »Aber das ist der falsche Weg. Sie müssen Kontakt mit demjenigen aufnehmen, der uns die Ikonen ... oder an das Gericht wenden ... vielleicht eine einstweilige Verfügung ... Seien Sie doch vernünftig, wir können hier nichts für ... Was würden Sie denn in meiner Situation tun, nur weil einer behauptet, dass ... Vorerst sollten Sie aber lieber an Ihre Gesundheit ...«

Die Damen hinter der Theke kicherten gelegentlich ein bisschen, hielten aber, angesichts des Zustands ihres Seniorbesuchers erschrocken über ihre unangemessene Reaktion gleich wieder den Mund.

Und der alte Mann, um den sich alles drehte, gab als einzige Lautäußerung ein periodisches Röcheln von sich.

Die Gelegenheit schien mir günstig, mich an der Wand entlang hinter den beiden Zerberussen vorbei zum Anfang der Theke vorzuschieben und eine der Damen auf mich aufmerksam zu machen. »Entschuldigen Sie bitte, ich bin dann auch sofort wieder weg. Aber können Sie mir sagen, ob morgen auch die Ikone dabei sein wird, diese Schwarze Madonna von Illintsi, und ob man die am Ende der Ausstellung eventuell kaufen kann?«

Ich hatte in gemäßigter Lautstärke gesprochen und wurde daher von den anderen nicht beachtet. Mit einer Ausnahme. Der Alte musste Ohren wie ein Fenek haben; denn plötzlich straffte er sich aus seiner gekrümmten Haltung und zeigte mit ausgestrecktem Arm auf mich. »Da!« Und noch einmal: »Da!«

Ich, Karl-Heinz Schmidt, der Meister des lautlosen Auftritts und der verlässlichen Unsichtbarkeit, konnte mir sicher sein, von einer Sekunde zur anderen die volle Aufmerksamkeit aller im Raum Anwesenden zu genießen, einschließlich der stummen Packer neben den Kisten. Zum Glück ließ der Alte eine Erläuterung folgen, die mich postwendend wieder zum Statisten degradierte. »Noch einer! Alle wollen mein Eigentum. Die Ikone ist meine. Ich will sie heraus, sofort, auf der Stelle. Sie werden sie sonst stehlen, diese Verbrecher. Ich muss sie zurückbringen, zurück in die Kirche, sonst es gibt großes Unheil, ganz großes Unheil.«

Das »Da!«, wenngleich doppelt und ausgesprochen publikumswirksam vorgetragen, war wirklich etwas zu wenig gewesen, um ihn aufgrund eines Akzents irgendeiner Gegend oder Volksgruppe zuordnen zu können. Aber seine anschließenden Worte ließen keinen Zweifel daran, dass ihr Sprecher jenseits der russischen Grenze geboren war.

»Lieber Herr Scholochow, so dramatisch wird es doch wohl nicht werden.« Der Braunbeanzugte hatte die eingetretene Stille genutzt, um es noch einmal in aller Ruhe und Nüchternheit zu probieren. »Ich will ja gar nicht anzweifeln, dass Sie die Wahrheit sagen und wirklich der Eigentümer der Schwarzen Madonna sind. Aber meine persönliche Meinung zählt hier nicht. Als Vertreter dieses Museums bin ich darauf angewiesen, dass man mir Beweise vorlegt. Stellen Sie sich doch bitte nur mal den umgekehrten Fall vor. Da bringen Sie ein Kunstwerk, das Ihnen gehört, als Leihgabe zu einer Ausstellung, und als Sie es wieder abholen wollen, ist es weg. Weg, weil ein anderer Mensch behauptet hat, es würde ihm gehören. Wie würden Sie denn da reagieren! – Sie müssen mich verstehen, ich kann doch nicht anders. Die Ikone ist doch jetzt erst mal eine ganze Weile bei uns. Da wird es das Beste sein, Sie gehen gleich morgen zu einem Anwalt und lassen sich beraten. Der wird schon Mittel und Wege finden, die Ikone sicherzustellen, bis Ihre Eigentümerstellung bewiesen ist. Und dann bekommen Sie sie von mir persönlich ausgehändigt, das verspreche ich Ihnen. – Aber jetzt hören Sie besser auf die Beamten und lassen sich von ihnen zum Krankenhaus fahren. Sie müssen ja nicht da bleiben, wenn Sie nicht wollen. Nur eine kurze Untersuchung, denn ehrlich, Sie sehen wirklich ganz schlecht aus, diese ganze Aufregung und so. Mit Ihrer Atemnot ist nicht zu spaßen, glauben Sie mir. Dann schlafen Sie sich aus, und wir besprechen die Sache morgen in aller Ruhe, wenn Ihnen das passt. Und wenn dann in ein paar Tagen alles in Ihrem Sinne erledigt ist, können Sie die Schwarze Madonna ja wieder zurück in ihre Kirche bringen. Dass sie nun einige Zeit hier bei uns ist, noch dazu in bester Gesellschaft, davon wird die Welt bestimmt nicht untergehen, meinen Sie nicht auch?«

Der Alte hatte den Sermon über sich ergehen lassen, ohne eine Reaktion zu zeigen. Aber die letzten Worte des Ausstellungsleiters brachten ein fanatisches Glänzen in seine Augen. »Sie haben keine Ahnung, was Sie da reden. Sie können nichts ermessen vom Umfang, was es bedeutet. Die Welt *wird* untergehen, wenn ich nicht ...«

Dann mahlten seine Kiefer nur noch tonlos, und die beiden Uniformierten mussten blitzschnell zupacken, um sein Stolpern zu bremsen. Der dicke Serienfan am Eingang begriff die Situation als Erster. »Das wird mir hier zu brenzlig, Leute. Fahrt ihn am besten direkt ins Prosper. Das geht schneller, als auf den Notarzt zu warten. – Also los!«

Sie hatten den Alten schon fast zur Tür hinausgeleitet, als eine der Frauen auf eine Aktentasche deutete, die in meiner Nähe auf dem Tresen lag. »Halt, warten Sie, der Mann hat seine Tasche vergessen. Nehmen Sie sie mit!«

Einer der Polizisten hatte bereits kehrtgemacht, wandte sich aber sogleich wieder dem Ausgang zu, weil der Alte erneut auf mich zeigte. »Das ist nicht meine. Die Tasche da gehört ihm.«

Dieser Ausruf erregte zum Glück nicht annähernd so viel Aufmerksamkeit wie sein Da-Da-ismus von vorhin. Die Angestellte schob mir einfach die Tasche herüber, und damit hatte es sich.

* * *

In der prall gefüllten Aktentasche eines Ikonenbegeisterten Bücher, Broschüren und sonstige fachspezifische Schriftstücke zu finden, konnte niemanden überraschen. Was mich daher umso mehr verwunderte, war der Umstand, dass sich keines der vorgefundenen Werke mit dieser Spielart der Volkskunst befasste. Vielmehr glich das Gepäckstück eher einer Büchse der Pandora en miniature. Zwar war bis auf einen gewichtigen Bildband über den Russlandfeldzug der deutschen Armee und eine Sammlerausgabe von Hitlers *Mein Kampf* alles in kyrillischer Schrift gedruckt, die ich genau so leicht entziffern kann wie die Wandinschriften von Abu Simbel, aber was ich sah, genügte, um mir im wahrsten Sinne des Wortes ein Bild von der Sache zu machen. Die chemischen Formeln darin und die Fotos, welche Atompilze, verwüstete Landschaften und verstümmelte Menschen zeigten, legten den Schluss nahe, dass es sich hier um Unterlagen über Kernspaltung, den Bau einer Atombombe und die damit zu erzielende Vernichtungswirkung handelte, wobei ich selbstverständlich nicht beurteilen konnte, ob dieses Material allgemein zugänglich war oder als Sonderdruck aus dem Trainingscamp von Terroristen stammte.

Was mich aber am meisten verblüffte, war die Anwesenheit des dicksten Buchs in diesem Sortiment, weil das weder mit der einen noch der anderen Materie zu tun hatte. Ich glaubte, auf dem Einband den Namen Tolstoi enträtseln zu können. Als ich es aufschlug, wusste ich, dass es nur wegen seines Volumens Bestandteil dieses Konglomerats geworden war. Ich hatte mich des Tricks selber schon einmal bedient, als ich ein sicheres und trotzdem leicht zugängliches Versteck für meine Walther PPK suchte. Dazu hatte ich im Mittelteil eines ausreichend dimensionierten Buches aus so vielen Seiten ein Passepartout geschnitten, dass die Waffe wie in die vorgestanzte Halterung eines Pistolenkoffers hineinpasste. Die Knarre, die hier inmitten von *Krieg und Frieden* ihr literarisches Heim gefunden hatte, war eine Tokarev. Ihr seltenes Kaliber von 7,62 mm gehörte seinerzeit zum durchschlagskräftigsten, was die weltweite Waffenmanufaktur zu bieten hatte.

Der Alte war ein wahres Überraschungsei.

Vorsichtshalber entfernte ich die Patronen, wickelte sie in ein Tempo, und steckte sie in meine Jackentasche. Die Kanone wischte ich mit einem anderen Papiertaschentuch ab, bevor ich sie wieder verpackte. Anschließend deponierte ich die Tasche vorne im Kofferraum, weil ich einen etwaigen Zugriff auf sie so schwierig gestalten wollte, wie es mir die Umstände erlaubten. Dann widmete ich mich erneut der Beobachtung der Klinik.

Ich war erst jetzt auf dem Parkplatz des Prosper-Krankenhauses dazu gekommen, mir den Inhalt meiner Abendgabe anzusehen. Das Tohuwabohu im Museum zu einem unauffälligen Abgang zu nutzen, war mir sinnvoller erschienen, als eine Diskussion um die Tasche loszutreten und meine Anwesenheit außerhalb der Öffnungszeiten zu erklären. Weil ich den Wagen nach meinem Eintreffen in Recklinghausen einen halben Kilometer entfernt am Rande der Fußgängerzone abgestellt hatte, bedeutete das einen schönen Vorsprung für meinen Russen, der im Streifenwagen auf direktem Wege zur Heilbehandlung chauffiert worden war. Daher musste ich mich beeilen, um den Alten noch zu erwischen, bevor er aus dem Krankenhaus verschwunden war. Egal wie dreckig es ihm auch gehen mochte, er hatte mir nicht den Eindruck vermittelt, als würde er dort übernachten wollen.

Warum ich das alles tat, wusste ich selber nicht genau. Der Besuch im Museum hatte eine Eigendynamik entwickelt, der ich mich nicht entziehen konnte.

Und ob es schlau war, einsam in der Dunkelheit einem Halbverrückten hinterherzuhecheln, der es für normal hielt, eine Tokarev im Gepäck zu führen, wusste ich erst recht nicht. Aber einerseits hatte ich jetzt die Kanone, und andererseits war mir der Grundstock für mein finanzielles Wohlergehen nicht dadurch in den Schoß gefallen, dass ich im Leben um jeden dicken

Brocken einen Bogen und mein Geld an einer Klosterschule durch das Unterrichten von Moral und Ethik gemacht hatte.

Deshalb hatte ich mich an einer Stelle des dünn besetzten Parkplatzes postiert, von der aus ich den Haupteingang gut im Visier hatte, selber aber durch eine mehrstämmige Birke ganz gut gedeckt war. Die Scheibe auf der Beifahrerseite hatte ich ein Stückchen heruntergelassen, damit das Glas im Wagen nicht beschlug und mich nicht als Beschatter verriet.

Und die einen sind im Dunkeln, und die andern sind im Licht. Ich saß im Dunkeln und hatte obendrein darauf geachtet, keine Beleuchtung im Rücken zu haben. Der Russe dagegen würde im Licht des Eingangsbereich der Klinik wie ein Schauspieler auf der Bühne ausgeleuchtet.

Trotzdem hätte ich ihn verfehlt – aber er mich nicht.

»Ich wusste, dass Sie auf mich warten würden.«

Er musste einen Notausgang benutzt und sich aus dem toten Winkel von hinten rechts angeschlichen haben. Mit einer knappen Handbewegung bedeutete er mir, die Tür zu entriegeln.

Das Einsteigen in den niedrigen 911 machte ihm einige Schwierigkeiten, aber schließlich schaffte er es doch. »Haben Sie meine Tasche?«

»Ach, wie bin ich bloß auf die Idee gekommen, dass Sie mir die schenken wollten? Noch dazu mit einem solchen Sammlerstück von Knarre darin.« Ich holte die Aktentasche wieder hervor und stellte sie ihm auf dem Schoß.

Er fing sofort an, darin herumzukramen.

»Sie brauchen gar nicht lange zu suchen, Ihre Kanone ist leer.« Zum Beweis hielt ich ihm das Taschentuch unter die Nase und brachte die Patronen zum Klickern. »Keine schlechte Reaktion von Ihnen, mir die Tasche zuzuschieben und Polizei und Krankenhauspersonal in die Röhre gucken zu lassen. Aber auch ganz schönes Glück, dass ich mich damit nicht aus dem Staub gemacht habe. Dafür könnten Sie mir als Gegenleistung eigentlich mal was über diese ominöse Ikone erzählen, die ja angeblich Ihnen gehört, wenn ich das richtig verstanden habe.«

Er blieb stumm und schaute mich an wie einen Hofhund, der auf ihn zukam und er nicht wusste, ob der Hund ihn beißen oder von ihm nur gestreichelt werden wollte.

Okay, er sollte seinen Vertrauensbeweis haben. Ich reichte ihm das Tempo mit den Patronen rüber, das er ungeprüft in seiner Jacke verschwinden ließ. »Wieso fragen Sie mich das? Sie wissen doch Bescheid, warum sind Sie sonst selber hinter der Schwarzen Madonna her?«

»Ich weiß gar nichts. Ich bin nur der Mittelsmann für einen Kunsthändler, der bloß die Konkurrenz nicht neugierig machen will. Das ist alles. – Aber jetzt bin ich selber neugierig. Also was hat es nun auf sich mit dieser Ikone? Wie verhindert die denn das große Unheil, von dem Sie im Museum gesprochen haben? Ist die so etwas wie ein Schutzzauber vor irgendetwas? Wird die da in Ihrer Kirche immer wieder mit neuer Energie aufgeladen, und anschließend hängt man sie sich unter die Decke wie Knoblauchketten gegen Vampire? Oder ist sie nur ein Symbol für etwas, dass außer Ihnen sowieso kein anderer versteht? Erleuchten Sie meinen Geist, wenn ich das alles begreifen soll!« Ich wollte klare Verhältnisse und merkte, dass ich dabei war, mich in Rage zu reden.

Im Gegensatz zu mir war der Alte die Ruhe selbst. Und seine Antwort klang so, als wäre sie die größte Selbstverständlichkeit der Welt. »Ich bin nicht verrückt. Es gibt keinen Grund, sich zu verflüchtigen in das Übersinnliche. Es ist etwas ganz Reales, ganz greifbar. Es ist, ähm, es ist ein ... ein Gefängnis.«

»Ach, ein Gefängnis! Alles klar.« Und dieser Wahnsinnige wollte nicht verrückt sein?

Während ich noch den Kopf schüttelte, hatte er sich die Tasche unter den Arm geklemmt und war schon ein paar Schritte weit weg.

Natürlich würde ich mir wieder nur einen blöden Spruch einhandeln, trotzdem konnte ich mir eine letzte Frage nicht verkneifen. Also ließ ich das Fenster runter und rief ihm nach: »Und was steckt nun tatsächlich da drin, in diesem ... diesem Ikonenknast?«

In seiner Antwort lagen weder Ironie noch Spott, und seine Stimme hatte einen beängstigend normalen Klang. »Der Teufel persönlich.«

* * *

Es wurde eine lange Nacht voller Wind, Wodka und Grübelei. Ich hatte selbstverständlich auch noch andere Schnäpse in der Kühlung, jede Menge sogar, aber angesichts der Materie, mit der ich mich zu beschäftigen hatte, erschien mir der russische Kartoffelschnaps am angemessensten.

Das Einzige, was dabei herauskam, waren so starke Kopfschmerzen, dass ich nach meinem Aufwachen am nächsten Mittag die Augen gleich wieder zukniff und bis zum frühen Abend durchschlief. Damit war auch dieser Tag gelaufen, und die folgenden brauchte ich, um einige Dinge an meinem Altbau in Selm in Ordnung zu bringen, die schon längst überfällig waren.

Als ich endlich wieder in der Lage zu sein glaubte, mich auf die Ikonenangelegenheit konzentrieren zu können, zeigte mir ein Blick auf den Kalender, dass wir heute bereits den Tag hatten, an dem das Museum für die nächsten Monate und vielleicht sogar Jahre schließen würde.

Es war kurz vor zehn, und ich hängte mich ans Telefon, um

mich mit dem Museumsdirektor verbinden zu lassen, noch bevor ich mir mein Frühstück zubereitete.

»Da haben Sie aber Glück, dass der Herr Dr. Mackowiak noch im Hause ist. Wir haben heute nämlich hier erst mal unseren letzten Tag, weil das Gebäude ...«

»Ich weiß, ich weiß. Ich will ihn auch nur ganz kurz wegen der Schwarzen Madonna von Illintsi sprechen. Ich war am Abend vor der Ausstellungseröffnung dabei, bei dem Vorfall mit dem alten Russen. Könnten Sie mich einfach mal durchstellen?«

Das betretene Schweigen am anderen Ende der Leitung hätte vermutlich noch länger als dreißig Sekunden gedauert, wenn ich den Faden nicht wieder aufgenommen hätte. »Entschuldigen Sie, dass ich Sie eben unterbrochen habe. Ich wollte Sie nur nicht unnötig aufhalten.«

»Äh, nein, äh, darum geht es nicht. Ich dachte nur, dass jetzt doch ... Einen Moment, ich stelle Sie am besten durch.«

Diesmal dauerte es fast zwei Minuten, bis wieder eine Stimme aus dem Hörer kam. Der große Zampano meldete sich mit einem einfachen: »Mackowiak.«

»Guten Morgen, Herr Direktor, ich würde Sie gerne wegen der Schwarzen Ma...«

»Woher wissen Sie das? Woher haben Sie diese Information?«

Jetzt war ich es, der eine kleine Auszeit brauchte. »Woher soll ich was wissen? Dass sie zu Ihnen geschickt wurde, ist doch wohl kein Geheimnis. Also was für eine Information soll ich denn haben?«

»Na, dass sie gestohlen worden ist. Deswegen rufen Sie doch an, oder etwa nicht?«

* * *

»Tut mir leid, dass ich Ihnen da nicht weiterhelfen kann, Herr ...?«

»Schmidt, Karl-Heinz Schmidt.« Einen besseren Tarnnamen gibt es nicht. Schon gar nicht, wenn es der eigene ist.

Der Wettergott meinte es gut mit den Menschen und ließ uns noch einmal das Verwöhnaroma eines goldenen Oktobers schmecken. Wir saßen im Biergarten der sogenannten Hausbrauerei Bönte, einem Treffpunkt für Jazzfans, bis das Haus nicht mehr genug Bier braute, um die Bands bezahlen zu können. Wahrscheinlich war dies einer der letzten Tage des Jahres, an dem man es noch in der Freiluftgastronomie aushalten konnte. Trotzdem waren Mackowiak und ich allein hier, weil der Platz im Schatten des Gebäudes lag. Außerdem waren es nur ein paar Schritte bis zum Ikonenmuseum, was einen weiteren Vorteil darstellte.

»Natürlich, Schmidt ... meine Vergesslichkeit ... Ich weiß auch nicht mehr, wo mir der Kopf steht, seit diesen merkwürdigen Vorfällen. Zuerst dieser seltsame Alte im Museum, und dann löst sich die Ikone in Luft auf. Tut mir wirklich leid, Herr Schmidt, aber ich habe nicht die geringste Ahnung, wo die Schwarze Madonna abgeblieben ist. Ich kann insofern nur vermuten, dass sie einer der Packer gestohlen hat. Ich habe mich vorsichtshalber bereits bei der Transportfirma erkundigt. Die drei Leute, die sie geschickt haben, arbeiten alle dort seit mindestens fünf Jahren. Tatsächlich waren es aber vier, die auf einmal im Museum waren. Es muss der Jüngste von denen gewesen sein, aber den kennt da keiner. Der war einfach da, und dann war er irgendwann wieder verschwunden. – Aber mit Plutonium, Atombomben oder so kann das nichts zu tun haben, bestimmt nicht.«

Bis auf den letzten hatte Mackowiak jeden dieser Sätze mit einem Achselzucken begleitet, und bei jedem zweiten seine gerunzelte Stirn massiert. Er wirkte aufrichtig zerknirscht.

Wir hatten uns bereits am Telefon dafür entschieden, die Karten auf den Tisch zu legen und auf jede Geheimniskrämerei zu verzichten. Deshalb hatte ich unsere Wahrheitsrunde auch damit eröffnet, dass ich die Geschichte von meinem Treffen mit dem greisen Russen vor dem Prosper-Krankenhaus zum Besten gab und insbesondere den Tascheninhalt ins Spiel brachte. Das half meinem Gesprächspartner aber auch nicht auf die Sprünge.

»Die Ikone unterschied sich durch nichts von anderen ähnlichen, schon gar nicht durch das Gewicht. Und müssen solche gefährlichen Substanzen nicht immer in so einer Art Bleikoffer oder so transportiert werden? Und wenn nicht, wären wir doch wohl schon alle tot, oder?«

Jetzt war es an mir, mit den Schultern zu zucken. »Keine Ahnung. Aber ich glaube schon, dass Sie recht haben. Zumindest einer der Arbeiter hätte bis heute irgendetwas merken müssen, Übelkeit, vielleicht Ausschlag? Wie gesagt, keine Ahnung. Aber irgendetwas hätte man gemerkt, davon bin ich überzeugt. Also was hat der Tascheninhalt dann für eine Bedeutung?«

Museumsdirektoren, wenn sie nicht gerade der Leiter des Erotikmuseums in Amsterdam sind, mögen in den Augen vieler ihrer Mitmenschen als weltfremd und versponnen gelten. Ich selber teile diese Auffassung nicht und war deshalb auch nicht sonderlich überrascht, als Mackowiak einen Gedankengang offenbarte, der mir ausgesprochen logisch erschien. »Diese Frage werden wir wohl erst beantworten können, wenn wir wissen, in welchem Maße der Alte noch zu einem realitätsbezogenen Denken fähig ist. Und genau das werden wir möglicherweise nie beurteilen können.«

Immerhin blieb der Alte nicht das einzige Kuriosum in dieser Angelegenheit. Als Mackowiak sich nämlich, nachdem er seine Kleider zerrissen und sein Haupt mit Asche bestreut hatte, wortreich beim Absender der Ikonenlieferung, einer Kunstgalerie in Moskau, entschuldigen wollte, musste er zu seiner größten Verblüffung feststellen, dass es diese Galerie überhaupt nicht gab, genauer, nie gegeben hatte. Als einziger Trost in dieser umfassenden ikonesken Verwirrung blieb ihm die Tatsache, dass sein Museum nun für die nächsten eineinhalb Jahre geschlossen und er selber ab morgen für einen sechswöchigen Urlaub mit geheimem Ziel verschwunden bleiben würde. Er verriet dazu lediglich, dass er auch telefonisch nicht erreichbar sei.

Mit dieser klugen Entscheidung verabschiedete er sich von mir und war sichtlich froh, ab jetzt seine gesamte mentale Kraft auf die Perfektionierung des Vergessens verwenden zu können.

Ich müsste lügen, wenn ich ihn darum nicht beneidet hätte.

* * *

Meteren vom Scheitern meiner Mission per Telefon in Kenntnis zu setzen, erschien mir zu unangemessen und damit inakzeptabel, selbst wenn ich damit den Gang nach Canossa hätte verhindern können, der mich nach Elburg führen würde. Ich rief lediglich an, um mich bei seinem Sekretär nach einem genehmen Termin für ein Treffen zu erkundigen.

Daher war ich nicht wenig erstaunt, dass ich den großen Kunsthändler direkt an der Leitung hatte, der wieder mal mehr zu wissen schien als ich.

»Oh, Herr Schmidt, wunderbar, dass Sie sich melden. Ich habe schon vom misslichen Verlauf unserer kleinen Unternehmung erfahren. Höchst bedauerlich, aber offenkundig nicht zu verhindern. Na ja, man kann nicht immer gewinnen. Und ich bin mir sicher, dass sich demnächst eine neue Gelegenheit bieten wird, bei der wir wieder zusammenarbeiten können, und dann bestimmt mit mehr Erfolg, daran habe ich gar keinen Zweifel. Auf jeden Fall bedanke ich mich herzlich für Ihre Beteiligung. Ich habe davon abgesehen, Sie durch die Erstattung Ihrer wohl nicht allzu hohen Reisekosten zu beleidigen. Stattdessen habe ich mir erlaubt, Ihnen als Dank und zur Erinnerung ein kleines Präsent aus meinem Fundus zukommen zu lassen, das hoffentlich Ihre Billigung finden wird. Ich meine, seinerzeit bemerkt zu haben, dass Ihnen dieses Teil besonders ins Auge gestochen hat. Vielleicht hat es sogar irgendwann einmal einen praktischen Nutzwert. – Dann bleibt mir abschließend nicht mehr, als Ihnen ein herzliches Lebewohl zu wünschen in der sicheren Hoffnung, dass wir uns in absehbarer Zeit zu dem einen oder anderen Geschäft, das bestimmt ertragreicher sein wird, zusammenfinden werden. Alsdann, alles Gute!«

Ich schaffte es soeben noch, eine Abschiedsfloskel loszuwerden, dann war die Leitung tot.

Den Hörer weiter in der Hand latschte ich einige Male in meinem Wohnzimmer auf und ab, ohne mich entscheiden zu können, ob ich noch mal anrufen oder den Zauberknochen, wie Catweazle dieses Teufelswerkzeug immer genannt hatte, lieber in die Ecke feuern sollte. Ich entschied mich für die dritte, die vernünftige Lösung, erleichterte meinen Bestand an Alkoholica um eine Flasche Zwetschgenbrannt und ging mit ihr zu meinem Nachbarn Hans rüber, mit dem ich bis in die Nacht über die heilsame Schutzwirkung von Hochprozentigem gegenüber Strahlenschäden, russischen Kunstraubrächern, Plutoniumendlagern in Gipsikonen, schmutzigen Bomben und sauberen Heiligenbildern diskutierte.

Wie ich wieder nach Hause und in mein Bett gekommen bin, weiß ich bis heute nicht.

* * *

Als ich eine Woche später in Egmond aus dem Schlaf geklingelt wurde, hatte ich das Gefühl, in eine Zeitschleife geraten zu sein. Wieder war es Nacht, wieder regnete es, wieder hatte es nur einmal geschellt, und wieder war niemand zu sehen, als ich die Tür öffnete. Diesmal war es allerdings kein Brief, der da vor mir lag, sondern ein Päckchen, das für seine geringe Größe relativ schwer war.

Ich war noch zu schlaftrunken und damit zu vernünftig, um an verstrahltes Material, Briefbomben oder ähnlichen Blödsinn zu denken, und riss die Verpackung einfach ab. Darin lagen ein kurzläufiger, verchromter Revolver im Kaliber 38 und eine Schachtel mit fünfzig Schuss Munition. Ein Bulldog, geschätzte hundert Jahre alt, zwar mit Gebrauchsspuren wie einer winzigen Absplitterung von der rechten Griffschale, aber voll funktionstüchtig. Ein exzellentes Sammlerstück, das mich auf einen Schlag hellwach machte.

Einen Mann mit so viel Stil ruft man nicht mitten in der Nacht an, auch dann nicht, wenn man ihn mit einem Schwall von Dankesworten überkübeln will. Ich wartete also nolens volens bis zum nächsten Morgen und bekam nur seinen Sekretär Bertram an den Hörer. Meenher Meteren befände sich leider zur Zeit in der Schweiz und würde wohl auch noch einen Abstecher nach Frankreich zu diversen Auktionen machen. In diesem Jahr sei mit seiner Rückkehr nach Holland nicht zu rechnen, er würde ihm aber selbstverständlich meinen Dank ausrichten, sobald sich sein Herr und Meister bei ihm meldete. Der würde mich gewiss zurückrufen.

Im Dezember rechnete ich noch mit einer Nachricht, im Januar kam mir die ganze Sache höchstens noch einmal pro Woche in den Sinn, und Ende Februar war das Ganze für mich nur noch Geschichte. Dann war ich mir sicher, dass sich das Unternehmen Schwarze Madonna für mich für alle Zeiten erledigt hatte.

Bis zum 11. März 2011, der der Welt die Erkenntnis brachte, dass auch eine hochtechnisierte Nation wie Japan nicht gegen hausgemachte Katastrophen gefeit war.

2. Teil

ASCHE ZU STAUB

5. Kapitel

Der Löwe war keine fünf Meter von mir entfernt. Es war ein männliches Exemplar. Nicht so wuchtig, wie man es gemeinhin aus unseren Zoos kannte, und auch nicht mit so einer prächtigen Mähne ausgestattet. Aber die war selten in der freien Natur, wo die Dornbuschsteppe ihren Tribut forderte und die stachlige Vegetation das Fell ihrer Bewohner auskämmte. Und fett wurden die Raubkatzen dort auch nicht. Genau das machte die Tiere umso gefährlicher.

Die Bestie vor mir hatte sich über eine erlegte Antilope gekauert und wollte offensichtlich gerade mit ihrem Mahl beginnen. Obwohl sie damit voll beschäftigt war und keinerlei Notiz von mir nahm, hätte ich keinen Cent auf mein Leben gesetzt, ließe sich die Zeit um etliche Jahrzehnte zurückdrehen. So lange war der Bursche meiner Schätzung nach tot, der ausgestopft und dann in das größte Diaporama eingearbeitet worden war, das das Klostermuseum von St. Ottilien zu bieten hatte.

Das Museum war, verteilt über Erdgeschoss und Keller, mehr Schauergewölbe als Ausstellungsraum. Ausgetretene Steinstufen, antike Vitrinen mit schlierigen Scheiben und die staubig-glasigen Augen der zerzausten Tierpräparate sorgten für eine Atmosphäre, die selbst die überdrehtesten Kinder nach einer Viertelstunde nur noch flüstern ließ. Alter, schleichender Verfall und Konservierungsmittel ließen den Ort nach einer Draculaszenerie der Fünfzigerjahre-Filme riechen.

Die frommen Missionare der Vergangenheit hatten aus Afrika und Asien alles zusammengetragen, was ihnen kurios, selten, gefährlich und geheimnisvoll erschienen war.

Im Wesentlichen ausgestopfte Tiere und primitive Waffen, die den Eingeborenen doch nicht ausgereicht hatten, sich den weißen Mann und die Segnungen der Zivilisation vom Hals zu halten. Ich wurde den Eindruck nicht los, dass sich die sammelwütigen Betbrüder beim Beschaffen ihrer Lieblingstrophäen gar nicht so sehr von ihren nicht-zölibatären Geschlechtsgenossen unterschieden, wenn ich auch unter ihren höchst unterschiedlichen Exponaten im unteren Stock keine nackte Negerin in Formalin entdecken konnte.

Als Bruder Anselm nach dreißig Minuten noch nicht aufgetaucht war, ging ich wieder nach oben an die Luft. Ich musste durchatmen und brauchte etwas Sonnenlicht, wenn ich nicht Gefahr laufen wollte, in meinem nächsten Gegenüber Christopher Lee in seiner Glanzrolle zu erkennen.

Mit dem hatte der kleine, dickliche Mann mit dem fröhlichen Kindergesicht, der mich draußen vor der Tür beinahe umrannte, jedoch nicht die geringste Ähnlichkeit. »Sie sind Herr Schmidt, hoffe ich, und trotz meiner Verspätung noch nicht gegangen? Da habe ich ja noch mal Glück gehabt. – Aber das ist ja alles so verrückt, kann ich Ihnen sagen, wirklich, total kurios.«

Nachdem die Sätze nur so aus ihm herausgesprudelt waren, schaute er mich derart erwartungsvoll an, als hätte er damit bereits alles gesagt und ich natürlich auch alles begriffen. Doch bis jetzt kapierte ich rein gar nichts.

Da mir jede Qualifikation zu einem Politiker fehlt, blieb das auch meinem Gesprächspartner nicht verborgen, der mich daraufhin an einer Voliere für exotische, diesmal sehr lebendige Krummschnäbel entlangführte, bis wir am Ende vor der Durchreiche eines winzigen Freiluftcafés angelangt waren. Dort standen einige kleine Tische, an denen man Kuchen und Getränke konsumieren konnte, die an einem Schalter vor Kopf für relativ geringes Entgelt zu erstehen waren. »Wenn Sie sich noch ein wenig gedulden könnten, Herr Schmidt. Ich will nur noch eben in Ilyas Zimmer und sehen, ob ich da den Zettel entdecke, den er mir gezeigt hat. Der könnte für Sie vielleicht von Wichtigkeit sein. – Robert, bringen Sie unserem Gast doch bitte einstweilen ein Gläschen von unserem selbstgebrannten Obstler.«

Damit entfernte er sich eiligen Schrittes, und Robert, der junge Mann, der für Verkauf und Bedienung zuständig war, brachte den Schnaps – und der mich ins Grübeln. Verfügte Anselm Dahlberger, der Bruder Anselm, der gar kein Bruder Anselm war, sondern, wie ich aus unserem Telefonat von vorgestern wusste, ein ziviler Angestellter des Klosters, über eine einzigartige Menschenkenntnis, oder war es mit mir schon so weit gekommen, das jeder x-beliebige mir mein Faible für Hochprozentiges bereits nach zwei Sätzen anmerkte? Letztlich egal, der Stoff war jedenfalls ganz prima. Viel wichtiger war für mich die Antwort auf die Frage, warum ein Kauz wie Ilya Scholochow so dringend die Hilfe eines ihm so gut wie Unbekannten benötigte. Dies, so hatte Dahlberger mir erklärt, wüsste er selber nicht genau, das sollte ich mir besser von Scholochow darlegen lassen, wenn ich denn überhaupt interessiert und obendrein bereit wäre, den weiten Weg nach St. Ottilien auf mich zu nehmen. Aber an der Sache müsste wohl einiges dran sein, wie er sich ausdrückte; immerhin hätte sich der alte Mann, den er vor einigen Jahren anlässlich einer Informationstour zu orthodoxen Kirchen und Klöstern in der ehemaligen Sowjetunion kennen gelernt und mit dem er sich auf Anhieb verstanden hatte, zur Erfüllung seiner unbekannten Mission auf das Abenteuer einer Reise eingelassen, die sehr viel weiter gewesen war.

Der Anruf hatte mich so verblüfft, dass ich nicht einmal nachgefragt hatte, mit welchem Zaubertrick dem Russen meine Telefonnummer bekanntgeworden war. Doch das und einiges andere würde ich nachholen, wenn der hektische Herr Dahlberger wieder auftauchte.

Während ich wartete, kam mir wie so oft in den letzten Tagen in den Sinn, dass auch bei dem Russen die Naturkatastrophe in Japan mit dem atomaren Gau als Folge seine neuerliche Betriebsamkeit ausgelöst haben könnte. Meines Erachtens keine abwegige Idee, der Inhalt seiner Aktentasche war mir noch gut in Erinnerung. Hatte er ein Tschernobyltrauma zu verarbeiten und war jetzt durch die Parallele in Fukushima aufgerüttelt worden? Aber welchen besonderen Bezug zu diesem Land hatte er?

Ich selber müsste lügen, wenn ich behauptete, Japan würde zu den Nationen zählen, die mir am sympathischsten waren. Ich will dabei nicht in der Vergangenheit herumstochern, das können gerade wir Deutsche uns nicht leisten. Was mich aber in der Gegenwart wurmte, war die beispiellose Arroganz, mit der man sich dort über internationale Umweltschutzabkommen hinwegsetzte und obendrein dem Rest der Welt dadurch den Stempel *verarschungswürdig* aufdrückte, dass man dreist mit der Lüge hausieren ging, die nach – oder vielleicht doch vor? – den Menschen intelligentesten Lebewesen bis an die Grenze der Ausrottung zu Forschungszwecken abschlachten zu müssen, um sie in Wahrheit ausnahmslos auf den Tellern von Spezialitätenrestaurants landen zu lassen. Hatte die Natur nun zurückgeschlagen? Hatte sich Leviathan nach Jahrzehnten des Zauderns nun so heftig in seinem nassen Bett herumgewälzt, dass er mit Flutwellen nie gekannten Ausmaßes und Erdbeben ungeahnter Stärke Rache an den Mördern seiner Kinder nahm?

Ich wusste es nicht. Aber was ich wusste, war, dass man in Japan seit Hiroshima und Nagasaki kaum vor etwas so große

Angst hatte wie vor radioaktiver Verseuchung. Und die stand jetzt unmittelbar bevor, wenn man der Bildzeitung vom 14.3.11 glauben wollte, deren fette Schlagzeile alles in einem einzigen Begriff zusammenfasste: *Atom-Horror*. Ironie des Schicksals, sich dafür das fünfundzwanzigste Jubiläum des Unglücks von Tschernobyl auszusuchen. Es war dieses Szenario, von sämtlichen TV-Sendern seit einer Woche in periodischen Sondersendungen serviert, das mich die gedankliche Brücke zu meinem Treffen mit Ilya Scholochow auf dem Krankenhausparkplatz und seinem speziellen Interessengebiet schlagen ließ. Andererseits hätte der alte Russe ein halber Hellseher sein müssen, um die katastrophalen Auswirkungen der Naturereignisse vom ersten Moment an absehen und in der relativ knapp bemessenen Zwischenzeit heute hier sein zu können.

Dahlbergers Erscheinen riss mich aus meinen Gedankenspielchen. Er hatte einen billigen Schreibblock in der Hand und ich den dritten Klostergeist vor mir stehen. In dieser gelösten Stimmung eröffnete ich das Gespräch, nachdem er sich, noch leicht schnaufend von seinem Eilmarsch, in einem der Sessel aus Metallrohr und Plastikgeflecht neben mir niedergelassen hatte.

»Nun, Herr Dahlberger, wie Sie sehen, hat mich die Neugier hierher getrieben. Aber jetzt verraten Sie mir bitte auch, was ich hier soll und wie Sie mich überhaupt gefunden haben.«

»Er hat gesagt, Sie wären der einzige Fremde, dem man vertrauen könnte. Sie haben ihm wohl mal dabei geholfen, einige für ihn sehr wichtige persönliche Dinge zurückzubekommen.«

Damit konnte er nur die Tasche und ihren kryptischen Inhalt meinen, die ich Scholochow auf dem Krankenhausparkplatz zurückgegeben hatte.

»Okay, aber wie haben Sie mich aufgestöbert? Ich stehe schließlich nicht in den Gelben Seiten in der Rubrik *Fremde, denen man vertrauen kann.*«

»Das nicht. Aber nur, weil wir hier im Kloster leben, sind wir damit noch lange nicht hinter dem Mond. Ilya mag Ihnen leicht versponnen vorkommen, aber er ist hochintelligent und hat eine erstaunliche Merkfähigkeit. An das Kennzeichen Ihres Wagens konnte er sich deshalb sehr gut erinnern, und dass es einen sogenannten Zentralruf der Deutschen Autoversicherungen gibt, ist auch bis zu uns durchgedrungen. Da reichte dann die kleine Notlüge eines Bagatellschadens durch eine missglückte Einparkaktion.« Sein verschmitztes Lächeln war dabei nicht ohne einen Anflug von Stolz.

Sieh mal einer an, da hatte St. Ottilien tatsächlich so etwas wie einen hauseigenen Pater Brown. Und dass seine detektivischen Fähigkeiten mit dem Aufspüren meiner Adresse noch lange nicht erschöpft waren, bewies der Schreibblock, den er vor mich auf den Tisch legte. »Vielleicht sehen Sie das schon einmal an. Ich erzähle Ihnen dabei das Bisschen, was ich von dieser verworrenen Geschichte mitbekommen habe.«

Die Blätter des mit dem uralten Rechenkästchenmuster bedruckten DIN-A5-Blocks waren bis auf die oberste Seite unbenutzt. Ich vermutete, dass sich ursprünglich zumindest ein weiteres Blatt darüber befunden haben musste; denn dieses hier hatte der klösterliche Amateurermittler vorsichtig mit angeschrägtem Bleistift so eingeschwärzt, wie man es als Kind schon durch die Lektüre der Kalle-Blomquist-Romane lernt und wie es überraschenderweise sogar einmal im wahren Leben zum Erfolg führen kann, wenn dem Schreiber scheißegal ist, ob irgendjemand seine Niederschrift für sich wieder lesbar macht oder nicht. Allerdings war die Schrift bei Kalle Blomquist immer stärker durchgedrückt als bei uns, sodass wir beide lediglich einige Schriftfragmente entziffern konnten.

Deshalb schien Anselm auch ein wenig enttäuscht vom Ergebnis seiner Bemühungen, nachdem wir uns fast zehn Minuten intensiv mit den wenigen weißen Linien in der schwarzen Fläche beschäftigt hatten und trotzdem keine erhellende Nachricht herausfiltern konnten. Alles, was wir schließlich zu Tage förderten, waren einzelne Zeichen, die meiner unmaßgeblichen Meinung nach dem kyrillischen Alphabet entstammten und durch ihre Einzelstellungen auch auf deutsch keinen Sinn ergeben hätten, sowie die Buchstabenkombinationen *aldurs, dho* und *osach,* die für mich genauso gut von einer assyrischen Tempelwand hätten stammen können. Dieser Ausflug auf das Feld der Schriftgelehrten konnte getrost als gescheitert angesehen werden.

»Tja, das war's dann wohl. – Dann könnten Sie mir ja jetzt erzählen, was dies hier mit Scholochows Wunsch auf sich hat, mich zu treffen.«

Anselm konnte zwar seinen Blick noch nicht ganz vom Schreibblock losreißen, klärte mich aber doch über das auf, was er von dieser, von ihm als »verworren« apostrophierten Geschichte wusste, so wenig es auch war. Da hatte plötzlich dieser alte Russe vor seiner Tür gestanden, der in dieser Gegend niemanden außer ihm kannte, und das auch nur sehr flüchtig, denn Anselms damaliger Aufenthalt in der Sowjetunion war kurz gewesen. Doch einen anderen Ansprechpartner gab es für Ilya Scholochow eben nicht. Der brauchte ein Dach über dem Kopf plus einen Menschen, dem er über den Weg trauen und den er, soweit es nötig war, um Hilfe bitten konnte. Mit Letzterem wollte er sich allerdings noch Zeit lassen und zunächst einiges alleine klären, soweit ihm das möglich war. Einstweilen ließ er nur verlauten, dass er in Deutschland sei, um eine Ikone, die er selber hergestellt habe und die ihm gestohlen worden war, wiederzubeschaffen, und dass das alles sehr, sehr wichtig sei. Dabei hatte er noch schnell einen Zettel sehen lassen, der Anselm nun im Nachhinein wie ein Ausriss aus einer Zeitung erschienen war. Und, ach ja, Anselm möge doch bitte herausfinden, wem ein Sportwagen mit der Nummer gehörte, die er für seinen Herbergsvater auf einem Stück Karton notiert hatte. »Das hab ich getan, und ich bin, ehrlich gesagt, immer noch erstaunt, dass Sie so prompt auf meinen Anruf reagiert und von so weit hierher gekommen sind.«

»Das kann ich Ihnen nicht verdenken, aber Neugier ist, wie ich bereits andeutete, nun mal eine starke Triebfeder, jedenfalls bei mir.« Und damit war ich mit Erzählen dran. Worauf ich am meisten neugierig war, ließ ich dabei selbstverständlich aus. Wie sollte ich auch dem Mitarbeiter eines Klosters verdeutlichen, dass ich unbedingt den »Teufel persönlich« kennen lernen wollte, der in Ilyas Ikone stecken sollte.

Als ich fertig war, ging bei Anselm das große Kopfschütteln los, mit dem er sein Unverständnis demonstrierte. »Er war schon im vorigen Jahr in Deutschland? Katastrophenfotos hat er mit sich herumgetragen, aber keine Literatur über Ikonen? Und sogar eine richtige Pistole hatte er dabei? Das begreife ich alles nicht. Sie vielleicht?«

Ich auch nicht, aber genau deswegen war ich ja hier. Nur war der Mann, der mich treffen und den ich treffen wollte, an diesem Morgen schon in aller Frühe ausgeflogen, und das mit unbekanntem Ziel und ohne Anselm einzuweihen.

Das brachte mich auf eine Idee, wie wir eventuell weiterkommen könnten. »Was halten Sie davon, wenn wir uns mal sein Zimmer ansehen? Wenn dieser Mensch so sprunghaft und dabei so geheimniskrämerisch ist, kann es doch sein, dass er alles zusammengepackt und gar nicht mehr vor hat, wieder hierher zurückzukehren.«

In meinem Gegenüber rangen sichtlich die Wünsche miteinander, einerseits die Privatsphäre eines Gastes nicht zu verletzen, doch andererseits auch einer gewissen Obhutspflicht seiner Person gegenüber zu genügen. Schließlich nickte er. »Wir müssen wirklich sehen, dass wir ihn finden, damit ihm nicht etwa was passiert. Er kennt sich doch hier überhaupt nicht aus.«

Abgesehen von seinem angeknacksten Gesundheitszustand hatte ich seinerzeit in Recklinghausen nicht den Eindruck gehabt, bei dem alten Russen würde es sich um einen vollkommen hilflosen und desorientierten Menschen handeln. Doch dass ihn ein Übermaß an Aufregung durchaus umhauen konnte, hatte ich selber miterlebt. Auch das behielt ich aber lieber für mich, weil ich befürchtete, Anselm könnte es sich doch noch anders überlegen.

Ich folgte ihm um ein paar Ecken über ein paar Treppen in den Gästebereich des Klosters, bis wir in einem schlichten, aber freundlichen und ausreichend möblierten Raum standen, wie man ihn in der restlichen Welt in einem sauberen Drei-Sterne-Hotel erwarten durfte. Während Anselm sich einen schnellen Überblick verschaffte, der im Wesentlichen darin bestand, einen Kleiderschrank zu öffnen, auf einen darin abgestellten Koffer zu deuten und messerscharf eine endgültige Abreise des Gastes auszuschließen, konzentrierte sich meine Aufmerksamkeit auf eine Zeitung, die aufgeschlagen auf dem Tisch lag und in diesem weitestgehend unbewohnt erscheinenden Raum wie ein Fremdkörper wirkte.

Moosach ist ein Stadtteil von München, wie ich noch von meinem damaligen Besuch wusste, als ich zusammen mit meinem alten Freund Armin Rendorf dort zu tun hatte. Und hier vor mir lag der *Moosacher Anzeiger*, ein Wochenblatt, das kostenlos an alle Haushalte der Umgebung verteilt wurde, über Seniorenfeste und Baumarkteröffnungen berichtete, im Wesentlichen aber aus Annoncen bestand, durch die sich die Gazette finanzierte. Auf diese Weise wurden zum Beispiel potentielle Gäste darüber aufgeklärt, ob die Viertel-Ente mit Blaukraut an diesem Wochenende in der Gaststätte *Alter Wirt* in Ramersdorf, im familiengeführten Restaurant *Alter Wirt* in Grünwald, in dem Gasthaus *Alter Wirt* in Moosach, oder in der Traditionsgastronomie *Alter Wirt* in Thalkirchen am günstigsten war. Von den anderen, möglicherweise noch älteren Wirten in Obermenzing, Unterschleissheim, Hallbergmoos und so weiter, und so weiter gar nicht zu reden.

Ich hatte mir immer eingebildet, mich ein bisschen mit bayrischen Eigenarten auszukennen, und war mir bis dahin sicher gewesen, dass eine solche Einfallslosigkeit bei der Namensgebung nur beim legendären *Gasthof zur Post* vorkam, auf den man selbst in Vier-Häuser-Kuhdörfern stieß, in denen nie eine Post existiert hatte. Aber offensichtlich waren die alten Wirte schwer im Kommen.

Ich ging das Anzeigenblatt von vorne bis hinten durch, weil mir nichts anderes einfiel, was ich in diesem Zimmer sonst noch hätte tun können, und stieß auf eine Seite, von der ein Stück abgerissen war. Das konnte natürlich Zufall sein. Publikationen dieser Art wurden normalerweise in dicken Packen vor die Haustüren geschmissen, wo sie Wind und Wetter ausgesetzt waren und jeder Interessent an ihnen herumzerrte. Dieses Exemplar machte jedoch ansonsten einen gut erhaltenen Eindruck. Außerdem befand sich der Ausriss im Mittelteil.

Also regte sich verstärkt der Detektiv in mir. »Haben Sie sich das hier schon genauer angesehen?«

Anselm blickte auf das Wochenblatt und schüttelte verständnislos den Kopf. »Hat er auch darauf etwas gekritzelt?«

»Nein. Wenn das für uns überhaupt eine Bedeutung hat, dann ist das eher ein negativer Hinweis, wenn ich das mal so formulieren darf. – Haben Sie noch so eine Ausgabe? Dann wüssten wir, womit sich der fehlende Teil beschäftigt.«

Ein weiteres Kopfschütteln. »Aber ich kann kurz im Restaurant nachsehen, da liegen immer einige Blätter rum. Ob aber ein *Moosacher Anzeiger* dabei ist – ich weiß nicht.«

Während Anselm sich auf die Suche machte, nahm ich mir noch einmal den Rechenkästchenblock vor mit *aldurs, dho* und *osach*. Letzteres ergab für mich nun einen Sinn: Moosach.

Als Anselm nach einigen Minuten wieder auftauchte, wurde seine nun schon routinierte Kopfbewegung von einer bedauernden Miene begleitet. »Nichts mehr da. Aber in der Münchner Redaktion werden Sie bestimmt fündig, wenn Sie meinen, dass sich dafür die Fahrt lohnt.«

»Kein Problem, ich hab mich da ja schon eingemietet.« Mein Hotel, das *Holiday Inn*, lag im Stadtteil Obersendling, und damit, soweit ich mich erinnerte, nicht allzu weit von Moosach entfernt, jedenfalls nicht für einen Motorisierten. »Dann mach ich mich wohl am besten sofort auf den Weg.«

So schnell ging es dann doch nicht, weil mir mitten in der Verabschiedung eine Idee kam. »Entschuldigen Sie, Herr Dahlberger, dass ich Sie so auf Trab halte, aber hätten Sie vielleicht einen Stadtplan von München zur Hand, möglichst großformatig?«

Hatte er, als er nach erneutem Verschwinden wieder da war. Ich wollte danach suchen, ob auch die beiden anderen Kombinationen zu irgendetwas in dieser Gegend passten. Und während ich anhand der Karte feststellen konnte, dass Sendling und Moosach nicht aneinandergrenzten, sondern doch eine Ecke auseinanderlagen, sprang mir die Zuordnung von *aldurs* förmlich in die Augen. Ich hatte bei unserer ersten

Rumknobelei zunächst einen Gedanken daran verschwendet, ob es sich dabei nicht eventuell um die Lautschrift eines Begriffs wie *Alltours* handeln könnte, bei denen Scholochow eine Reise buchen wollte. Aber das war es nicht. Es war vielmehr die B*aldurs*traße, an der – jetzt keine große Überraschung mehr – der Frie*dho*f von Moosach lag, besser bekannt als der Münchner Westfriedhof.

Der alte Ilya hatte es heute mit seinem Verschwinden ausgesprochen eilig gehabt, was die Vermutung nahelegte, dass er sich dort noch vor dem Abend, wenn der Gottesacker geschlossen wurde, mit jemandem treffen wollte. Und zwar, da die anderen Einwohner bestimmt keinen Zeitdruck mehr hatten, mit einem Lebenden.

Weil er einen satten zeitlichen Vorsprung hatte, hatte ich es noch eiliger als er. Anselm rief mir noch hinterher: »Haben Sie ein Handy, dass ich Sie sofort erreichen kann, wenn sich etwas Neues ergibt?«

Die Zeiten klösterlicher Abgeschiedenheit waren wohl endgültig vorbei. Vermutlich nahmen sie hier nur noch jemanden auf, der seinen Antrag auf einem Laptop geschrieben und mit einem Laserprinter ausgedruckt hatte.

Aber da saß ich schon im Wagen und winkte nur kurz mehrdeutig-nichtssagend durch die beschlagene Scheibe. Wenige Minuten später war ich auf der A 96, Ilyas ramponierten *Moosacher Anzeiger* neben mir auf dem Beifahrersitz.

* * *

Als ich mich meinem Ziel näherte, wusste ich, dass ich schon einmal hier gewesen war. Die pompöse Trauerhalle, die den Haupteingang markierte, hatte mich schon damals beeindruckt, als ich bei der Suche nach einer Essgelegenheit in dieser Ecke der Stadt gelandet war, und ich sie mir einfach aus rein touristischem Interesse angesehen hatte. Man hatte mir diese Gegend in der Nähe des Olympiaparks empfohlen, weil es hier angeblich gemütlich und preiswert war. Mein als gescheitert zu betrachtender Selbstversuch hatte seinerzeit allerdings ergeben, dass man insoweit durchaus geteilter Meinung sein konnte. Heute hatten sich im Bestreben, hier ein kleines Gegengewicht zum mittlerweile ziemlich heruntergekommenen Schwabing zu etablieren, einige Lokale angesiedelt, die überwiegend auf junge Kundschaft und altes Geld setzten. Ob sich dadurch etwas gebessert hatte, musste sich erst noch zeigen.

Zwar hätte ich gerne sofort den Test gemacht, zumal mir mein knurrender Magen immer lauter zuredete, doch hatte ich auf Ilya bereits mehrere Stunden eingebüßt, so dass ich meine Suche auf dem Friedhof ohne Verzögerung aufnehmen musste, wenn sie überhaupt noch eine Aussicht auf Erfolg haben sollte.

Um diese Zeit standen die meisten Menschen auf der Rückkehr von ihrer Arbeitsstätte noch im feierabendlichen Stau, obendrein nieselte es. Wahrscheinlich fand ich deshalb ohne Mühe einen Parkplatz direkt vor dem Haupttor. Ein kurzer Sprint über den Vorplatz und vorbei an der Halle, durch einen luftigen Säulengang, der mir selber genug Luft nahm, um mir mein fortgeschrittenes Alter mal wieder überdeutlich unter die Nase zu reiben, dann noch über eine parkähnliche Rasenfläche mit Skulpturen, Bänken und Blumenrabatten, sämtlich ohne andere Besucher, und ich hatte das eigentliche Gräberfeld erreicht.

Während ich das Areal mit konzentriertem Rundumblick nach Ilya absuchte und mich gleichzeitig damit abquälte, meine Pulsfrequenz wieder zu normalisieren, lief ein junger Mann in Jeans und Anorak an mir vorbei, die Kapuze gegen

Wind und Wetter tief ins Gesicht gezogen. Auf den ersten Blick ein x-beliebiger Allwetterjogger, der die Kombination von Ruhe und Grün ausnutzte. Trotzdem kam mir irgendetwas an ihm bekannt vor, was aber wohl eher aus einer atemnotbedingten Halluzination als einem tatsächlichen Wiedererkennen resultieren mochte. Um ihm, der schon die Halle passiert hatte und außer Sicht war, noch etwas nachzurufen, war es sowieso zu spät. Und außer einem gekeuchten »He, Sie da!« wäre mir ohnehin nichts eingefallen.

Sollte ich diesen Kerl einfach ignorieren? Nein. Da war etwas an dem Typen, etwas, das mich nicht ans Denken, jedoch ans Laufen brachte. Also rannte ich meinen Weg zurück, ohne genau zu wissen, warum. Wieder am Haupttor angekommen, konnte ich mit Schwindelgefühlen im Kopf und Druck in der Brust gerade noch einen roten Sportwagen mit rot-weiß-schwarzem Schal im Heckfenster und rot-weiß-schwarzem Aufkleber mit den Großbuchstaben AZ auf der Kofferraumklappe aus einer Parklücke schießen sehen, der sich so schnell in Richtung Dachauer Straße entfernte, dass ich nur eben ein Nummernschild mit schwarzen Ziffern auf gelbem Grund erkennen, darauf aber nichts entziffern konnte.

Also zurück zu meinem ursprünglichen Standort bei den Grabstellen, diesmal allerdings im Kurschritt.

Weit hinten, fast am Rande meines Gesichtsfelds, gewahrte ich die Silhouette eines zweiten Mannes in ebenfalls dunkler, jedoch konventioneller Kleidung, der sich unter einem Regenschirm gemessenen Schrittes immer weiter von mir entfernte, bis er in einer einheitlich graugrünen Wand aus Gebüsch, Bäumen und Regen verschwand und ich den Eindruck hatte, an diesem stillen Ort nun das einzige zweibeinige Wesen mit Blut in den Adern zu sein. Alle anderen um mich herum waren aus Stein.

Der Friedhof war übersät mit Jesusdarstellungen aller Schattierungen. Jesus als Kind mit der unverzichtbaren Maria war eindeutig in der Minderheit. Es dominierte Jesus am Kreuz, der aber in allen Variationen. Der Abgeklärte, der Erlöser, der Verhärmte, der Leidende. Der große, öffentliche dem Haupteingang gegenüber war so ausgezehrt, als hätten ihm die Römer jede Nahrung vorenthalten. Dagegen glich nur hundert Meter zur Linken auf einer Gruft der private Jesus ohne Nägel eher einem Bodybuilder, der gerade dabei war, eine Doppelbizepspose zu vollenden. Mit dem Kreuz schien er keine Schwierigkeiten zu haben, das konnte er über seinem Rücken zerbrechen und zurück ins Leben herabsteigen, ohne auf Ostern warten zu müssen.

Als einzige nicht-religiöse Figur gab es im ganzen Umfeld außer mir nur noch meinen alten Ilya Scholochow, der weit zurückgelehnt auf einer Bank saß und dem die Nässe so wenig auszumachen schien, als hätte man auch ihn in Stein gemeißelt. Selbst als ich dicht neben ihn trat und leicht an seinem Ärmel zupfte, bewegte er sich nicht und blinzelte auch nicht die Tropfen weg, die auf sein Gesicht fielen. Nur sein Mantel war ein wenig aufgegangen und gestattete wie ein dramatisch beiseite gezogener Theatervorhang die Sicht auf einen mit dem weißen Hemd malerisch kontrastierenden Blutfleck, der sich seitlich in Bauchhöhe langsam, aber stetig vergrößerte. Auf dem Boden zwischen seinen Beinen lag die Tokarev, die ich in Recklinghausen schon selbst in der Hand gehalten hatte. Ich brauchte kein Stethoskop und musste seine Herztöne nicht abhören, um zu wissen, dass er tot war. Wahrscheinlich war der Schuss selber nicht unbedingt und bestimmt nicht auf der Stelle tödlich gewesen, aber bei der angegriffenen Gesundheit des greisen Russen hatte gewiss bereits der Schock des Treffers genügt.

Ich hatte aufgrund meiner Vergangenheit und meiner früheren Zusammenarbeit mit Rendorf genügend Erfahrung, um zu wissen, dass ich besser an Scholochows Leiche nichts verändern oder auch nur berühren und mich auch nicht länger am vermeintlichen Tatort aufhalten sollte. Aber wann hörte ich schon einmal auf die Stimme der Vernunft? Also steckte ich als Erstes den Fetzen des Moosacher Anzeigers ein, dessen Rand aus einer Manteltasche des Toten hervorlugte. Dann roch ich an der Tokarev – gerade abgefeuert – und überprüfte das Magazin. Nur eine Patrone fehlte. Ich wischte die Waffe ab und legte sie an ihren alten Platz. Zuletzt drapierte ich den stillen Don, dem ich mich innerlich in einer Bruderschaft der Veteranen verbunden fühlte, so auf der Bank, dass man ihn bei nicht allzu genauer Betrachtung für einen gleichermaßen von Kummer wie Müdigkeit übermannten Hinterbliebenen halten konnte. Mehr blieb dem Mann, dem man vertrauen konnte, jetzt und hier nicht zu tun.

Was mich im Nachhinein am meisten verwunderte, war, dass ich trotz und allem wieder ans Essen denken musste. Wenn das eine normale Reaktion auf das Auffinden einer Leiche sein sollte, musste der Rest der Menschheit verrückt sein. Jedenfalls erledigte ich den Rückweg fast mechanisch, mehr von meinem fortbestehenden Hunger geleitet als von Überlegung. Vermutlich war es ja nicht nur der leere Magen, sondern ein unbewusst in die Tat umgesetztes Déjà-vu, das mich in das neue In-Restaurant dieser Gegend führte. Ich kam mir selber so ferngesteuert vor, dass ich sogar den aufmerksamen Herrn nur am Rande registrierte, der im letzten Moment verhinderte, dass ich die breite Fahrbahn vor dem Friedhofsparkplatz bei Rot überquerte, mich mit unter seinen Schirm nahm und durch den immer heftiger fallenden Regen über die Straße zu dem Lokal *Villa Dante* geleitete, zu dem mich meine Schritte wie von selbst gelenkt hatten. Er brachte mich bis zum Eingang, wo er sich lächelnd und mit einem freundlichen Spruch von mir verabschiedete.

Der große Run hatte noch nicht eingesetzt, sodass ich mühelos einen freien Ecktisch ergatterte. Nach einem kurzen Blick in die Speisekarte bestellte ich mir eine Pizza Marittima und ein Glas Lambrusco in dem Bewusstsein, dafür mehr Geld bezahlen zu müssen, als in diesem Stadtteil üblich sein sollte. Wie sich später herausstellte, war an ihrer Qualität nichts auszusetzen. Schon gar nicht, als mir wieder einfiel, dass ich genau hier vor Jahren, als dies noch ein Wienerwald-Lokal war, bereits einmal gesessen und ein halbes Grillhähnchen gegessen hatte, das ungefähr so lange tot gewesen sein musste wie die Erstbelegung der Familiengräber auf der anderen Straßenseite.

Bevor meine Pizza kam, kramte ich den Zeitungsausriss hervor, der für Ilya offenbar eine so große Bedeutung gehabt hatte. Auf der einen Seite waren nur Fragmente von Artikeln und Fotos zu sehen, die allesamt nicht vollständig waren. Hätte den Russen etwas davon interessiert, hätte er bestimmt den kompletten Bericht gesichert. Der einzig vollständige Artikel war auf der Rückseite; eine Annonce von *Gut Nederling*, einem gastronomischen Etablissement, in dem zu Speis und Trank auf einer hauseigenen Bühne an manchen Tagen, laut Anzeigentext, komödienstadelartiges Bauerntheater aufgeführt werde, das – den Stolz darauf spürte man selbst aus diesen wenigen Zeilen – sogar im Fernsehen zu sehen sei. Man könne Saal und Bühne sowie diverse andere Räumlichkeiten inklusive Bewirtung aber auch für private Festivitäten, Veranstaltungen und Events anmieten. Ferner verfüge man über einen idyllischen Biergarten.

Als Kind hatte ich auf dem winzigen Bildschirm eines Graetz-Standgeräts, damals noch in Schwarz-weiß, eine Liveübertragung des *Geisterbräu* gesehen, in der ein blutjunger Maxl Graf zur Nachtzeit in weißen Flatterklamotten mit einer Sackkarre auf dem Dachboden der titelgebenden Wirtschaft herumkariolte und dabei beständig »Aah-Huiii« grölte. Das hatte mich mordsmäßig beeindruckt. Aber würde die Neuauflage einer solchen Perle der Kultur genügen, einen alten Russen mit angeschlagener Gesundheit über eine Distanz von Hunderten von Kilometern anreisen zu lassen?

Dann wurde mein Essen aufgetragen, und ich steckte meine Lektüre fürs Erste wieder ein.

Weil ich meinen Körper ganz gut kannte, wusste ich, dass in Bezug auf meine Person die Theorie völlig abwegig war, mit vollem Bauch könne man nicht gut denken, weil sich die ganze Körperenergie nur auf den Magen konzentriere. Meiner Ansicht nach nur eine faule Ausrede für noch faulere Leute, die vor sich selber ein Alibi für ihren ausgedehnten Verdauungsschlaf brauchten. Bei mir bewirkte eine zufriedenstellende Mahlzeit das exakte Gegenteil. Deshalb fiel mir auch jetzt der abschließende Text des barmherzigen Samariters ein, der mich vorhin vor dem Regen geschützt hatte: »Ist es nicht wirklich angenehm, wenn man so unerwartet von einem Unbekannten beschirmt wird?«

Während ich zahlte, ließ ich mir vom Kellner den Weg zu der Lokalität beschreiben, von der ich sicher war, dass sie in Ilyas Überlegungen eine zentrale Rolle gespielt haben musste.

* * *

Auf den ersten Blick fand ich *Gut Nederling* einigermaßen enttäuschend. Ich war, wie mir geheißen, einfach weiter der Straße gefolgt und nach wenigen Minuten zwischen dem Ende der Wohnbebauung und dem Anfang einer riesigen

Schrebergartenanlage auf den Parkplatz des Lokals eingebogen. Ich hatte eine Art Ritterburg mit Türmchen und Erkern erwartet, garniert mit einem Wassergraben, sah mich nun aber einem relativ gesichtslosen, verschachtelten Komplex gegenüber, wie man ihm öfters am Rande des Ruhrgebiets im Vest und dem angrenzenden Münsterland begegnete. Ein spitzgiebliges Hauptgebäude von der Dimension und dem Erscheinungsbild eines Acht-Familien-Mietshauses mit angegliedertem flacheren Fortsatz bildete das Zentrum.

Die Unscheinbarkeit verschwand, als ich durch den niedrigen Haupteingang in einen kleinen Schankraum trat, der eher an die redensartliche Gute Stube als einen gastronomischen Betrieb erinnerte. Alles war auf solide Gediegenheit abgestellt, die dem Gast den Eindruck vermitteln sollte, sich in einem sauberen Zuhause zu befinden, welches freilich auch einen sauberen Preis hatte.

Der nette Kellner aus dem *Dante* sollte mit seiner Anmerkung »Da wird heute aber nicht viel los sein, das lohnt eigentlich nur am Wochenende, außer im Sommer, es sei denn, die haben Programm« recht behalten. Ich hörte zwar Poltergeräusche, die typisch für eine größere Küche waren, zu sehen war aber niemand. Ich nahm dies als stillschweigende Aufforderung, mir als seriöser Betrachter auch die übrigen Räumlichkeiten ansehen zu dürfen, die über zwei Stockwerke verteilt waren und überwiegend aus restauranttypischen Abteilungen mit bereits eingedeckten Tischen bestanden. Am beeindruckendsten war natürlich der Saal mit Bühne, der sich mir in voller Größe offenbarte, als ich über eine Treppe ins Obergeschoss und dort auf die ebenfalls komplett ausgestattete Empore gelangt war. Der gesamte Raum mochte nach meiner Schätzung ein Fassungsvermögen von über zweihundert Personen haben.

Alles in allem sehr ordentlich, sehr bieder. Nicht der geringste Hinweis darauf, dass es hier etwas geben könnte, das den kurz bevorstehenden Weltuntergang auslösen würde und einen alten Russen magisch angezogen haben könnte, diesen zu verhindern.

»Kann ich Ihnen irgendwie helfen?« Die junge Frau, die lautlos hinter mich getreten war, fragte das mit einem Lächeln und in einem durchaus freundlichen Ton. Ich war wohl nicht der erste Besucher in der Geschichte dieses Hauses, der sich ohne Führer im Gastrolabyrinth verirrt hatte.

Ich bemühte mich, in gleicher Münze zurückzuzahlen. Deshalb schenkte ich mir die Antwort »Klar, indem Sie mir verraten, wer Ilya Scholochow erschossen hat und wann die Atomrakete von hier gezündet werden soll« und entgegnete verbindlich: »Wahrscheinlich. Ich habe eine Annonce über dieses Haus gelesen und interessiere mich für die Veranstaltungen, die dort erwähnt wurden. Nicht die Theateraufführungen, ich meine, wie der Saal sonst noch so genutzt wird. Wenn ich mich recht erinnere, wurden da auch andere Möglichkeiten erwähnt, irgendwelche Events. Ich habe gerade Ihren schönen Saal bewundert, eigentlich ideal für Kabarettabende, etwa so in dieser Richtung. Das würde mich mehr reizen. Wird so was auch angeboten?«

Meine Herren, tappte ich im Dunkeln, und was stellte ich für schlaue Fragen! Gut, dass es keinen Sherlock Holmes gab, der mithören konnte.

»Oh, da gebe ich Ihnen am besten mal unseren aktuellen Flyer. Kabarett ist hier wohl eher selten, es sei denn, jemand mietet den Saal zu einer privaten Veranstaltung. Doch das sind dann meistens Familienfeste oder Betriebsfeiern. Zuletzt hatten wir hier die Gartler von nebenan, die begingen hier ihren Saisonauftakt. Und morgen gibt's ganz was

Neues. Da hat jemand den Saal gemietet, um ein Whiskytasting durchzuführen. Es geht um verschiedene Single-Malt-Whiskys, und dazu gibt es auch ein paar Snacks. Ich trink ja lieber was anderes, aber gespannt bin ich trotzdem. Da haben sich einige richtig reiche Leute angesagt. – Kommen Sie doch mit nach unten, ich gebe Ihnen dann unseren Prospekt.«

In der kleinen Schankstube, in der ich zuerst gelandet war, drückte sie mir ein Faltblatt in die Hand, das ganz allgemein über *Gut Nederling* informierte und im Einzelnen seine Vorzüge pries. Wichtiger erschien mir der innenliegende, zusätzliche Handzettel, der Reklame für die Veranstaltung machte, auf die meine charmante Begleitung selber so heiß war.

Sie sah mir bei meinem Studium über die Schulter und bemerkte mein gesteigertes Interesse. »Wir hatten eine irre Nachfrage, alle Plätze unten im Saal sind bereits vorbestellt. Wenn Sie also wirklich dabei sein wollen, dann sollten Sie am besten jetzt gleich für die Empore reservieren.«

Das tat ich dann auch, nicht zuletzt deshalb, weil sie mich bei ihren Worten so anstrahlte, als wäre ich für den nächsten Tag der Ehrengast.

* * *

Ich weiß, dass es wenig pietätvoll war, Anselm Dahlberger nur am Telefon über den Tod von Ilya Scholochow zu informieren, statt hinzufahren und es ihm persönlich zu sagen. Aber ich brauchte im Moment einfach Zeit zum Nachdenken und Distanz zum Geschehen. Deshalb vom Auto aus nur mein kurzer Anruf, aber gepaart mit dem Versprechen, ihn über meine Bemühungen, Licht in das Dunkel zu bringen, auf dem Laufenden zu halten.

Dann fuhr ich zurück zu meinem Hotel, wo ich den Wagen abstellte und mir ein Taxi kommen ließ, das mich zum Viktualienmarkt transportieren sollte. Wie ich schon bei früherer Gelegenheit erwähnte, kann ich manchmal im größten Brassel am besten abschalten, und vom Nymphenburger Zelt hatte ich in Erinnerung, dass es dort immer rappelvoll war und die permanente Geräuschkulisse auf mich die Wirkung eines Schutzwalls gegen die restliche Welt hatte.

Doch auch hier hatte sich seit meinem letzten Besuch einiges getan, das ich nicht unbedingt zu den positivsten Neuerungen der Seppelmetropole zählen konnte. Der Besitzer hatte gewechselt, und mit ihm war das alte Kneipenflair unwiederbringlich dahin. Die neuen Betreiber setzten konsequent auf rauchfreie Zone, Ökotorte und Kaffeehausatmosphäre, die sich allerdings nicht einstellen wollte, weil sich die Süchtel in einem ständigen Kommen und Gehen zwischen den Stuhlreihen durchquetschten, um draußen zwischen den einzelnen Lungenzügen die preußisch genaue Umsetzung des Raucherdiskriminierungsgesetzes durch die bayrische Ordnungsmacht zu bejammern und sich dabei den Arsch abzufrieren.

Nach zwei Halben und den dazugehörigen Himbeergeistern hatte ich mich einigermaßen akklimatisiert und konnte mit dem Versuch beginnen, das Resümee des Tages zu ziehen. Kernfrage: War Scholochow ermordet worden oder eher als Unfallopfer einzustufen? Ich tendierte zu Letzterem. Er war angeschossen worden, und zwar nach meiner Überzeugung mit seiner eigenen Pistole. Ein Schuss fehlte, und ein Schuss hatte ihn getroffen. Sicher, es war denkbar, dass er auf einen anderen gefeuert hatte und der auf ihn. Aber ein anderer Toter hatte da nicht rumgelegen, und wenn dieser Andere nicht oder bloß leicht verletzt war, dann hätte der sicherheitshalber noch die eine oder andere Kugel in seinen Widersacher reingepumpt. Nein, für mich war mehr als wahrscheinlich, dass Ilya seine Pistole gezogen und sich beim Gerangel um die Waffe der Schuss gelöst hatte.

Also kein Mord. Das machte die Ausgangssituation jedoch noch lange nicht zu einer harmlosen. Immerhin war sie dem Russen so prekär erschienen, dass er zu seiner Kanone gegriffen hatte. Und das alles wegen einiger Kisten Whisky?

Der Mann hatte bei seinem Auftritt in Recklinghausen keinen Zweifel daran gelassen, dass nach seinem Dafürhalten eine Katastrophe biblischen Ausmaßes drohte. Nun will ich nicht bestreiten, dass im Übermaß genossenes Feuerwasser so manchen Tod herbeigeführt haben könnte, doch dürfte es sich dabei eher um Einzelschicksale gehandelt haben, deren Verlauf überdies vom Opfer selbst so bestimmt war. Es musste etwas ganz anderes dahinterstecken, dessen Konturen ich nicht einmal ansatzweise erfassen konnte. Insoweit blieb mir nur die Hoffnung auf den nächsten Tag und einen erhellenden Ideenblitz, der meinetwegen auch aus einer Flasche Uisge Beatha kommen durfte.

6. Kapitel

Ich saß auf meinem Platz auf der Empore, hatte die Getränkekarte in der Hand und war schon wieder verblüfft.

Die erste Überraschung des Abends war die Belegung des heute mit Flatterband abgesperrten und einem Wächter ausgestatteten Parkplatzes von *Gut Nederling*. Damit nach dem von mir beabsichtigten, nicht unbeträchtlichen Whiskygenuss mein Führerschein nicht in Gefahr geraten sollte, hatte ich mich vorsichtshalber mit dem Taxi absetzen lassen, betrat das Lokal aber dennoch von der Parkplatzseite aus. Nun war München keine arme Stadt und ich war deshalb auch nicht davon ausgegangen, nur Vehikel in der Größenordnung eines fünfzehn Jahre alten Opel Corsa vorzufinden. Doch was hier herumstand, hätte ich eher im Ausstellungsraum eines der auf Nobelkarossen spezialisierten Autohäuser in Grünwald erwartet. Von den reinrassigen Exoten sprangen mir ein Aston Martin und ein Rolls Royce ins Auge, der einen dahinter abgestellten, kleineren Lamborghini verdeckte. Ein Bentley-Coupé in Dunkelblau nahm sich dagegen provozierend dezent aus. Der Rest bestand aus Mercedeslimousinen der S-Klasse und Audi A8. Die Nationalitätenschilder zeugten davon, dass die Wagen nicht nur aus Deutschland angereist waren.

Im Saal bot sich mir die zweite Gelegenheit zum Staunen. In einer Schnapsverkostung sah ich in aller Regel ein erfreuliches, volksnahes Ereignis und keine Rote-Teppich-Veranstaltung, selbst wenn die Whiskyspezis sich gerne um gewisse Zeremonien bemühten. Die Gäste unten an den privilegierten Tischen waren aber überwiegend so gewandet, als ginge es hinterher noch in die Oper. Und auch hier wieder im wahrsten Sinne des Wortes der eine oder andere Exot. Ein dunkelhäutiger Vollbartträger, ansonsten in westlicher Garderobe, hatte auf seinen Turban nicht verzichtet. Ein kleiner Dicker mit noch dickerer Platinkette über seinem weißen Rollkragenhemd war in weinroter, maßgeschneiderter Nappalederjacke erschienen und verkörperte perfekt den Prototyp des neuen russischen Erdgasmilliardärs mit dunkler Vergangenheit. Und ein mit Sicherheit über Achtzigjähriger mit grauer, schulterlanger Mähne und Augenklappe war ständig von drei jungen, kahlrasierten Zwei-Meter-Männern umgeben, von denen er in seinem Rollstuhl geschickt durch die Gänge jongliert wurde.

Überhaupt war auffällig, dass sich unter den Gästen in der Mehrzahl klotzige Kerle mit der Figur amerikanischer Footballspieler aus der Defence befanden, die ich spontan der Kategorie Leibwächter zuordnete, und die sich nach einiger Beobachtung jeweils einer bestimmten Person zuordnen ließen, bei der es sich augenscheinlich um ihren Boss handelte.

Frauen waren dagegen deutlich in der Minderzahl. Vier oder fünf gebotoxte Exemplare, deren Alter sich aufgrund der Kunstfertigkeit ihrer Schönheitschirurgen auch nicht ungefähr schätzen ließ, in teurem Businessoutfit, das war's dann auch.

Und jetzt die dritte Verwunderung: Bei jeder der fünfzehn aufgeführten Sorten wurde für eine Flasche eine Summe aufgerufen, die mindestens das Vierfache vom Ladenverkauf und damit eine Höhe erreichte, bei der die ausnahmslos gutaussehenden Bedienungen im Preis hätten mit drin sein müssen. Ich hatte mich gestern vor Antritt des Heimwegs vorsichtshalber noch einmal kundig gemacht, indem ich mir in der Nähe des Viktualienmarktes die Auslage des exklusiven

Spirituosenladens gegenüber vom Maredo angeschaut hatte. Das war bestimmt keine Filiale von Lidl, aber gegen die Preise hier der wahre Ramschladen. Zehn Jahre alter Glenmorangie draußen keine 50 Euro, hier 220. Zwölf Jahre gelagerter Cardhu woanders rund 40, heute auf *Nederling* 200. In dem Stil ging es weiter. Für einen fünfzehnjährigen Glenfiddich 250 statt 45. Ein Highlight wie Cragganmore, der zwanzig Jahre im Holzfass verbracht und seinen Wert auf happige 120 Euro geschraubt hatte, war vor Ort für 515 im Angebot. Und ein Oldtimer von Macallen mit fünfundzwanzig Jahren auf dem Buckel, bei dessen Verkaufspreis von durchschnittlich 500 Euro die Händler in der Stadt schon nicht zimperlich waren, sprengte hier mit sage und schreibe 2.200 Euro die Urlaubskasse eines jeden Normalverdieners. Selbst die Allerweltswhiskys aus dem Supermarktregal, die vorsichtshalber ohne Zeitangabe ausgeliefert wurden, weil sie in aller Regel nur die Mindestlagerzeit von schlappen drei Jahren im Schoß irgendeiner Destille verbracht hatten und an der Kasse für unter 20 Euro wohlfeil waren, rangierten hier bei knapp 100.

Okay, die Klientel im Saal gehörte nicht zu den verhärmten Zeitgenossen, die jeden Morgen vor einer Suppenküche anstanden, aber deswegen würden sie kaum mit ihrem Geld herumschmeißen wie ein Karnevalsprinz mit Kamellen. Und völlig verrückt wurde die Preisgestaltung dadurch, dass demgegenüber die glasweise ausgeschenkten Portionen in keinem Fall die Vier-Euro-Marke überschritten und damit teils ganz enorm unterhalb des Preisniveaus jeder x-beliebigen Eckkneipe mit Normalo-Publikum rangierten. War das ein Verkaufskonzept für Idioten, oder war nur ich der Hirnlose, der den Sinn nicht kapierte?

Bevor ich mich in angemessener Form mit meinen Selbstzweifeln auseinandersetzen konnte, trat ein dauergewellter

Mann in weißem Dinnerjackett auf die Bühne, um mit pastoralen Worten und ausgeprägt ortsüblichem Dialekt den heutigen Abend einzuläuten. Auf die üblichen Floskeln, den Dank für das hochgeschätzte Erscheinen und die Wünsche für ein gutes Gelingen und noch bessere Unterhaltung folgte der besonders bekräftigte Hinweis, dass man leider um Punkt 21 Uhr den Verkauf abbrechen müsse, da man noch eine Nachtveranstaltung in der Schrannenhalle vor sich habe. Bitte um Verständnis, weil es ja schon kurz nach 20 Uhr war, und die verehrten Gäste könnten natürlich nach Lust und Laune noch länger trinken und dinieren, doch zum vorgegebenen Zeitpunkt wäre pünktlich und unwiderruflich Schluss mit dem Flaschenverkauf. Dann räumte er unter höflichem Applaus das Podium, und zu den Klängen der jüngsten CD von Max Raabe und dem Palastorchester, so abgestimmt, dass sie die erwarteten Klappergeräusche der Essbestecke ein wenig eindämmen konnten, ohne eine Unterhaltung der Besucher unmöglich zu machen, schwärmte die Bedienungsbrigade aus, um die Bestellungen entgegenzunehmen.

Ich orderte ein Wiener Schnitzel, weil sich das nach meiner Erfahrung, wenn man noch nicht mit den Stärken und Schwächen eines Lokals vertraut war, fast immer als der gangbarste Weg auf die sichere Seite herausgestellt hatte. Und dazu, ob passend oder nicht, ein Glas vom 25 Jahre alten Macallan, für das mit Mitteln der Vernunft nicht nachvollziehbare 3,80 Euro zu Buche standen.

Nur 3,80 Euro pro Glas, und 30 bis 33 passen in eine Flasche! Ich war gerade dabei, mir eine Zukunft als Spirituosenzwischenhändler auszumalen, und mich auf den Weg in die Restaurantküche zu machen, um mir dort alle leeren Kannen und Kanister unter den Nagel zu reißen, die ich befüllen konnte, als unten Leben in die Gesellschaft kam. Der CD-

Player brauchte sich nicht zu echauffieren, weil kaum einer essen wollte. Stattdessen ging das große Flaschenordern los.

Keine zehn Minuten, und es gab keinen Tisch im Saal, auf dem nicht mindestens eine Flasche Whisky stand, obwohl, soweit ich das von meinem Platz aus erkennen konnte, kaum jemand von der Möglichkeit Gebrauch gemacht hatte, sich vorab durch ein so extrem preiswertes Glas zur Probe von Güte und Geschmacksrichtung zu überzeugen. Waren das alles so erfahrene Connaisseurs, dass ihnen die komplette Produktpalette bestens geläufig war? Das hielt ich für abwegig; denn wenn allen von vornherein klar war, was sie da kauften, dann kannten sie auch die üblichen Handelspreise und mussten wissen, wie derbe sie hier über den Tisch gezogen wurden.

Ich war offenbar nicht der einzige, dessen Gedanken in diese Richtung gingen. Mein Nachbar nur einen Tisch weiter, der sich für eine Portion Leberkäs und das gleiche Getränk wie ich entschieden hatte, drehte sich Aufmerksamkeit heischend um, fing meinen Blick auf und schüttelte augenrollend den Kopf. »Sind die alle bekloppt da unten, können die alle nicht rechnen?«

Ich signalisierte nickend meine Zustimmung, war mir aber nicht sicher, ob das tatsächlich meine Meinung widerspiegelte. Die Typen auf den privilegierten Plätzen stanken alle förmlich nach Geld, und das verdiente man in den seltensten Fällen dadurch, dass man unsinnige Geschäfte machte.

Mein Nachbar dagegen hatte mit keinem Zweifel zu kämpfen, und verhielt sich seiner Vorstellung nach ausgesprochen geschäftstüchtig. Jedenfalls hatte er, während ich kaum mit der Hälfte meines Schnitzels fertig geworden war und an meinem exzellenten Whisky bloß ehrfürchtig genippt hatte, bereits das vierte Glas zum Dumpingpreis geleert.

Geleert hatte sich inzwischen auch – erneut großes Erstaunen meinerseits – ein Teil der Saalplätze. Der rauschebärtige Maharadscha von Dextropur war nicht mehr zu sehen, und auch zwei der Botoxtanten hatten sich samt Anhang verdrückt. Der Grauhaarige im Rollstuhl ließ sich in Richtung Ausgang schieben, und als sich die Belegschaft von vier weiteren Tischen auf den Weg machte, war kaum noch die Hälfte der hochherrschaftlichen Alkoholaficionados anwesend. Die verbliebenen nahmen die Sache allerdings umso ernster und hatten jeder nicht weniger als drei Flaschen vor sich stehen. Und es kamen immer noch welche dazu.

Als der bajuwarische Michael Buffer wieder die Bühne erklomm und mit konzentriertem Blick auf seine Uhr den Verkauf abläutete, sah ich vor einem unauffälligen Mann im grauen Zweireiher sieben Flaschen stehen. Er schien der Großabnehmer der Veranstaltung zu sein, machte aber einen mürrischen Eindruck, als hätte er erst jetzt nachgerechnet, wie viel Geld er dadurch verschleudert hatte, nicht in der Stadt oder noch besser im Versand, sondern hier zu diesen Wucherkonditionen eingekauft zu haben. Das Bild eines weitaus zufriedeneren Menschen vermittelte die letzte verbliebene Frau, eine Aschblonde in dunkelgrünem Kostüm. Sie hatte es zwar nur auf fünf Flaschen gebracht, war damit aber rundum glücklich.

Da hatte sie einen Seelenverwandten in meinem Nachbarn. Der hatte sich mit seiner sechsten Dröhnung in eine Stimmung versetzt, in der ihm egal war, ob er mit seinem Verhalten irgendwelche Etikette verletzte. Mit breitem Grinsen und leichten Koordinationsproblemen wandte er sich zu mir um und verkündete: »Hab ich doch gleich gesagt, richtig bekloppt die Verschwender da unten. Hauen den Mammon raus, als hätten sie 'ne Druckerei im Keller. Zu faul, 'nen Kilometer zu fahren und den Stoff für 20 Prozent zu kaufen. Vornehm geht die Welt zugrunde. Da hatten wir hier oben doch mehr Spaß, oder? Und jetzt sind die so blau, dass die sogar noch vergessen, ihre Sachen mitzunehmen. Guck mal da runter. An zwei Tischen sind die Leute weg, aber ihre Flaschen stehen noch da. – Na ja, wir beide haben unseren Whisky dafür ja richtig geschenkt gekriegt. Prost dann auch!« Nach einigen Sekunden des Überlegens prustete er seinen jüngsten Gedanken heraus, der ihn selber am meisten amüsierte. »Kann gut sein, dass die Verrückten jetzt noch weiter fahren in die Schranne und da weitermachen. Wär bestimmt ein Riesenspaß, wenn die dann schnallen, dass sie ihren Whisky vergessen haben und alles da noch mal kaufen müssen. Hoffentlich ist das Portemonnaie dann endlich ganz platt.« Und in einer Seligkeit, um die ich gelegentlich einen wahrhaftigen Säufer beneide, bestellte er das nächste Glas.

Wie gesagt, gelegentlich. Doch im Moment war ich froh, dass ich nüchtern geblieben war. Ich kannte weder das Drehbuch des Schauspiels, das man hier aufgeführt hatte, noch wusste ich, wer überhaupt zu den Darstellern zu zählen war, aber mir war klar, dass hier etwas jenseits des äußeren Scheins abgegangen war. Ein Spiel für Eingeweihte. Und das musste von größter Wichtigkeit gewesen sein, anders hätte man Geldsäcke wie diese nicht aus ihren Palästen locken können.

Bevor ich meinen Platz räumte, steckte ich mir vorsichtshalber ein Exemplar der Getränkekarte ein, das ich später in Ruhe, wenngleich ohne große Hoffnung auf Erleuchtung, einer kryptologischen Examination unterziehen wollte. Mein neuer Freund von nebenan war derweil bereits auf dem Weg nach unten, um die seiner Ansicht nach tollste Idee des Abends in die Tat umzusetzen: Wenn die reichen Idioten so dämlich waren, die teuren Flaschen stehen zu lassen, würde doch gar nicht auffallen, wenn er sich eine davon organisierte. Oder auch zwei, war doch alles schon bezahlt.

Vielleicht hatte er gar nicht so unrecht, und keiner würde sich drum kümmern. Trotzdem ging es um fremdes Eigentum, was er vorhatte, war Klauen. Und morgen würde es ihm bestimmt leid tun, vor allem, wenn sie ihn erwischten. Besser, ich würde ihn von einer rauschbeflügelten Eselei abhalten, so sehr er die heute auch für seinen Knüller halten mochte.

Und dieses bei mir sporadisch aufflackernde Pflichtbewusstsein verhalf mir zu meinem Knüller des Abends.

Als ich mich über das Geländer beugte, um nach dem emsigen Flaschensammler Ausschau zu halten, ging ein junger Mann durch den Saal, den ich vorher nicht sehen konnte, weil er sich auf meiner Seite unter der Empore aufgehalten hatte, und lehnte sich mit dem Rücken an die Bühne. Hätte er das nicht getan, wäre er für mich wahrscheinlich ein Unbekannter geblieben; denn es waren weniger sein Gesicht und seine Bewegungen, die den Blitz des Wiedererkennens durch mein Hirn schießen ließen. Es war die Haltung, mit der er sich nach hinten abstützte und dabei den Kopf schief legte. Kein Zweifel, es war der Mann, der damals in Recklinghausen im Museum beim Auspacken der Ikonen geholfen hatte, obwohl er nicht zu den Arbeitern gehörte. Der Mann, auf dessen Konto der Diebstahl der Schwarzen Madonna ging.

Und er war auch der Mann, der mir unmittelbar nach Ilya Scholochows Tod auf dem Friedhof entgegengekommen war.

* * *

Ich weiß nicht, ob es ein Urinstinkt des Menschen ist, zu bemerken, wenn er von jemandem angestarrt wird. Jedenfalls schaute er im selben Moment nach oben, und sein Wiedererkennen brauchte nicht länger als meines.

Als hätte ein imaginärer Starter seine Pistole abgefeuert, setzten wir uns gleichzeitig in Bewegung. Und damit war ich von Anfang an chancenlos. Ich schleppte als Handicap Alter und Übergewicht mit mir herum, er hatte obendrein den Vorteil, sich bereits im Parterre zu befinden. Deshalb gerieten meine halbherzigen Bemühungen auch mehr zu einem Verfolgungsjoggen als zu einer -jagd. So war es nur logisch, dass auf dem nur noch spärlich belegten Parkplatz weder von ihm noch seinem roten Sportwagen eine Spur auszumachen war. Also ging ich wieder rein, um zu bezahlen, und registrierte dabei aus den Augenwinkeln, dass drei weitere verwaiste Tische hinzugekommen waren, auf denen einige jungfräuliche Whiskyflaschen herumstanden.

Mit dem spontanen Entschluss, mir die zweite Folge des vom Conférencier angekündigten Tastings anzusehen, setzte ich mich in eines der Taxis, die vor dem Lokal auf Fahrgäste lauerten, und ließ mich zurück in Richtung Viktualienmarkt zur Schrannenhalle, einem Schickeria-Gewächshaus aus Gusseisen, Stahl und Glas kutschieren, wo meine persönlichen Mirakel des Tages ihre Fortsetzung fanden. Hier deutete nämlich nichts darauf hin, dass es zu einer Neuauflage der Verkostung edler Tropfen kommen könnte. Keine Plakate oder sonstige Reklame, keine automobilen Raritäten vor der Tür, drinnen ein Treiben wie alle Tage. Keiner der angesprochenen Kellner wusste etwas von so einer Veranstaltung, kein Barmann hatte eine korrespondierende Spirituosenlieferung in Empfang genommen.

Als letzten Versuch rief ich die Handynummer an, die als Kontaktadresse auf dem Nederlinger Zusatzflyer stand, nur um von einer Automatenstimme aufgeklärt zu werden, dass ich mit einer anonymen Mailbox verbunden würde, auf die einzureden ich nicht die geringste Lust verspürte. Mit anderen Worten, der Mann in der weißen Jacke hatte uns alle ganz schön verarscht.

Es ist immer wieder ein Hochgenuss, sich als erfolgreicher Detektiv fühlen zu dürfen.

* * *

Trotz oder gerade wegen meiner bisherigen Pleiten war ich einfach zu besessen davon, den Burschen in die Finger zu bekommen, der für den Tod von Ilya Scholochow so oder so verantwortlich war, um alles auf sich beruhen zu lassen. Er war in meinen Augen der einzige Mensch, der mir jetzt noch weiterhelfen konnte. Dass er nicht das geringste Interesse daran hätte, stand für mich außer Zweifel. Ich hatte nur keine Alternative zur Hand.

Daher musste ich der Fährte des Täters folgen. Und die führte nach Holland, anders konnte es nicht sein. Vom Nummernschild des Wagens hatte ich nur die Farbe und damit so wenig erkannt, dass es auch aus England hätte stammen können. Aber was mich sicher machte, war die Kombination von Fan-Schal, Aufkleber und den Buchstaben AZ. Ich bin zwar kein Fußballhooligan, kannte mich in der niederländischen Ehrendivision jedoch gut genug aus, um das feuerrote Spielmobil einem Anhänger des AZ Alkmaar Zaanstreek zuzuordnen, dessen neues Stadion – einem gütigen Geschick sei gedankt – keine zehn Kilometer von meiner Behausung in Egmond entfernt war. Hinzu kam, dass für dieses Wochenende ein Heimspiel anstand.

Das war die Ausgangslage, die mich klugen Kopf eigentlich hätte in die Lage versetzen müssen, mir einen noch klügeren Plan zusammenzubasteln. Doch auf meiner Fahrt in mein zweites Zuhause ging mir nur wirres Zeug durch den Kopf, bis ich endlich auf der A3 an Würzburg mit seinen ewigen Baustellen, Engpässen, Geschwindigkeitsbegrenzungen und verbotswidrig überholenden Lastwagen vorbei und kurz vor Aschaffenburg war. Ein paar Kilometer tief durchatmen, dann fand ich nach dem Frankfurter Kreuz bei mäßiger Verkehrsdichte endlich die Muße, mir das weitere Vorgehen zu überlegen, das man mit einigem guten Willen sogar als Basis für ein Überrumpelungsmanöver klassifizieren konnte.

Zuerst hatte ich den Gedanken, mir gleich bei Öffnung des Stadionparkplatzes eine Bucht in der Nähe der Einfahrt zu sichern und dort auf meine Beute zu lauern. Wenn der Typ nicht durch Ilyas Tod so aus der Bahn geworfen worden war, dass er sich auf die Balltreter fürs Erste nicht mehr konzentrieren konnte, hätte ich damit beste Chancen, zumindest sein Nummernschild zu verifizieren. Aber ich wollte nicht das Kennzeichen, ich wollte den Mann. Und den würde ich mir im Kreise der anderen AZ-Anhänger nur schwerlich krallen können. Solche Hardcore-Fans, die für ihren Verein sogar ihr Auto verschandeln, sind in aller Regel Herdenvieh. Auf ein Wort von ihm würden die anderen Jünger von René Neelissen über mich herfallen, und trotz Kanone hätte ich angesichts einer solchen Übermacht eine Chance wie ein Schwein im Schlachthof. Nein, um seiner Person habhaft zu werden, wusste ich einen besseren Platz. Und zwar die Tankstelle gleich gegenüber.

Fuhr man von Schipohl aus auf der A 9 in Richtung Norden, endete die Autobahn in Alkmaar an einem Kreisverkehr, an dem rechts das Fußballstadion und links eine Shelltankstelle lagen. Auf deren weitläufigem Gelände war immer Betrieb, doch nicht in einem solchen Ausmaß, dass man damit rechnen musste, von Hooligans überrannt zu werden. Ich musste bloß noch meinen Sportwagenfahrer hier rüberbugsieren.

Die sicherste Methode, ihn zu einem Besuch zu zwingen, wäre wohl, seiner Protzkarre das Benzin abzulassen. Klar, dass ich ihm dafür kein Loch in den Tank schießen konnte. Die Kiste wäre vermutlich nicht explodiert wie in einem Film aus Amerika, wo die Autoindustrie ihre Erzeugnisse ausnahmslos statt aus Blech aus Trockenspiritus herstellt. Aber der Sprit wäre noch nicht ganz im Gully versickert, da hätte die Rijkspolitie mich auch schon eingesackt. Und wenn ich wie ein ordinärer Kraftstoffdieb zu Werke ginge und versuchte, den Saft über den Einfüllstutzen abzuzapfen, hätte ich das gleiche Szenario heraufbeschworen, als hätte mir meine Zielperson persönlich seine Kumpel auf den Hals gehetzt.

Also würde ich es beim umfassenden, jedoch wohldosierten Luftablassen belassen, alle Reifen so platt, dass es sofort auffiel, aber so viel an restlichem Druck, dass es zur Fahrt auf die andere Seite des Kreisverkehrs langte. Das war ein vergleichsweise geringes Risiko für mich, denn es erforderte kaum Zeit und würde keine Spuren hinterlassen.

* * *

Das war der Plan, den ich so schnell wie möglich in die Tat umsetzen wollte, wohl wissend, dass er auch nach einer längeren Grübelphase nicht besser würde. Bloß ein Strohhalm; aber hatte sich Münchhausen nicht sogar an den eigenen Haaren aus dem Sumpf gezogen?

Deshalb war ich jetzt hier. AZ hatte im Terminkalender das Freitagabendspiel erwischt, bei dem es zu Hause gegen Vitesse Arnheim ging. Alkmaar lag auf dem vierten Tabellenplatz, Arnheim dümpelte irgendwo in der unteren Hälfte. Eine solche Großchance auf einen Heimsieg würde sich kein wahrer Fan entgehen lassen. Und ich würde sobald keine bessere Gelegenheit bekommen, mein absurdes Drehbuch Realität werden zu lassen.

Den Wagen auf dem Parkplatz auszumachen, bereitete keinerlei Schwierigkeiten. Es war der einzige rote Sportwagen in der Aufmachung, die ich in Erinnerung hatte. Eine etwas ältere Corvette, wie ich aus der Nähe feststellen konnte. Die Nachtschwärze, von der künstlichen Beleuchtung, die jede Menge Schlagschatten erzeugte, nur unzureichend aufgelockert, begünstigte mein Vorhaben. Und die nebelfeuchte Luft tat das ihre, jeden anderen Menschen aus meiner Nähe zu verbannen. So kam mir niemand in die Quere, als ich mit Hilfe eines Zahnstochers den Ventilen zu Leibe rückte und allen vier Pneus das nötige Quantum Luft abließ. Dann zügig rüber auf die andere Seite der Autobahn, dorthin, wo meine Falle zuschnappen sollte.

Die Tankstelle lag auf der grünen Wiese und wurde von einer Seite von Autos, von der anderen von Kühen frequentiert. Der Mann an der Kasse war jung, hatte raspelkurze Haare und einen dicken Bauch. Jede Ohrmuschel war nach gleichem Muster mit einer Vielzahl von Ringen durchzogen, von dem ich nicht wusste, ob es ihn für Insider erkenntlich als heterosexuellen Schwulen mit sodomitischer Sadomaso-Tendenz oder bloß als Blödmann ausweisen sollte. Zusätzlich hatte er eine gebogene Nadel durch seine rechte Augenbraue gestochen, deren Akupunktureffekt kaum zur Erhöhung seines Intelligenzquotienten beigetragen haben konnte. Davon abgesehen war er freundlich, was nicht zuletzt an dem Zwanzig-Euro-Schein gelegen haben mochte, den ich zur Forcierung meines Anliegens über die Theke geschoben hatte. Selbstverständlich könnte ich meinen Wagen auf dem Gelände an einer Ecke abstellen, wo er niemanden störte, natürlich könnte ich auch darin warten, solange ich wollte, und ganz zweifelsohne dürfte ich auch im Bedarfsfall seine Toilette benutzen. Ich bedankte mich, überließ ihn seinen Geschäften, bezog meine Lauerstellung am Rande der Kuhweide in der äußersten und dunkelsten Ecke des Geländes, ließ die Seitenscheiben ein wenig herunter, um ein Beschlagen zu verhindern, und verkürzte mir mit leiser Musik von einer Oldiekassette die Wartezeit.

Je länger ich hier hockte und meinen Gedanken nachhing, die in unregelmäßigen Abständen von dem Roar unterbrochen wurden, der bei verpatzten wie genutzten Chancen der Local Heroes aus dem Stadionkessel herüberhallte, desto dubioser erschien mir mein Plan. Würde der nach einem Sieg grenzenlos euphorische Sportfahrer überhaupt den Zustand seiner Reifen bemerken? Würde er sich während des Spiels bereits so einen auf die Lampe gießen, dass er den Wagen vernünftigerweise stehen ließ? Oder hätte er vielleicht einige Beifahrer im Schlepp, deren alleinige Anwesenheit die Umsetzung meiner Absichten vereitelte?

Jetzt und hier waren solche Überlegungen müßig. Ich hatte nun einmal die Weichen gestellt und konnte daher bloß noch warten. Also wartete ich und hoffte mit der Geduld eines Lottospielers, genauso inbrünstig, genauso beharrlich – und mit vergleichbarer Chance auf den Haupttreffer.

Aber manchmal knackt auch der den Jackpot, der nur einen einzigen Schein abgegeben hat.

Das dröhnende Schlussgejohle verriet mir den für AZ positiven Ausgang der Begegnung, und zwanzig Minuten danach rollte die Karosse meiner Sehnsucht im Schritttempo unter unnötig-unangebrachtem Auspuffgeprotze zu der Serviceecke rüber, in der man den Luftdruck überprüfen und die Scheiben reinigen konnte.

Während er mit dem mobilen Luftdruckgerät zwischen Ladestation und seinem Wagen hin und her pendelte, fluchte er so laut vor sich hin, dass ich ihn trotz meiner wunderbaren Musikuntermalung hören konnte. Als er endlich am letzten Reifen die Ventilkappe wieder aufschraubte, stand bei den *Fifth Dimension* auf meiner Kassette der Mond gerade im siebten Haus, und Jupiter näherte sich Mars genauso wie meine Hand dem Kolben meiner zuverlässigen PPK.

Das Öffnen der Wagentür war mein Startsignal, ich sprintete los. Der Achtzylinder furzte noch fröhlich im Leerlauf, als ich auf dem Beifahrersitz landete. Aus der Nähe betrachtet war mein Pilot bestimmt ein attraktiver Bursche, wenn man auf den Typ Weichei stand. Jetzt hatte er mit seinem vor Staunen aufgerissenen Maul allerdings einiges von seinem angenehmen Äußeren eingebüßt und ähnelte stark einer Makrele. Bevor er es wieder zuklappen konnte, hatte ich meine Jacke so weit zurückgeschlagen, dass aus seinem Blickwinkel meine Kanone gut zu sehen war. Der Ton, den er von sich gab, hatte mit Sprache keine große Ähnlichkeit.

Ein gutes Zeichen, um mich auf kurze Mike-Hammer-Monologe einzuschießen. »Fahr nach Egmond aan Zee!« Als er anfangen wollte, Fragen zu stellen, berührte ich den Griff meiner Kanone.

Die Fahrt verlief schweigend, bis wir bei roter Ampel an dem Abzweig nach Heiloo anhalten mussten. Um ihn von dummen Gedanken abzulenken, wie einfach aus dem Wagen zu springen oder so, begann ich mit dem Quiz. »Wie heißt du?«

Sein Name war Willem Niezen, er kam aus dem Kuhdorf Avenhorn, wo sein Vater einen Blumengroßhandel betrieb, und die Ampel schaltete auf Grün.

Ich dirigierte ihn in Richtung Meer, weg vom Durchgangsverkehr in den südlichen Teil von Egmond, der von jedem Wagen nach Möglichkeit gemieden wurde, weil seine Backsteinsträßchen mit Drempels einer Güte vermint waren, die Achsenbrüche vorprogrammierten. Auf der rechten Seite gab es zweistöckige Wohnbebauung, Parterre der Eigentümer, im ersten Stock *logis en ontbijt*. Links lagen die Dünen, die sich von hier ununterbrochen bis nach Ijmuiden runterzogen. An der Stelle, wo die fünf bis zwanzig Kilometer langen Wanderkurse ausgeschildert waren, ließ ich ihn aussteigen. Ich vergewisserte mich durch einen kurzen Rundblick, dass keiner außer uns diese Masochistenroute zu einer nächtlichen Tour einschlagen wollte, und wir machten uns auf den Weg. Pro Kilometer musste ich zweimal die Knarre sehen lassen, damit es ein Schweigemarsch blieb.

Nach einer dreiviertel Stunde erschien mir die Stelle günstig. Ich wedelte mit der Kanone nach links. »Über die Düne da!«

Die Wanderwege und Rundkurse wurden von dem übrigen Gebiet durch Stacheldrahtzäune getrennt, aber die waren so konzipiert, dass sie eine Möwe unterfliegen und ein Kaninchen überspringen konnte. Wir kamen drüber, ohne eine circensische Meisterleistung vollbringen zu müssen. Deshalb führte ich Willems plötzlichen Schweißausbruch auch nicht auf eine körperliche Anstrengung zurück. Er schwitzte, weil er jetzt endgültig davon überzeugt war, dass ich ihn hier in der Einsamkeit des Nordholländischen Dünenreservats umlegen und den wiederangesiedelten Füchsen seine Entsorgung überlassen würde.

Noch ein paar Schritte den Kamm hinunter an Krüppelkiefern und zwergwüchsigen Silberpappeln vorbei, und mein sportbegeisterter Ikonendieb hatte mit seinem Leben so gut wie abgeschlossen. Aber nur vom Verstand her, sein Gefühl ließ ihm noch ein Stäubchen Hoffnung. »Aber Sie können doch nicht ... Sie können doch nicht einfach ...«

Ich bemühte mich, völlig neutral zu klingen, ganz der auf Fußballfans spezialisierte Profikiller, der jeden Tag mindestens zwei Leute vor der Sportschau abmurkste. »Oh doch, ich kann. Ich weiß nur noch nicht, ob ich auch will. Und ob ich will, hängt ganz von dem ab, was du mir hier und jetzt erzählen wirst. Ich bin ein aufmerksamer Zuhörer und fauler Frager. Deshalb sollte alles die reine Wahrheit sein. Eine Lüge, nur eine einzige Lüge, und du brauchst dir um den beschwerlichen Rückweg keine Gedanken mehr zu machen. – Und jetzt fang mal schön am Anfang an, was das alles zu bedeuten hat mit dem Russen und seiner Ikone, die du in Recklinghausen geklaut hast, warum du den Alten umgelegt hast, und was dieser Whiskyzirkus in München sollte mit den überteuerten Flaschen. Ich will wissen, wie das alles zusammenhängt.«

Anscheinend war es mir gelungen, eine famose Szenerie zu erschaffen, denn meine Quelle sprudelte im Überfluss. Ich bekam eine Geschichte aufgetischt, die ich so noch nicht gehört hatte, sie mir so auch nicht hatte zusammenreimen können, und die am Ende für mich immer noch keinen Sinn ergab. Ich will niemanden mit dem Originalton der jammernden Heulsuse langweilen, weil er zu viel Selbstbejaule enthielt, unterbrochen mit jeder Menge »Schnüff« und »Haben Sie mal ein Taschentuch für mich?« Deshalb nur die bereinigte Kurzfassung:

Sein auf dem Kunstsektor tätiger Onkel hatte ihm damals den Auftrag erteilt, die Schwarze Madonna zu stehlen. Von ihm hatte er alle nötigen Informationen, wann sie wo mit welcher Kiste ankommen würde. Die Museumsleute hielten ihn für einen Mann von der Spedition, und die ihn wiederum für einen Museumsangestellten. Der Wirbel, den der plötzlich aufgetauchte Russe verursachte, kam auch für ihn völlig unvermutet, hatte sein Vorhaben aber nur begünstigt. Die Sache war geritzt, Ende der Sendung. – Monate später ein neuer Auftrag seines Onkels, der sich in München zur Kontaktpflege mit einem stilvollen Whiskytasting für seine dortige Kundschaft versuchen wollte. Er sollte den Ansprechpartner machen, die Reservierungen im Saal organisieren und vor allem exakt darüber Buch führen, welcher Gast wie viele Flaschen von welcher Sorte kaufte. Wozu so was gut sein sollte, daran hatte er keinen Gedanken verschwendet, aber das hätte er sowieso noch nie getan, weil sein Onkel ihn immer mit so kuriosen Missionen betraute und ihn anschließend immer gut bezahlte. Verrückt wurde die Sache für ihn erst, als er in der Vorbereitungsphase auf einmal den Russen von damals an der Leitung hatte, der sich nicht abwimmeln ließ und ihm was von der Weltenbedrohung vorfaselte. Weil er keinen Eklat wollte, verabredete er ein einsames Treffen auf dem nahen Friedhof. Der Alte kam, fing wieder von seiner Ikone an, die er herausverlangte, und zog seine Kanone. Während er vor Angst schlotterte und nach einem Ausweg suchte, bekam der Russe vor Aufregung wieder so einen Anfall wie im Museum, fiel im Krampf zu Boden, und dabei ging die Knarre los. Rein mechanisch hatte er ihn dann noch auf die Bank gehievt, um sich anschließend so schnell wie möglich, als er sich beobachtet glaubte, vom Gottesacker zu machen. Auf *Gut Nederling* hätte er abends alles korrekt erledigt, als urplötzlich ich erschienen war, der Mann, der im Museum Zeuge seines Diebstahls geworden war. Also schleunigster Abgang in die Heimat nach Holland, und damit Ende der zweiten Sendung.

So weit, so schlecht. Aber was war in *Gut Nederling* tatsächlich über die Bühne gegangen? Dazu konnte mir mein auskunftsfreudiger Informant auch nichts sagen. Und was war mit dem aufziehenden Weltuntergang? Achselzucken und ein gemurmeltes: »Der Alte ist doch nicht ganz dicht.«

Auf mein »Wie hat er dich überhaupt gefunden?« ein doppeltes, verstärktes Zucken.

Ich glaubte ihm. Wenn das, was er von sich gegeben hatte, auch nur in einem einzigen Punkt geschauspielert war, war mir durchgegangen, dass man ihm schon mindestens dreimal den Oskar verliehen hatte.

Damit war sein Redefluss fürs Erste versiegt, und ich konnte endlich die Frage stellen, mit der ich seine chronologische Schilderung der Ereignisse nicht hatte unterbrechen wollen. »Und wer ist nun eigentlich dein Onkel, dem deine Taschengeldaufbesserung so am Herzen liegt?«

»Meteren, der Kunsthändler. Kennen Sie den nicht? Bei uns heißt er nur der große C.A.«

Woran lag es bloß, dass mich dieses Verwandtschaftsverhältnis nicht in dem Maße verblüffte, wie ich es eigentlich erwartet hätte? Hatte ich doch detektivische Gene in mir?

»Jetzt erzähl mir bloß nicht, der hätte dich nicht darüber informiert, dass ich ebenfalls in seinem Auftrag in Recklinghausen war.«

Seine Antwort, die ich als Frage interpretierte, war ein ausdrucksstarkes »Äh?« über einen herabhängenden Unterkiefer hinweg.

»Mehr hast du dazu nicht zu sagen?« Ich war bei diesen Worten näher an ihn herangerückt und hatte demonstrativ die Walther aus dem Holster gezogen.

Er starrte mit Riesenaugen auf die blauschwarze, deutsche Wertarbeit, zog geräuschvoll den Rotz in seiner Nase hoch und fiel filmreif auf die Knie – was waren wir doch für ein eingespieltes Team.

»Du verscheißerst mich, Junge! Dabei habe ich dich doch gewarnt. Also, letzte Chance, wenn du noch was beisteuern willst, um meine Neugier zu befriedigen!«

Ich entsicherte die Waffe umständlicher als nötig und spannte den Hahn, was aufgrund ihrer Konstruktion gar nicht erforderlich ist. Dann drückte ich ihm die Mündung gegen die Schläfe.

Sein Gewinsel »Aber ich lüge nicht ... das ist wirklich alles ... ich weiß es wirklich nicht, warum das so gelaufen ist« wurde immer leiser, bis es schließlich ganz erstarb. Als es so still war, dass man nur noch den Wind im Dünengras und entfernt die Schreie zweier sich streitender Möwen hören konnte, drückte ich ab.

Die Pistole machte natürlich nur klick, nicht bumm, weil ich sie vorher nicht durchgeladen hatte. Glauben Sie etwa, ich würde so ohne weiteres einen Menschen umbringen – ohne Honorar?

Diese psychologische Großtat aus dem Anleitungsbuch amerikanischer Politstraflager erschütterte den Burschen so weit in seinen Grundfesten, dass er nun auch sein letztes Geheimnis offenbarte, indem er einen Zettel aus der Tasche zog und mir stumm rüberreichte. Doch Käptn Flints Schatzkarte war für mich auf den ersten Blick erkennbar wertlos, weil ich sie nämlich schon hatte: Es war der Werbeflyer von *Gut Nederling*.

Mehr war hier für einen Hobbydetektiv nicht zu holen, und so drehte ich mich um, um endlich durch die nun vollkommene Stille der nächtlichen Dünen zu meinem Haus zu marschieren.

Ein lautes Geräusch hörte ich dann doch noch. Es kam von Willem und lässt sich schlecht nachahmen, weil man zu seiner Artikulierung einen bestimmten Körperteil braucht, über den man nicht immer die totale Kontrolle hat. Sekunden später nahm ich den dazugehörigen spezifischen Geruch wahr.

Ich ließ ihn zwischen Helmgras und Blaudisteln in seiner Scheiße hocken und machte mich auf den Rückweg. Wenn ich daran dachte, dass er zumindest ursächlich für den Tod von Ilya war, hielt sich mein Mitleid mit ihm in Grenzen.

7. Kapitel

Am nächsten Tag war ich für meine Verhältnisse früh auf den Beinen, ließ mir ein Taxi kommen, und holte meinen Wagen von der Tankstelle ab. Dann kaufte ich mir in der Slijterij auf der Voorstraat, die auch über eine Feinkostabteilung verfügt, ein paar belegte Brötchen, die ich am Strand verspeisen wollte – und hatte nach einem kurzen Rundumblick auf einen Schlag keinen Hunger mehr. Abgefüllt in Plastikdöschen standen in einem kleinen Regal neben der Theke tote Futtertiere, die ich sonst nur, allerdings lebendig, aus Tierfachgeschäften oder von meinem Freund Rendorf kannte, der damit die kleineren Exemplare seiner Reptilien verproviantierte. Es gab mehrere Portionen von Alphitobius ovatus und Tenebrio molitor, vulgo Getreideschimmelkäfer und Mehlwurm, sämtlich leblos und vertrocknet, aber längst nicht so zerfallen und bröselig wie die schon schwarz verfärbten Leichen der ägyptischen Wanderheuschrecke, die man vermutlich aus dem Abfall einer Zoohandlung geklaubt hatte. Futtertiere sind in diesem Zustand nämlich nicht mehr verwertbar, weil sie von jeder nicht völlig verblödeten Echse verschmäht werden. Und selbst das dämlichste Reptil würde den Brocken nach einem ersten Probebiss wieder ausspucken. Hier zahlten die ortsansässigen Feinschmecker für eine Handvoll dieser Leckerei stolze 18,95 Euro. Ein Irrsinn, selbst wenn man bedachte, dass die locusta migratoria auf dem Weg war, eine echte Berühmtheit zu werden und in unserer neu zusammengestellten deutschen Gesellschaft den Aar als Wappentier abzulösen. Ein schwacher Trost, dass man das Tier offiziell noch Ägyptische Wanderheuschrecke nennen durfte und noch nicht zu der Umschreibung »hüpfendes Insekt mit Migrationshintergrund« gezwungen war.

Ich hatte mich immer für einen zumindest halbwegs normalen Menschen gehalten, aber jetzt brauchte ich dringend eine volle Dröhnung, um meinen Kotzreiz zu unterdrücken und mir die Frage zu beantworten, ob sich die Welt so schnell gedreht hatte, dass die Verrückten von gestern zu den Normalen von heute geworden waren.

Dieses Problem beschäftigte mich auf der Terrasse von *De Uitkijk* einige Gläser lang – ich war hier, weil es ein Notfall und dies die nächstgelegene Strandbude war –, bis ich zwar nicht zu einer Lösung gekommen war, aber meine Innereien wieder miteinander harmonierten und mir der Flyer wieder einfiel, den Willem mir am Vortag zum Abschluss übergeben hatte. Als ich ihn in der Erwartung entfaltete, nichts Neues zu erfahren, fand ich in seinem Inneren nicht etwa den Handzettel, der auf die Whiskyveranstaltung hinwies, sondern eine handgeschriebene Namens- und Adressenaufstellung, die sich aufgrund einer Skizze der Tischbelegung in *Nederling* mit eingezeichneten Zuordnungen als Teilnehmerliste herausstellte.

Donnerwetter, da hatte der verschüchterte Neffe doch noch für ein schönes Abschiedsgeschenk gesorgt.

* * *

Das Wetter war phantastisch – und der Erholungseffekt gleich Null. Bei milder Brise plus Sonnenbrandgefahr hatte in der würzigen Seeluft der Regenerationssuchende das zweifelhafte Vergnügen, schwerstem Straßenbaugerät dabei zuzusehen, wie es von Arbeitern in 24-Stunden-Schichten parallel zu einer rostigen Sandpipeline über den noch nicht vorhandenen Strand krawallt wurde, damit rechtzeitig zum Beginn der nordrhein-westfälischen Osterferien alles wieder so aussah, wie es die Urlauber vom letzten Jahr noch in Erinnerung hatten. Wie das die schlaflosen Touristen empfanden, die dem üblichen Trubel entgehen wollten und deshalb jetzt schon in der Vorsaison hier ihr Geld ausgaben, interessierte niemanden. Und damit sich keiner benachteiligt fühlen konnte, was sein gesundheitsgefährdendes Lärmquantum anbelangte, wurde obendrein die Voorstraat vom Boulevard bis zum Pompplein aufgerissen und der Untergrund mit Rüttelplatte und Bagger maltraitiert, dass jeder Naturfreund das Gefühl haben musste, sein Campingzelt auf dem Grünstreifen einer Autobahn aufgeschlagen zu haben. Zum sofortigen Abreisen wurden auch die Widerstandsfähigsten schließlich dadurch geprügelt, dass unsichtbare Folterer in den nicht einsehbaren Hinterhöfen zu Schleifhexen und Kreissägen griffen, um Tonskala und Getösepegel so zu komplettieren, dass jeder weitere Verbleib im Seebad mit Kurortambitionen einem Selbstmordversuch mit vorgeschalteter Gehirnwäsche gleichgekommen wäre.

Ich war alt und hing deshalb besonders am Leben. Also stieg ich am Montag übernächtigt und mit flatternden Nerven in meinen Wagen, um dem letzten klaren Gedanken zu folgen, den ich vor dem akkustischen Supergau noch fassen konnte, und flüchtete unter Missachtung der Geschwindigkeitsbegrenzung erneut Richtung München.

Dieser letzte klare Gedanke hatte mir nahegelegt, die Teilnehmerliste abzuarbeiten, und zweckmäßigerweise mit der Person zu beginnen, die am längsten geblieben war und den zufriedensten Eindruck gemacht hatte. Anhand der Zuordnung von Sitzplätzen und Adressen identifizierte ich sie als Erika Zirner aus Baldham, einem Vorort der Landeshauptstadt. Ich hatte die Gegend von damals noch einigermaßen in Erinnerung und traute mir zu, auch ohne Navigationssystem mein Ziel zu erreichen. Also raus aus dem dröhnenden Egmond und rauf auf die lauschige Autobahn.

* * *

Die Wasserburger Landstraße, die durch Baldham führte, war eine Art voralpenländische Demarkationslinie. Sie trennte zwar nicht arm und reich in letzter Konsequenz, doch lebten die Millionarios auf der rechten Seite hinter einem blickdichten Grüngürtel, während sich links das dörfliche Leben abspielte.

Ich musste meiner Karte zufolge irgendwann nach rechts und durfte mich dann da durch das Dickicht tasten, durch das gelegentlich das eine oder andere Gebäude herüberschimmerte.

Einige der Häuser waren zu einer Zeit gebaut worden, als niemand im Traum daran gedacht hatte, die Fernseh- und Modekönige der bayrischen Schickeria mit Homosexualität gleichzusetzen. Es war alter Adel, und weder fremde Bomben noch einheimische Neuerungswut hatten ihnen etwas anhaben können. Doch sie waren deutlich in der Minderzahl. Seit den Achtzigerjahren zog es mehr und mehr die Neureichen hierher, die ihr Geld in der Unterhaltungs-, Computer- oder einer Technologiebranche, die man gar nicht so genau definieren konnte, verdient hatten. Die lieber etwas versteckter wohnten als die publicitygeilen Promis, die ihre Grünwalder Villen nicht nahe genug an die Rollbahn nach Pullach heranbauen konnten. Hier hatte das Springpferd als Statussymboltier Nummer eins seinen Platz an den Koikarpfen abtreten müssen.

Ich hatte mich vorsichtshalber nicht telefonisch angekündigt, wohl wissend, wie groß meine Chance war, mit ein paar dürren Worten abgewimmelt zu werden. Da wollte ich es lieber zielstrebig nach dem biblischen Motto versuchen: »Klopfet an, so wird euch aufgetan.« Zwar erschien mir auch diese Methode nicht sonderlich vielversprechend, doch hätte ich zumindest einen Eindruck davon gewonnen, wie Leute so lebten, die es sich leisten konnten, ihr Geld für überteuerten Whisky zu verschleudern. Außerdem lief mir ja vielleicht als Bonus ein mitteilungsbedürftiger Nachbar über den Weg.

Und die Bibel hat doch recht.

Als ich mich von der Durchgangsstraße mit dem Wagen gute hundert Meter durch Gebüsch und Wald auf einem schmalen, unbefestigten Sträßchen im Schritttempo vorgearbeitet hatte, endete mein Weg vor einem hohen, zweiflügeligen Massivholztor, das keinen Blick auf das dahinterliegende Grundstück gestattete. Links von mir befand sich in Höhe der Seitenscheibe eine pfostenartige Metallkonstruktion mit Sprechanlage und Signalknopf, wie man sie in ähnlicher Form aus Parkhäusern kannte. Ich drückte auf die Klingel, und statt mich mit den üblichen Fragen nach Name und Begehr zu nerven, entschied die Stahlkiste, mich unbehelligt passieren zu lassen. Vielleicht hatte ihr eine verdeckte Überwachungskamera vorgegaukelt, ein 911-Oldtimer wäre genau das richtige Entrée für diese Gegend. Das Tor schwang lautlos auf, und ich fuhr noch einmal hundert Meter.

Das flache, aber weit ausladende Gebäude, das sich hinter einem künstlichen Teich zwischen die Bäume schmiegte, war eine Konstruktion aus sehr viel Glas und Holz mit nur dem nötigsten Betonskelett in seinem Zentrum, ein Zwitter aus Zelt und Pagode. Die Wege, die um das Gewässer herum durch einen Garten voller exotischer Pflanzen und Skulpturen führten, bestanden aus rauen, grauen Steinen, die sich perfekt in die Natur einfügten, ohne sie kopieren zu wollen. Hier hatte jemand verdammt viel Geld für einen Architekten ausgegeben, von Bau- und Grundstückskosten gar nicht zu reden, um seinen Japantick bis zur Perfektion ausleben zu können. Die Krönung war vermutlich eine unterirdische Maschine, die in stufenlos einstellbaren, periodischen Abständen ein Erdbeben der gemäßigten Stufe 3 erzeugte.

Der Eindruck setzte sich nahtlos im Inneren des Hauses fort, das ich durch eine nur angelehnte Tür betrat, an der mich trotz meines zaghaften Rufens niemand in Empfang nehmen wollte. Man hatte so viele fernöstliche Elemente eingebaut, dass ich fürchtete, mich in diesen Räumlichkeiten in meiner Muttersprache nicht verständlich machen zu können. Dass es doch klappte, lag daran, dass nicht ein singsangender Kiu Sakamoto unter bandscheibengefährdenden Verbeugungen zum Sukiaki einlud, sondern ein bayrisches Mannsbild den Raum betrat, auf das die Attribute urig, wurzig, knorrig wie maßgeschneidert passten. Über einer Tracht, die jedem Stanglwirt zur Ehre gereicht hätte, trug er einen grauen Kittel, der noch erdige Spuren seiner Gartenarbeit aufwies. »Sie san früh dran, Herr ... eh?«

Auch wenn dieses Urviech meinen herrlichen Namen aus einem mir unbekannten Grund für falsch halten mochte, stieß mein begleitendes Lächeln bei ihm auf einen Hauch von Gegenliebe, was bei seinem Gesicht allerdings so aussah, als hätte ein Herrgottsschnitzer eine weitere Kerbe hinzugefügt. »Schmidt, net Wollschläger?« Dazu wackelte er ein wenig mit dem Kopf, als könnte er sich auf sein eigenes Gedächtnis nicht mehr verlassen.

»Oba nehmen's do scho amol Platz. Die gnä Frau kimmt glei.« Er deutete dabei auf ein futonähnliches Sitzmöbel und verließ den Raum leiser, als ich es ihm zugetraut hätte.

Ich blieb trotzdem lieber stehen und ergötzte mich an dem Anblick zweier spielender Eichhörnchen, die in den Nadelbäumen auf der anderen Seite einer riesigen Panoramascheibe herumturnten.

»Die kommen nun im dritten Jahr her und haben sogar schon ihre Jungen mitgebracht. – Hat Sie Herr Wollschläger als seinen Vertreter geschickt?« Die Stimme in meinem Rücken gehörte der Schlossherrin persönlich, der Prinzessin von den fünf Whiskyflaschen. Heute trug sie ein honigfarbenes Alcantarakostüm, das perfekt auf die Tönung ihres Haares abgestimmt war. Als wir uns begrüßten, zeigte mir die auch von einem Chirurgen der Güteklasse Mang nicht zu kaschierende Adrigkeit ihrer Hände, dass in ihrem Gesicht nicht nur Botox eine regulierende Funktion ausgeübt hatte. Immerhin ließ ihr das Toxin genügend Spielraum, mir einen Blick auf die blendendsten Jacketkronen zu gewähren, die ich je gesehen hatte. Ihre Augen legten allerdings die Vermutung nahe, dass ihr Grimassieren weniger auf eine warmherzige Grundhaltung als auf einen Groll gegenüber der Evolution zurückzuführen war, den Menschen nicht mit einer Grundausstattung von zumindest sechsunddreißig Zähnen bedacht zu haben.

»Nein, es tut mir leid, wenn ich Sie enttäuschen muss. Einen Herrn Wollschläger kenne ich nicht einmal. Ich bin sozusagen in Vertretung meiner eigenen Interessen hier.«

Sie zuckte leicht mit den Schultern. »Das soll mir gleich sein, wenn das Stück Land, das Sie anzubieten haben, gleichermaßen geeignet ist. Wo liegt denn das Grundstück, in Landsberg oder in Berchtesgaden?«

Jetzt war es an mir, zu zucken. »Verzeihen Sie, aber ich glaube, wir reden aneinander vorbei. Ich weiß nichts von einem Grundstück, und ich habe auch keines zu verkaufen. Es geht mir um ganz etwas anderes. Ich habe Ihren Namen auf einer

Liste der Teilnehmer entdeckt, die auf *Gut Nederling* bei dem Whiskyverkauf dabei waren, und ich habe gehofft, Sie könnten mir etwas über die näheren Umstände dieser Veranstaltung erzählen. Es ist wirklich wichtig – für einen Freund von mir.«

Vielleicht hätte ihr wenigstens diese faule Ausrede ein winziges echtes Lächeln abgenötigt, und wäre es auch noch so geringschätzig, aber selbst dazu waren ihre Lippen zu steif. »Den Verfassungsschutz kann ich wohl ausschließen, oder? Und zu verkaufen haben Sie auch nichts. Also, in welcher Eigenschaft sind Sie hier?«

Die Frage lag natürlich von vornherein auf der Hand, trotzdem konnte ich abgebrühter Hund eine leichte Verlegenheit kaum verhehlen. »Wahrscheinlich ist es nicht die hundertprozentig passende Vokabel, aber ich selber begreife mich immer gerne als Privatdetektiv.«

»Privatdetektiv.« Sie sprach das Wort ohne besondere Betonung aus. Ihre Skepsis wurde nur durch ihren Blick verraten, der über mich wanderte und vergeblich nach Hut und Trenchcoat suchte, den unwiderleglichen Beweisen für die Richtigkeit meiner Behauptung. Als sie schließlich trotzdem davon überzeugt war, dass ich ihr keinen Bären aufgebunden hatte, verschlechterte das meine Position eindeutig zugunsten ihres ambivalenten Verhältnisses zur Evolution. Jetzt hätten ihr ganze zwei Zähne genügt, hätte es sich dabei um Giftzähne gehandelt.

»Privatdetektive sollten sich ausschließlich um ihre Privatsachen kümmern, das wäre ihrem Ansehen und ihrer Beliebtheit zuträglicher. Ich sehe unsere Unterredung als beendet an. – Guten Tag, Herr Schmidt!«

Ich versuchte es stattdessen mit einem verbindlichen »Auf Wiedersehen!«, aber das hätte sie auch nicht umgestimmt, wenn sie zu dem Zeitpunkt noch im Zimmer gewesen wäre.

Auf dem Rückweg hatte ich immer noch ihr Gekeife im Ohr, das aus dem Haus gedrungen war, als ich gerade meinen Wagen besteigen wollte. »Helmut, wie kommen Sie eigentlich dazu, einen solchen Menschen so einfach ...«

Ja, wie kam der pflichtvergessene Bursche bloß dazu, einen solchen Menschen so einfach ...? Die Antwort auf diese Frage war genauso unwichtig wie die auf meine selbstgestellte, warum in dieser Gegend ein solches Trumm von einem Mann Helmut und nicht Korbinian oder wenigstens Franz hieß.

* * *

Wieder im Hotel widmete ich mich noch einmal der Liste. Es gab darauf drei weitere Adressen, die zu erreichen ich keine Weltreise hätte antreten müssen. Aber nach der kalten Abfuhr von vorhin hatte ich keine Lust, mich wieder übereilt in ein neues Treffen zu stürzen und wieder ein Scheitern zu riskieren. Nein, für meinen nächsten Besuch musste ich mich besser präparieren und mir vor allem eine Geschichte zurechtlegen, die so gut war, dass ich nicht gleich nach meiner Namensnennung mit einem saftigen Tritt auf die Straße katapultiert würde.

Die fiel mir jedoch in meiner momentanen Verfassung nicht ein, und deshalb setzte ich für heute Abend auf Abschalten und Entspannung.

Mit dem eigenen Wagen ins Zentrum zu fahren konnte ich vergessen. Parkplätze gab es dort keine, und wenn doch, dann zahlte man für eine Stunde Wagenabstellen mehr als für eine Taxitour an dem Starnberger See. Also gleich rein in die Mietdroschke, eine knappe, grundlegende Information an den Fahrer, und los ging's.

Im Nachhinein muss ich sagen, dass ich an diesem Tag nicht viel von München zu sehen bekam, weil der Kutscher mich bedauerlicherweise richtig verstanden hatte und obendrein seriös war. Er steuerte zielsicher einen Irish Pub in der Nähe der Donnersberger Brücke an, der so gemütlich war und über eine dermaßen ausgefeilte Whiskykarte verfügte, dass das Angebot der Nederlinger Tastingveranstaltung dagegen ausgesprochen ideenlos ausfiel. Nach einer guten Stunde verspürte ich jedenfalls nicht das geringste Bedürfnis, noch andere Attraktionen dieser Stadt kennen zu lernen und ließ mich irgendwann wieder in mein Hotel chauffieren. Wann das war und wie ich tatsächlich dorthin gekommen war, weiß ich allerdings nicht mehr. Ich kann mich nur noch dunkel daran erinnern, dass ich dem Nachtportier die Anweisung gab, mich auf gar keinen Fall zu stören, egal in welchem Jahr und zu welcher Uhrzeit.

* * *

Am nächsten Tag wurde ich am späten Vormittag von alleine wach, freute mich darüber, dass die Getränke von ausgezeichneter Qualität gewesen sein mussten, weil mein Schädel nicht geplatzt war, und erquickte mich zur Mittagszeit an einem ausgiebigen Frühstück.

Als ich anschließend das Hotel zu einem Spaziergang verlassen wollte, wurde ich von der freundlichen Rezeptionistin aufgehalten, die mir einen neutralen, verschlossenen Umschlag überreichte, der keinerlei Vermerke oder Sonstiges trug. »Den hat vor etwa einer Stunde ein Mann für Sie abgegeben und mir aufgetragen, man solle Sie deswegen nicht extra stören. Es würde genügen, ihn auszuhändigen, wenn Sie vorbeikämen – aber spätestens bis 14 Uhr.«

Nicht schon wieder, war mein erster Gedanke.

Jetzt war es Viertel vor. Ich verzog mich in den entlegensten Sessel des Foyers und riss den Umschlag auf, nachdem ich mich davon überzeugt hatte, dass sich kein Mensch in meiner Nähe aufhielt und mir auch keine Kamera über die Schulter schaute. Er enthielt ein kleines Blatt Papier, das aus einem Notizbuch zu stammen schien. Die Botschaft war so simpel wie präzise: *Ostfriedhof 15 Uhr Grab 169*.

Ich hasse es, wenn jeder Hanswurst meint, mich nach Belieben herumkommandieren und mir Termine aufs Auge drücken zu können, ohne vorher mein Einverständnis einzuholen. Und von Kurzbriefen, die mich bevormundeten, hatte ich erst recht die Schnauze voll. Andererseits war meine Situation nicht so komfortabel, dass ich mir erlauben konnte, Nachrichten zu ignorieren, die mir möglicherweise von Nutzen sein konnten. Also zurück an die Rezeption, um die Frage aller Fragen zu stellen, die mir allerdings bezüglich der Person des Postillions keine erhellenden Antworten bescherten. Etwa eins-fünfundachtzig groß, relativ kurze, grauschwarze Haare, mittleres Alter, konventionelle Kleidung.

Mir blieb nur ein Achselzucken. Das passte auf etliche Menschen aus meinem Bekanntenkreis, hob aber keinen bestimmten daraus hervor.

Die nächste Auskunft war nützlicher. »Die großen Friedhöfe hier in München haben eigene Verwaltungen. Warten Sie, ich suche Ihnen die Telefonnummer des Ostfriedhofs heraus.«

Der Mann am anderen Ende der Leitung war ausgesprochen hilfsbereit und riet mir, die Begräbnisstätte durch den Nebeneingang an der Bonifatiusstraße zu betreten. Das von mir gesuchte Grab würde sich dann ganz in der Nähe rechts direkt an der Mauer befinden.

Ich bestellte mir ein Taxi und grübelte während der Wartezeit ergebnislos darüber nach, warum die Typen, die mich sprechen wollten, in einer Gegend, die über zahlreiche, phantastische Biergärten, Hunderte von Kneipen und Tausende von sonstigen geeigneten Orten verfügte, sich ausgerechnet auf die Friedhöfe eingeschossen hatten. Die Ankunft des Wagens riss mich aus meinen nutzlosen Gedanken, und er schaffte es, mich um kurz vor drei am richtigen Eingang abzuliefern.

Als ich durch das Tor trat, sah ich rechterhand in etwa dreißig Metern Entfernung einen Mann, der meiner Beschreibung entsprach und mir zuwinkte. Er wartete unter einem pompösen Grabaufbau aus hellgrauem Stein, der das Portal einer beeindruckenden Säulenhalle darstellte, dessen Rückwand von einem überlebensgroßen Kruzifix dominiert wurde. Als ich darauf zuging, konnte ich keine Parzellennummer ausmachen, aber den eingemeißelten Text entziffern, nach dem es sich um die letzte Ruhestätte der Familie Brandl handelte.

Friedhof hin, Kneipe her, immerhin bot auch diese Stelle ausreichend Schutz vor dem sich ständig verstärkenden Nieselregen, der seit einer halben Stunde aus dem dichtbewölkten Himmel niederging. Daher beeilte ich mich, ins Trockene zu kommen.

Als wir uns gegenüberstanden, beugte sich der Fremde mit auf dem Rücken verschränkten Händen leicht vor und begrüßte mich mit einem: »Guten Tag, Herrn Schmidt. Ich danke Ihnen, dass Sie sich die Zeit genommen haben und bereit waren, mich zu treffen.«

Vielleicht war es der Regen, der den Wiedererkennungseffekt begünstigte. Auge in Auge mit ihm hatte ich jedenfalls keine Mühe, ihn als meinen Schirmherren von der *Villa Dante* zu identifizieren. »Oh, es ist mir immer wieder ein besonderes Vergnügen, mich von Unbekannten ohne Angabe von Gründen in den Regen hinauslocken zu lassen. Ich liebe blind and wet dates.«

Mein Gegenüber nahm meine milde Ironie als ernsthaften Gesprächsbeitrag. »Das ist eine sehr vernünftige Einstellung von Ihnen. Wir haben nämlich begründeten Anlass zu der Annahme, dass Sie in akuter Lebensgefahr schweben.« Nach dieser bedeutungsschweren Feststellung, die meine Laune nicht gerade verbesserte, verbeugte er sich erneut. »Entschuldigen Sie bitte, dass ich mich nicht vorgestellt habe. Es ist nur so, dass mein Name nichts zu der Sache tut, um die es hier geht, wie ich selber hier nur eine unbedeutende Rolle spiele und jederzeit ersetzbar bin. – Wenn es Ihnen gefällt, nennen Sie mich einfach Tal.« Bei dieser kurzen Ansprache war sein hauchdünner östlicher Dialekt kaum merkbar.

»Warum nicht gleich Michail? Und wann haben Sie eigentlich Ihre letzte Partie gespielt?«

Er lachte für eine Begräbnisstätte etwas zu laut, doch es klang nicht gekünstelt. »Sie sind ein Schachexperte? Das ist gut, dann werden Ihnen meine Gedankengänge sicherlich nachvollziehbar erscheinen. Sie werden vielleicht schon vermutet haben, dass es auch uns um die Ikone geht. Aber bitte, kommen Sie doch für einen Moment mit hinaus in den Regen, das Grab, das ich meine, ist nämlich das nebenan. – Sie halten mich übrigens zu Unrecht für eine Gefahr. Das genaue Gegenteil ist der Fall, und zwar aus Gründen, die Ihnen einleuchten werden, wenn ich Ihnen die ganze Geschichte erzählt habe. Also können Sie ruhig die Pistole in Ihrer Tasche loslassen. Ich habe Angst, dass Sie sich sonst noch wesentliche Körperteile abschießen, so krampfhaft, wie Sie das Ding umklammern.«

Das Nachbargrab war erheblich weniger imposant, jedoch ausreichend, um den einen oder anderen Besucherblick auf sich zu ziehen. Ein hohes Kreuz aus schwarzem, poliertem Marmor mit den Namen der Bestatteten im unteren Teil. Der Stein trug folgende Inschrift:

FAMILIENGRAB

FRANZ XAVER REICHHART
*1851 +1934

JOHANN REICHHART
*1893 + 1972

HANS REICHHART
*1927 + 1950

HERIBERT REICHHART
*1922 + 2007

Der Russe deutete mit einem Schlenker seiner Hand auf die Namen, wobei er ein leichtes Schmunzeln nicht verbergen konnte, das sich mehr in seinen Augenwinkeln als um seinen Mund abzeichnete. »Von einem Heribert Reichhart habe ich nie gehört, der spielt in unseren Überlegungen kein Rolle. Von denen, die früher gestorben sind, scheint dieser Hans der einzige Ehrenmann in der Familie gewesen zu sein. Schließlich hat er nur sich selber umgebracht. Die anderen beiden haben es vorgezogen, andere Menschen umzubringen – und nicht wenige.«

Ich zuckte nur mit den Schultern, ich konnte mit dieser ganzen Orakelei nichts anfangen.

Mein Gesprächspartner zog in leichtem Staunen die Augenbrauen hoch. »Sagt Ihnen die Zahl 3165 gar nichts?«

»Sollte sie denn? Ist das vielleicht die Gewinnzahl der Woche beim Russischen Roulette?«

»Nein, es ist der Titel eines Theaterstücks. 3165. Genauso viele Menschen hat dieser Johann Reichhart mit eigener Hand getötet, und zwar die meisten davon während des sogenannten Dritten Reiches. Johann Reichhart war der letzte bayerische Scharfrichter. Auf sein Konto gehen unter anderem die Mitglieder der Weißen Rose und andere Widerstandskämpfer. 3165 Menschen den Kopf abgehackt oder sie erhängt. – Ich habe diesen Ort als Treffpunkt gewählt wegen seiner symbolischen Bedeutung, die er für mich hat. Johann Reichhart war gelernter Metzger, hat in einer Maschinenfabrik gearbeitet und sich auch mal als Fuhrunternehmer versucht. Letztlich ist er Henker geworden. Dass er es auch nach 1933 geblieben ist und massenhaft Leute getötet hat, die er eigentlich als Helden hätte verehren müssen, ist für mich symptomatisch dafür, welchen verheerenden Einfluss das Nazitum auf Ihr Volk ausüben konnte und kann. Denken Sie nur daran, was Hitler immer noch für viele bedeutet, auch für Gebildete und Einflussreiche, die es nicht lassen können, jedes Jahr heimlich Führers Geburtstag zu feiern.«

»Okay, das mag ja alles so sein, und Sie als Russe oder Ukrainer, oder wie da jetzt alle heißen, haben sicher gute Gründe, auf die Deutschen im Allgemeinen sauer zu sein. Mir ist auch völlig wurscht, wenn mich jeder bei Nacht und Nebel eingewanderte serbokroatische Kosovoalbaner aus Bosnien-Herzegowina hinter vorgehaltener Hand als Scheißdeutschen beschimpft und mir trotzdem einen Werbezettel in den Briefkasten schmeißt, weil er im Nachbarhaus eine original italienische Pizzeria aufgemacht hat. Aber ich verstehe den Zusammenhang nicht. Sie haben mich herbestellt, um ...«

Tal machte eine beschwichtigende Geste, und ich winkte gleich ab. »Ja gut, Sie haben mich her*gebeten* – zufrieden? – und angedeutet, dass es um eine Ikone geht, und zwar wohl um die, die sich einmal fast in meinem Besitz befunden hätte. Eine, wie man mir mehrfach versichert hat, ziemlich wertlose Arbeit. Und was soll diese armselige Bauernbastelei nun mit dem Nationalsozialismus tun haben?«

Der Russe blieb stehen und musterte mich lange von oben bis unten. »Mit Ihrer Schlussfolgerung bezüglich meines Namens haben Sie bei mir den Eindruck erweckt, ein intelligenter Mensch zu sein. Wollen Sie mir jetzt erklären, Sie wüssten wirklich nicht, dass diese Ikone nur ein Behältnis für etwas ungemein Wertvolles ist, bloß ein Transportmittel?« Mein Gesichtsausdruck muss ihn im gleichen Maße von meiner Lauterkeit wie von meiner Ignoranz überzeugt haben. »Sie wissen also tatsächlich nicht, dass sich in dieser Konstruktion aus Holz, Gips und ein bisschen Blech Asche und Knochensplitter befinden?«

Ich schüttelte den Kopf. »Asche und Knochensplitter, und das sollen richtige Kostbarkeiten sein? Warten Sie mal, wir hatten hier in München vor einiger Zeit eine Tut-Ench-Amun-Ausstellung. Ist das Zeug da geklaut worden? – Nein? Von wem stammt es denn dann?«

Sein Dauerlächeln zeigte zuerst eine Spur von Mitleid, um dann in ein breites Grinsen überzugehen. Er nahm eine straffe Haltung an, knallte zackig die Hacken zusammen, und reckte bei flacher Hand den rechten Arm schräg nach oben. »Heil Hitler, Herr Schmidt!«

* * *

Weil wir einen normalen Werktag hatten und die meisten Leute um diese Zeit noch arbeiten mussten, fanden wir auf dem weiten Areal einen Tisch, der so weit von anderen Gästen entfernt war, dass wir uns ungestört unterhalten konnten.

Der Regen hatte längst aufgehört, und wir waren deshalb zu dem Schluss gelangt, dass es sich in einem typisch bayrischen Biergarten besser plaudern ließ als auf einem Friedhof.

Ich hatte die Waldwirtschaft vorgeschlagen, die in Richtung Pullach auf den Isarhügeln lag. Die verkörperte für mich den bayrischen Biergarten schlechthin. Dort gab es nicht nur ganz ausgezeichneten Radi und Laugenbrezen, die so gar nichts mit den furztrockenen Salzstangenablegern gemein hatten, die im Rest Deutschlands verkauft werden, sondern bei akzeptablem Wetter auch jeden Tag Live-Jazz. Heute stand ein Sextett auf dem Podium des weiß-blauen Musikpavillons und intonierte Dixie- und Swingstandards, die nur unwesentlich älter waren als die Bandmitglieder. Wir hatten uns das Essen selber geholt und uns dazu je ein kleines Bier bewilligt, worunter man hier einen halben Liter verstand, der allerdings nicht als Vorstufe zu einer Verkehrsordnungswidrigkeit, sondern lediglich als Grundnahrungsmittel betrachtet wurde und damit einer späteren Rückfahrt in Tals Mercedeslimousine nicht im Wege stand.

Der vollklimatisierte Luxusschlitten hatte uns dank eines ausgefuchsten Navigationssystems, das die üble Angewohnheit hatte, sich pausenlos auf russisch mit uns unterhalten zu wollen, auf dem kürzesten Weg an unser Ziel gebracht, jedoch dabei so genervt, dass mein Chauffeur es während der Fahrt bei der Ankündigung beließ, er werde mich nachher bei Speis und Trank umfassend über alle Zusammenhänge in dieser Ikonenaffaire informieren und erwarte als Gegenleistung lediglich bei seinem weiteren Vorgehen eine kleine Unterstützung von mir – nichts Großartiges oder gar Gefährliches.

Mein Gedächtnis war immer noch gut genug, mich daran zu erinnern, dass ich durch ähnliche Worte überhaupt in diesen ganzen Scheiß hineingezogen worden war, und deshalb hielt ich vorsichtshalber den Mund, ohne mir eine voreilige Zustimmung entlocken zu lassen.

Nachdem wir mit unseren Portionen fertig geworden waren und ich zwei frische Biere besorgt hatte, ließ Tal seinen Blick wohlgefällig über das Areal schweifen. »Sie verstehen es, sich das Leben angenehm zu gestalten, Herr Schmidt. Ich beneide Sie, Sie scheinen alles richtig gemacht zu haben.« Er stockte kurz und hörte der Band, die gerade *Bei mir bist du scheen* spielte, ein paar Takte lang konzentriert zu, um anschließend sein gewohntes Lächeln zu präsentieren. »Was man von dem Komponisten zum Beispiel nicht behaupten kann. Der hat seinerzeit sämtliche Rechte an dem Stück für zwanzig Dollar verkauft, und dann wurde es ein Welthit.«

Als er sich sichtlich zufrieden so weit zurücksinken ließ, wie es die lehnenlose Bank erlaubte, war ich es leid, meine Neugier im Zaum halten zu müssen. »Vielleicht geschieht ja noch ein Wunder und die Enkelinnen der Andrew-Sisters krabbeln auf die Bühne, um für uns die *Beer-Barrel-Polka* zum Besten zu geben, aber noch lieber als die Musik würde ich heute zur Abwechslung mal Ihre Geschichte hören.«

Ich werde es nie begreifen, wie ein Mensch mit einem eher hageren Gesicht ein solches Götterlächeln hinbekam. »Aber natürlich, Herr Schmidt, versprochen ist versprochen.« Er nahm einen Schluck, der sein Glas zur Hälfte leerte, und seine Miene wurde schlagartig ernst. »Von Tschernobyl, Pripjat, der Sperrzone und so weiter brauche ich Ihnen wohl nichts mehr zu erzählen, nehme ich an. Schließlich feiern die Bildungskanäle im Fernsehen den fünfundzwanzigsten Jahrestag ja ausgiebiger als die Hochzeit am englischen Königshof. Da sind Sie wahrscheinlich inzwischen ausreichend informiert, oder? Außerdem hat man ja die ganze Geschichte hinlänglich im Zuge der Japankatastrophe wieder aufgekocht.«

»Setzen Sie das einfach mal als bekannt voraus. Und weiter?«

»Dann darf ich möglicherweise auch als bekannt voraussetzen, dass wir Sowjets in den Augen der westlichen Welt nach dem Ende des 2. Weltkriegs und Hitlers Tod nahtlos die von ihm so perfekt ausgefüllte Rolle des Teufels übernommen haben, dass die Amerikaner aber nach und nach durch Vietnam, Watergate, die Ermordung Allendes und und und ... dem kritischen Rest der Menschheit bewiesen haben, dass es daneben wohl noch einen ausgewachsenen Satan gibt. Genau das ist der Grund, aus dem die Amis und die mit ihnen befreundeten Staaten sehr darauf erpicht sind, uns ans Bein zu pinkeln, indem sie irgendwelche Aufhänger finden wollen, an dem sie das alte Feindbild wieder festmachen können. Das ergiebigste Stichwort in diesem Sinne ist natürlich der Komplex ›Atom‹. Wenn sie uns unsere U-Boot-Flotte nicht mehr unter die Nase reiben können, weil wir sie zum größten Teil verschrottet haben, und mit ihren seismographischen Messungen auch keine geheimen unterirdischen Explosionen mehr feststellen können, weil diese einfach nicht mehr stattfinden, dann müssen uns eben Naturkatastrophen zum Sündenbock stempeln, auf deren Entstehen wir nicht den geringsten Einfluss haben.«

Er merkte mir meinen inständigen Wunsch an, in seinen Ausführungen nicht so weit auszuholen, dass noch das problembelastete Verhältnis zwischen Kain und Abel zur Sprache käme, war aber nicht gewillt, sich davon aus dem Konzept bringen zu lassen. »Nur etwas Geduld. Sie werden gleich verstehen, worauf es hinausläuft. – Erinnern Sie sich bloß mal an den vorigen Sommer. Da wüteten Waldbrände um die Hauptstadt, die das Ausmaß eines nationalen Supergaus angenommen hatten. Unsere Leute kämpften um das schiere Überleben. Und was taten die westlichen Medien? Sie wurden nicht müde herumzuschreien, dass wegen unserer angeblichen Unfähigkeit der Brandlöschung so viel kontaminierter Staub aufgewirbelt und über die Grenzen getragen würde, dass die Gesundheit halb Europas bedroht wäre. Und als es bei uns nur vierzehn Tage später in einer anderen Region zu Überschwemmungen ähnlich desaströsen Umfangs kam, sollen diese probaterweise zu einem Abfließen der Reservoire der Kühlwasserseen unserer Atomreaktoren geführt haben, sodass jetzt akut mit einem neuen Tschernobyl gerechnet werden müsste. – Es ist die reine Ironie, dass honorige Umweltschutzorganisationen wie Greenpeace sich unbewusst haben vor diesen Karren spannen lassen.«

Entweder war Tal ein perfekter Schauspieler, oder sein langsames Kopfschütteln war Ausdruck wahren Unverständnisses. Ich wusste es nicht, und deshalb ließ ich ihn weiterreden.

»Ich hoffe, mein grobes Umreißen der Situation hat Ihnen verdeutlicht, dass wir gar nicht anders können, als immer ein besonders waches Auge auf die Sperrzone von Pripjat zu haben, obwohl es in der Ukraine und damit nun eigentlich im Ausland liegt; denn Tschernobyl war praktisch die Mutter aller Reaktorunglücke. Für unsere Gegner ist immer noch alles hochinteressant, was sich dort abspielt. Lachen Sie jetzt ruhig, wenn Sie wollen. Aber auch wenn Sie es nicht für möglich halten, die Amis sind sogar hinter Exemplaren der Rötelmäuse dieser Gegend her, um deren Mutationen zu erforschen. Und, wenn Sie mich fragen, ganz bestimmt nicht, um der Menschheit damit einen Gefallen zu tun.«

Ich überholte ihn auf der Säuferschiene, indem ich mein Glas leertrank und ihn anschließend durch dessen verzerrenden Boden wie durch ein Fernglas betrachtete. »Na prima, es geht also um eine Symbiose von Ikonen und Rötelmäusen. Und dafür werden Leute abgemurkst?«

»Dafür nicht – aber für die Asche von Adolf Hitler.«

Ich war froh, dass ich ausgetrunken hatte, sonst hätte ich mich in einem Ausbruch von Heiterkeit verschluckt. »Die Asche von Adolf Hitler? Wunderbar, jetzt wird's spannend! Hängt nicht vielleicht auch noch ein Teil des Bernsteinzimmers mit drin, könnte nicht eventuell der Schatz der Tempelritter eine Rolle spielen, und was ist eigentlich mit der Bundeslade?«

Tal überlegte kurz, wie er die Sache am besten angehen sollte. Dann begann er im nüchternen Tonfall eines durch nichts mehr zu begeisternden Historikers, der seinen Vortrag schon zu oft gehalten hatte. »Besonders hier in Deutschland dürfte die Kenntnis verbreitet sein, dass Hitler in den letzten Kriegstagen zusammen mit einigen engsten Getreuen, darunter die Familie Goebbels, im Führerbunker in Berlin Selbstmord verübt hat und die Leichen auf seine Anordnung hin verbrannt worden sind. Die Verbrennung gelang jedoch nur sehr unvollkommen, sodass am 4. Mai 1945 von Mitgliedern der russischen Spionageabwehr Smersch Leichname aufgefunden wurden, die lediglich angebrannt waren und deren Identität zweifelsfrei festgestellt werden konnte. Sie wurden abtransportiert und im Verlauf der Jahre mehrfach auf verschiedenen Smersch-Geländen innerhalb der DDR umgebettet. Sie landeten letztlich in Magdeburg und ruhten dort in der Erde, bis 1970 das Gelände der DDR übergeben werden sollte. Weil die sowjetische Führung die Entdeckung der Leichen und ein Entstehen eines Personen- und Reliquienkults befürchtete, erging von höchster Stelle der Befehl, sämtliche Überreste zu Staub zu verbrennen und endgültig zu beseitigen. Er wurde am 5. April 1970 von den Soldaten Gumenjuk, Schirokow und Oberst Kowalenko dadurch ausgeführt, dass die Asche in den kleinen Fluß Ehle gestreut wurde. Das Einzige, was von Hitler noch übriggeblieben ist, sind also die streng gesicherten Schädelfragmente im Moskauer Zentralarchiv. – Ende der offiziellen Version.«

»Es gibt aber auch eine inoffizielle?«

»Wie immer, nämlich die richtige. – Die fängt schon damit an, dass damals ein vierter Mann beteiligt war, ein Mitarbeiter des Geheimdienstes mit Namen Semjon Scholochow. Auf das ganze Ausmaß sind wir jedoch erst gestoßen, als es Jahrzehnte später in der Sperrzone zu diesen ungewöhnlichen Aktivitäten wegen einer Ikone kam. Dass dort ständig geplündert wird, gehört quasi zum Tagesgeschäft, kein Grund, argwöhnisch zu werden. Dass ein alter Mann, der obendrein wohl nicht mehr ganz richtig im Kopf war, diese Ikone hergestellt hat und sie nun wiederhaben wollte, war auch nicht besorgniserregend. Aber dass ein ehemaliger Mitarbeiter von uns, Beresow, der jetzt für einen der neuen Paten in Russland arbeitet, jedoch immer noch Kontakt zu uns hält, bei der Beschaffung dieser so offensichtlich wertlos erscheinenden Ikone eine Reihe von Leichen produziert hat, weckte natürlich unsere Aufmerksamkeit. Umso mehr, als es sich bei dem Schöpfer der Ikone um Ilja, den Bruder von Semjon Scholochow, handelt. Wir haben also unsere Fühler ausgestreckt, um das zu ergänzen, was wir von Beresow erfahren hatten. Herausgekommen ist dabei eine völlig skurrile Geschichte. Bei den Ausgrabungen in Magdeburg sind nämlich nur noch Knochenreste von Frauen und Kindern gefunden worden. Die Skelette von Hitler, Goebbels und General Krebs waren zu diesem Zeitpunkt bereits verschwunden. Ich gehe davon aus, dass sie nicht mehr existieren, weil ein übereifriger – oder nennen Sie ihn meinetwegen weitsichtig, wenn Ihnen das besser gefällt – Smersch-Mann sie anlässlich irgendeiner Umbettung schon vorher vernichtet hatte. So oder so, ich bin davon überzeugt, dass sie nie mehr auftauchen werden. Jedenfalls befand sich Scholochow in einer Zwickmühle. Einerseits war die Aktion für die Sowjetunion ungeheuer wichtig, von solcher Bedeutung, dass sich der Regierungschef und der Leiter des Geheimdienstes selber eingeschaltet hatten. Andererseits war nur ein so kleines Aschehäuflein übrig geblieben, dass diese vier Männer möglicherweise selber in den Verdacht geraten wären, die Leiche von Hitler beiseite geschafft zu haben. Und was das zur Zeit des Kalten Krieges für die vier bedeutet hätte, brauche ich wohl nicht zu erklären.«

8. Kapitel

April 1970

Es war fast drei Uhr nachts, als Semjon Scholochow seinen Moskwitsch durch die menschenleeren Straßen von Halle steuerte. Die kalte Nachtluft, die auch die hartnäckigsten Streuner vertrieben hatte, kam wie gerufen. Bis jetzt lief alles glatt, und sein aufgewühltes Gemüt beruhigte sich endlich ein bisschen.

Er hatte stundenlang gegrübelt, wie er sich am besten aus der Affäre ziehen könnte. Seinen Auftrag so gut wie möglich erledigen und trotzdem noch eine Sicherung einbauen, für alle Fälle. Ob das, was dabei herausgekommen war, nun wirklich ein Geniestreich war oder ein Rohrkrepierer würde, hätte ihm im Moment nicht mal ein überdurchschnittlich begabter Hellseher sagen können. Aber in der Kürze der Zeit war ihm einfach keine narrensichere Lösung eingefallen.

Wer konnte denn auch ahnen, dass nur noch so wenige Knochenreste vorhanden waren? Und vor allem: Würden ihm seine Vorgesetzten abnehmen, seine Mission korrekt erfüllt zu haben, wenn ihnen etwas von einem so mickrigen Aschehäuflein zu Ohren käme?

Nein, bloß kein Risiko eingehen. Wenigstens der äußere Rahmen musste passen.

Wie zur Bestätigung der Richtigkeit seines Entschlusses klackten beim Durchfahren eines Schlaglochs auf dem Beifahrersitz die Kaviardose und die Flasche Krimsekt aneinander, die er als Entgelt für seinen Geschäftspartner mitgenommen hatte. Eine fürstliche Entlohnung für die Gegenleistung, die er erwartete, in der Tat. Aber hier ging es nicht um den

Austausch gleichwertiger Sachen beziehungsweise Leistungen wie sonst, sondern darum, ihre Transaktion vollkommen geheim zu halten. Er würde zwar nicht mehr lange in der DDR bleiben, doch bereits der geringste Verdacht, sich bei dieser Sache nicht linientreu verhalten zu haben, konnte seinen Untergang bedeuten.

Obwohl ihm während der Fahrt niemand begegnet war, konnte Scholochow seine Erleichterung nicht verhehlen, als er endlich das *Börde-Eck* erreichte. Herbert Zuberbier, Wirt und Koch in Personalunion, betrieb unter der Protektion Scholochows im ersten Stock ein illegales Bordell, und der Russe revanchierte sich für seine häufigen Besuche gelegentlich in der Währung, die er auch jetzt wieder mit sich führte. Bloß, dass er heute nicht für lebende, sondern für tote Objekte bezahlen würde.

Zuberbier hatte auf Scholochows Anruf hin alles Nötige vorbereitet. Das Tor zum Hof stand offen, und er selber erwartete seinen russischen Gönner schon im Durchgang zur Küche. »Kommen Sie doch kurz rein, ich hab schon alles fertig. Wenn ich auch, ehrlich gesagt, nicht begreife, wozu das gut ist.«

»Ist auch besser so – für uns beide.«

Der Wirt zuckte nur die Achseln und reichte seinem Besucher eine prall gefüllte, steife Papiertüte und einen großen Umschlag. »Von einem Rind und einem Reh, genauer, von den Resten. Was anderes konnte ich auf die Schnelle nicht auftreiben. Und zu viel Qualm wollte ich auch nicht machen, sonst hätten die Nachbarn womöglich noch die Vopos geholt, von wegen ich würd hier Abfälle verbrennen und so. – Und in dem Kuvert da sind ein paar Knochensplitter.«

Scholochow war sichtlich erleichtert. Das würde nun eine realistische Menge ergeben, über die sich niemand mehr wundern könnte. »Ist schon in Ordnung so. Kommen Sie mal mit zum Wagen, ich hab da was für Sie. – Und Sie wissen ja, strengste Diskretion!«

Zuberbier legte eine Hand auf sein Herz und beteuerte: »Ich schwöre bei meiner Seele.«

Scholochow wäre es lieber gewesen, der Kerl hätte sich als Basis seines Gelübdes etwas Wertvolleres ausgesucht, den Trabant zum Beispiel, auf den er so stolz war. Aber er verkniff sich jeden Kommentar.

Nur eine Minute später trennten sich ein glücklicher Geschäftsmann, der bereits im Geiste überschlug, welchen Aufpreis er verlangen könnte, wenn er auf den Zimmern solche raren Köstlichkeiten servierte, und ein entspannter Geheimdienstoffizier, dem auf dem Rückweg zum Smersh-Gelände sogar ein hauchdünnes Lächeln gelang.

* * *

»Wie aber hat sich unser guter Scholochow aus dem Schlamassel befreit? Wir haben es herausgefunden, weil wir noch einen von den übrigen Dreien aufgetrieben haben. Er hatte sich in aller Eile und Stille aus einer Metzgerei Knochen besorgt und diese mitverbrannt. Sie stammten angeblich von einem Pferd und einem Reh. Können aber auch von einem Rind sein, und er hat sich das Zeug aus einem Restaurant beschafft, so genau haben wir das nicht herausbekommen. Ist letztlich auch gleichgültig. Und weil er ein vorausschauender alter Fuchs war und wusste, wie schnell die politische Stimmung im Lande umschlagen und er vom unschuldigen Befehlsempfänger zum Staatsfeind werden konnte, hat er sich von der Asche und von den Knochenstückchen einen Teil abgezweigt. Er kannte zu diesem Zeitpunkt zwar noch keine DNA-Analyse, anhand derer man hätte nachweisen können, dass er nie etwas mit Hitlers Überresten zu tun hatte, falls es wirklich wegen Hitlers Leiche mal zu einer Untersuchung gekommen wäre. Aber bei den Skelettresten hätte mit Sicherheit festgestellt werden können, dass nichts von einem Menschen männlichen Geschlechts dabei war.«

Unsere Gläser waren leer geworden, sodass sich diesmal Tal auf den Weg machte, um Nachschub zu besorgen. Ich schaute mir in der Zeit meine nähere Umgebung an und war verwundert, wie viele Hunde sich auf dem Gelände tummelten. Sämtliche Größen, Rassen und Underdogs schienen sich versammelt zu haben und tollten fern aller Standesunterschiede miteinander herum, wie ich es auch vom Egmonder Strand kannte. Harro von Hassmannshausen hechelte mit hängender Zunge hinter Putzi her, und Nita von der hohen Wart ließ sich die Schnauze von Maxi ablecken. Wenn ich auf einen Nebenerwerb angewiesen wäre, ich würde meine Energie darauf verwenden, abseits der üblichen Standardwerke über München einen Zamperl-Führer auf den Markt zu bringen, der alle Biergärten der Stadt auflistete, deren Qualität aber ausschließlich aus der Warte eines Vierbeiners beurteilte. Dürfen wir hier ohne Leine herumlaufen? Stehen genügend Wassernäpfe bereit? Gibt es obendrein Leckerli auf Kosten des Hauses? Wie hoch ist der Flirtfaktor? Spielt die Band auch mal die Erkennungsmelodie von *Lassie*?

Als er mit den Getränken an unseren Tisch zurückkam, hatte Tal anscheinend eine falsche Vorstellung vom Grund meiner Kontemplation. »Tjaaa, da tun sich schon so manche Fragen auf, nicht wahr? Aber alles wäre spätestens unter Jelzin in der Bedeutungslosigkeit versunken, hätte Scholochow nicht diesen, nun ja, mental etwas merkwürdigen Bruder Ilja. Den hatte Semjon nämlich mal an einem wodkavernebelten

Abend damit verulkt, in der alten Munitionsschachtel würden sich die Überreste von Adolf Hitler befinden. Und dieser frömmelnde Ikonenbastler, der sich nicht traute, den Inhalt einfach wegzukippen, weil es sich ja um die sterblichen Überreste eines Menschen, egal ob Feind oder Freund, handelte, versucht in seiner verqueren Art, einen Weg zu finden, Hitlers Geist für immer zu bannen. Uns mag das verrückt anmuten, aber für ihn muss es auf der Hand gelegen haben, alles in eine Ikone einzuarbeiten. So entstand die Schwarze Madonna von Illintsi.«

Tal unterbrach sich, als eine junge Mutter mit zwei kleinen Kindern sich in unserer Nähe nach einem Platz unter den wenigen Sonnenschirmen umsah. Nachdem er die Kleinen lange genug missbilligend angestarrt hatte, verzog sich die Familie acht Tische weiter, sodass er unbelauscht fortfahren konnte.

»Auch das wäre für sich genommen noch kein Beinbruch, wenn nicht der nicht nur Ihnen wohlbekannte Carolus Augustus Meteren davon erfahren hätte, der sofort erkannte, welches ungeheure finanzielle Potential darin steckte. – Und so wurde die Ikone plötzlich so wichtig, dass wir sogar den Usbeken einschalten mussten, um die Zügel nicht aus der Hand zu geben. Meteren hat ...«

»Moment, Moment, das wird mir bei dem Tempo ein bisschen zu viel. Finanzielles Potential? Das Ding mit der Tierasche ist doch nichts wert.«

»Es ist sogar viele Millionen wert, man muss nur wissen, wie man die Sache richtig anpackt. Und Meteren weiß es, das können Sie mir glauben. Sie waren ja selber dabei, bei seiner großen Auktion auf *Gut Nederling*. Und wie ich ihn einschätze, wird er doppelt kassieren wollen; aber dazu später. – Ich erzähle Ihnen das alles, und zwar wahrheitsgetreu, weil ich Sie um Ihre Hilfe bitten muss, und die kann ich nur erwarten, wenn ich meinerseits die Karten vorbehaltlos auf den Tische lege. Wir müssen den Beweis führen, dass Meteren von Anfang an wusste, dass die Asche nicht von Hitler stammt. Damit schlagen wir zwei Fliegen mit einer Klappe. Erstens wird es, worauf es meiner Regierung immer schon ankam, kein Hitlermausoleum und folglich keine Wallfahrtsstätte für eine neue Nazibewegung geben. Und zweitens ist Meteren für alle Zeiten diskreditiert, sodass er uns nie mehr in die Quere kommen wird. Unsere Organisation hat inzwischen ...«

»Ah ja, Ihre Organisation. Gestatten Sie mir da mal eine Zwischenfrage. Den guten alten KGB gibt es ja wohl nicht mehr, also FSB oder SWR?«

»Das ist nicht entscheidend. Deren Aufgabengebiete überlappen sich öfters, als man meint. Wem ich angehöre, ist folglich nur ein nominelles Problem, jedenfalls für diesen Fall. Doch ich will der Ehrlichkeit halber nicht verhehlen, dass ich offiziell für eine Gruppe von solventen Privatiers tätig bin, deren Interessen ausschließlich auf dem wirtschaftlichen Sektor liegen. Deren Namen kann ich Ihnen verständlicherweise nicht nennen.«

»Okay, wenn das Ihr süßes kleines Geheimnis bleiben soll, meinetwegen. Mir ist es gleich, wie diese Typen es schaffen, sich einen englischen Fußballverein oder eine sibirische Erzmine unter den Nagel zu reißen. Aber was ist zum Beispiel mit diesem Usbeken, den Sie erwähnt haben? Ich bin da einfach nur neugierig.«

»Der hat ein solides Mörderpraktikum bei seiner Speznasausbildung absolviert und natürlich auch noch seine Wurzeln im KGB. Bei uns ist es mittlerweile nicht anders geworden, als es bei Ihnen schon immer war: Wir verlieren unsere besten Leute an die Privatwirtschaft. – Aber wo war ich noch gleich stehen geblieben?«

»Bei Meteren und seiner frühen Kenntnis ...«

»Genau. Er wusste alles von Anfang an. Davon muss ich bei realistischer Betrachtung der Fakten ausgehen. Meteren hat potentiellen Käufern zum Beweis der Echtheit der Asche Scholochows Tagebuch vorgelegt. Aber es ist nicht vollständig, meiner Ansicht nach wurde es manipuliert. Es beginnt am 29.6.1959. Vermutlich nahm er eine Beförderung im Rahmen seiner KGB-Tätigkeit als Anlass. Und es endet, na, wie soll ich es am besten ausdrücken, *offiziell* am 4. August 2001, nachdem Scholochow beim Kaffeetrinken und Zeitunglesen in einem Restaurant einen Schlaganfall erlitten hat. – Und jetzt sehen Sie sich das mal an, hier!« Tal griff in seine Innentasche und legte eine vergilbte Bildzeitung auf den Tisch. »Das ist meiner Ansicht nach der auslösende Faktor gewesen.«

Es war die Ausgabe vom 4.8.2001. Als alter Sportwagenfan fiel mein Blick als Erstes auf den Artikel *Der neue Kult-Porsche kriegt noch mehr PS*, der mit zwei Fotos des geplanten Luxusrenners angereichert war. Darüber stand der entscheidende Bericht, der Aufmacher mit einem Führerfoto, betitelt *UFO-Sekte will jetzt Hitler klonen!*

Beim Lesen hätte ich bald selber einen Lachkrampf gekriegt. Da hatte tatsächlich eine kanadische Bande von Vollspinnern die Absicht, die Fragmente von Hitlers Schädel aus dem Moskauer Staatsarchiv aufzukaufen, Erbmaterial daraus zu isolieren und sich einen hauseigenen Führer zu basteln.

Semjon Scholochow war mir zu Lebzeiten nie begegnet. Aber ich musste meine Phantasie nicht überstrapazieren, mir einen alten Mann vorzustellen, der sich bei der Lektüre dieses Zeitungsartikels an seinem eigenen Lachen verschluckte, weil er sich ausmalte, was denn wohl für eine Kreatur dabei herauskäme, würde man diesen Versuch mit dem Asche- und Knochencocktail starten, den er mit nach Hause gebracht hatte. Ein arisch einwandfreies Hitlerdouble? Ein Hermaphrodit? Ein Mischlingswesen in Form eines Zentaurs? War es technisch überhaupt möglich, Erbmasse zu mixen? Oder musste das Ergebnis zwangsläufig immer ein reinrassiges Geschöpf sein, gleichgültig, wie viele Lose sonst noch in der Trommel rotierten? Ich hatte nicht die geringste Ahnung von der Materie, aber das Bild – und mochte es auch noch so absurd sein – von einem menschlichen Vorderteil mit schmalem Tropfenfänger auf der Oberlippe und üppig beschweiftem Pferdehintern brachte mich fast zum Platzen.

Ich brauchte eine Weile, bis ich mich wieder eingekriegt hatte. »Wie sind Sie bloß darauf gekommen?«

»Kleinarbeit, um nicht zu sagen Kleinstarbeit. Ausgangspunkt: Was ist aus dem Urheber des so beweiskräftigen Tagebuchs geworden? Wäre doch schön, wenn man ihn zusätzlich als lebenden Zeugen präsentieren könnte. Er ist am 27. Juni 2002 gestorben, übrigens ganz in Ihrer Nähe, im Krankenhaus von Alkmaar. Nächste Frage: An welchem Tag und mit welcher Diagnose ist er eingeliefert worden? Er ist mehrfach eingeliefert worden, erstmals am 4.8.2001 wegen eines Schlaganfalls. Die späteren Aufenthalte gehen alle darauf zurück. Nun, Herr Schmidt, woher kommt wohl die Redensart, *der hat sich totgelacht*? Wenn der Bruder eines alten, abgebrühten Geheimdienstlers bei der Lektüre einer Zeitung einen solchen gesundheitsgefährdenden Lachanfall bekommt, hat das Blatt es bestimmt verdient, einmal in Augenschein genommen zu werden.«

»Und Sie meinen, ein späterer Tagebucheintrag könnte die Zusammenhänge aufklären?«

»Bestimmt, darauf würde ich wetten. Ich sagte ja eben, *offiziell* endete es am 4.8.2001. Passt ja im Grunde gut, von da an war er ja im Krankenhaus. Aber es ist nicht etwa so, dass die folgenden Seiten einfach leer sind. Die nächsten vier Blätter wurden entfernt. Zwar ausgesprochen sachkundig, ohne eine merkliche Schnittkante zu hinterlassen. Aber es handelt sich um so eine alte Kladde mit Fadenheftung, da sieht man, wenn man etwas ahnt und speziell danach sucht, an der ungleichen Zahl der verbliebenen Blätter, dass etwas entfernt wurde. Und was könnte das schon anderes sein als die Aufklärung über die Ikonen und ihren Inhalt? – Es kann nicht anders sein, sonst wäre Meteren nie das Risiko einer Manipulation und deren Entdeckung eingegangen.«

»Aber warum erst so viel später? Bloß mal zu meinem besseren Verständnis: Warum hat dieser Semjon den ganzen Schwindel nicht schon damals unter dem richtigen Datum zu Papier gebracht?«

»Weil er nicht riskieren wollte, dass jemand Einblick in seine Aufzeichnungen nahm und man ihn wegen Mißachtung eines Befehls von außerordentlicher Bedeutung erledigt, mindestens auf das Abstellgleis geschoben hätte. Sonst wäre doch auch dieses ganze heimliche Heranschaffen von zusätzlichen Knochen völlig überflüssig gewesen. Nein, nein, der Mann wusste, was für ihn auf dem Spiel stand. Erst nach dem Zerbrechen der Sowjetunion, als er schon seit Jahren im Ausland und in Sicherheit war, konnte er das Geheimnis seines Lebens gefahrlos dem Tagebuch anvertrauen. Und auslösender Faktor dafür war dieser Klonartikel in der BILD.«

Für mich waren das viele Verwicklungen, Irrungen und Verwirrungen, Verhängnis für Einzelpersonen und Staat. Dabei hätte es für die Geheimdienstleute doch so einfach sein können. »Aber eines verstehe ich nicht. Sie haben doch die Ikone schon selber in der Hand gehabt, im übertragenen Sinne gesprochen. Die hätten Sie doch an Ort und Stelle vernichten und dem ganzen Spuk ein Ende machen können, bevor er überhaupt angefangen hat. Warum haben Sie sie weitergeleitet?«

»Das liegt doch auf der Hand. Meteren hat uns dankenswerterweise die Arbeit abgenommen, einen besseren Köder hätten wir selber doch gar nicht auslegen können. Meteren, die internationale kriminelle Größe mit dem legendären Ruf für illegale Geschäfte. Wenn so ein Typ die Asche von Adolf Hitler anbietet, lockt er damit alle einschlägig interessierten Ratten aus ihren Löchern. Wir brauchen uns dann nur noch an die Teilnehmer seiner Auktion zu hängen und bekommen dadurch sämtliche wirklich reichen und damit potentiell gefährlichen Alt- und Neonazis auf dem silbernen Tablett serviert.«

»Was verstehen Sie denn unter potentiell gefährlich? Glaubt man bei Ihnen zu Hause immer noch, wir Nemez wollen den 3. Weltkrieg anfangen?«

»Lieber Herr Schmidt, der 3. Weltkrieg hat längst begonnen, und zwar auf wirtschaftlichem Sektor. Wir hatten das Glück, bei Ihrem ehemaligen Bundeskanzler auf einen russlandfreundlichen Menschen zu treffen. Wir liefern Deutschland nicht nur Gas und verdienen in einer Dimension daran, dass wir es uns zum Beispiel leisten können, zur Aufpolierung unseres Images eure Fußballvereine in dreistelliger Millionenhöhe zu beschenken. Das soll nicht alles dadurch gefährdet werden, dass gerade jetzt, wo es hier durch galoppierende Überfremdung bei gleichzeitiger Massenarbeitslosigkeit immer stärker brodelt, den Unzufriedenen ein Totem gezeigt wird, an dem sie sich aufrichten können. Und wenn die Stimmung erst mal in diese Richtung geht, dann haben nicht nur Ihre Türken hier einen schweren Stand, dann ist auch schnell das Feindbild vom Hunnen aus dem Osten wieder hervorgeholt. Meinen Sie nicht, dass der makabre Stammtischwitz, man solle Dachau zum Weltkulturerbe erklären, ein Fünkchen Wunschdenken in sich trägt? Ob es sich dann noch eine Regierung leisten kann, Geschäfte mit uns zu machen oder durch einheimische Unternehmen zuzulassen, weiß ich nicht. Aber besser, man geht dieses Risiko gar nicht erst ein. Dafür leben bei Ihnen noch zu viele aus der Generation der Fünfziger- und frühen Sechzigerjahre, als jeder glaubte, am nächsten Tag den eigenen Iwan vor der Tür stehen zu haben. – Nein, wir können es uns nicht erlauben, unsere Milliardenprojekte zu gefährden.« Tal trank einen Schluck, so bedächtig, als müsste er sein weiteres Vorgehen genauestens überdenken. Aber als ein Mann schneller Entschlüsse brauchte er nicht lange für seine Entscheidung. »Egal, warum sollte ich Ihnen nicht auch das erzählen? Interessiert es Sie, wie die Schwarze Madonna überhaupt aus der Todeszone herausgekommen ist?«

Bei seiner Geschichte ließ er keine Details aus, auch nicht die grausigsten. Als er fertig war mit seinem Bericht über den Usbeken und das Geschehen am Kühlsee, hatte die Temperatur in meinen Adern eine Gradzahl erreicht, dass ich mich gegen einen Tropfer mit Glyco-Shell nicht gewehrt hätte.

»Jetzt wissen Sie, mit was für Leuten Sie es zu tun haben.«

Ja, das wusste ich jetzt. Ich wusste aber immer noch nicht, zu welcher Sorte Leute ich mein Gegenüber rechnen sollte.

»Und Meteren ist auch von diesem Kaliber.«

Das war für meinen Geschmack dann doch ein bisschen starker Tobak. »Halten Sie das nicht für übertrieben? Okay, er mag nicht ganz koscher sein, was die Herkunft seiner Bilder anbelangt. Und vielleicht hat er auch mal die eine oder andere Gefälligkeitsexpertise ausgestellt und gut daran verdient, Aber ihn dafür gleich ...«

Tal begleitete sein Kopfschütteln mit einem Stopzeichen seiner rechten Hand. »Wir beobachten ihn seit dem Mauerfall und der damit verbundenen Öffnung des ehemaligen Ostblocks. Meteren hat damals sofort Kontakte geknüpft und ganz gezielt die kleineren und deshalb nicht so gut gesicherten Museen meines Landes bestehlen lassen. Und glauben Sie mir, die Leute, die in seinem Auftrag gehandelt haben, waren alles andere als zimperlich. Ich weiß allein von fünf Todesfällen, die mittelbar auf seine Kappe gehen. Außerdem greift er gerne auf Menschen zurück, die er durch Erpressung für sich einspannen kann. – Womit hat er Sie eigentlich dazu gebracht, für ihn tätig zu werden?«

Jetzt kam es sowieso nicht mehr drauf an, was hatte ich gegenüber Tal schon zu verlieren? Soweit ich das beurteilen konnte, hatte er seine Karten auf den Tisch gelegt. Wenn ich ihm nun nicht vertrauen wollte, wozu war ich dann überhaupt noch hier? Also holte ich die vier überlebenden Bilder des Diastreifens hervor und reichte sie ihm über den Tisch. »Es war ein belastendes Foto dazwischen, das mich hätte in Teufels Küche bringen können. Es zeigt mich bei der Entsorgung einer Leiche.« Warum hätte ich ihm die Information vorenthalten sollen? Schließlich gab es nicht mehr den geringsten Beweis gegen mich. »Die hier hab ich behalten, zur ewigen Mahnung.«

Tal zog die Augenbrauen hoch. Ich meinte, so etwas wie Respekt in seinem Blick entdeckt zu haben. Dann konzentrierte er sich auf den Film. Er hielt ihn vorsichtig zwischen zwei Fingern gegen das Licht und gab ihn mir kommentarlos wieder zurück, nachdem er ihn sich für einige Sekunden dicht vor die zusammengekniffenen Augen gehalten hatte. »Wenn das so ist, dürfte Ihnen womöglich ebenso sehr wie mir an dem Gentleman-Agreement gelegen sein, auf das ich aus bin. Ich bin mir nun sicher, Sie wollen sich revanchieren, und zwar nicht nur für meine freimütigen Informationen, sondern für die erbärmliche Erpressung durch Meteren. Es muss Ihnen doch in den Fingern jucken, es diesem Betrüger heimzuzahlen. Und genau da decken sich unsere Ziele in perfekter Manier.«

Ich wiegte skeptisch den Kopf. »Dass Meteren ein Schweinehund ist, ist klar. Aber Betrug würde ich das nicht nennen. Und Erpressung ist es auch nicht, weil es nicht um Geld geht. Juristisch korrekt wäre es am ehesten eine Nötigung, wenn es sich nicht lediglich als eine etwas bizarre Methode herausgestellt hätte, mit mir in Kontakt zu kommen. Und nichts anderes war es wohl, sonst hätte er doch den Film nicht herausgerückt.«

»Wenn Sie meinen ... Aber er führt Sie doch an der Nase herum. Mit diesem getürkten Film stellt er Sie doch nur so lange ruhig, bis er Sie für die nächste Drecksarbeit braucht. Dann bekommen Sie das nächste Foto und ...«

»Wie soll ich das denn verstehen? Er hat doch gegen mich nichts mehr in der Hand. Ich habe den Abzug und den Originalfilm. Meteren kann jetzt erzählen, was er will, er hat ja keine Beweise mehr.«

Diesmal war sein Lächeln wissend und hatte nichts mehr mit einen grundgütigen Buddha zu tun. »Sehen Sie sich Ihren Filmstreifen noch einmal richtig an, die Markierungen an den Rändern, meine ich. Was Sie da haben, ist ein Dia-Kopierfilm. Solche Exemplare sind ausgesprochen feinkörnig und damit sehr lichtschwach, was wiederum bedeutet, dass sie eine lange Belichtungszeit brauchen. Kein Mensch würde auf die Idee kommen, solches Material in die Kamera einzulegen, um damit Urlaubsfotos zu machen. – Haben Sie noch den Papierabzug?«

»Nein, natürlich nicht. Es wäre doch ziemlich idiotisch, Belastungsunterlagen zu archivieren, die gegen einen selber gerichtet sind. Ich konnte ja nicht wissen, dass der noch irgendwie von Nutzen sein könnte.«

»Hm, schade, dass wir ihn nicht zur Hand haben. Beschreiben Sie das Bild mal, die Qualität, meine ich. War es grobkörnig, flau, oder ...«

»Ausgesprochen grobkörnig, das ist mir sofort aufgefallen. Wenn man es noch ein bisschen mehr vergrößert hätte, wäre wahrscheinlich eine Art pointillistisches Gemälde dabei herausgekommen.«

Tal nickte. »Genau das habe ich mir gedacht. Der Fotograf hat bestimmt einen 800er oder sogar 1600er benutzt, um bei dem schwachen Licht überhaupt noch knipsen zu können. Und das bringt eben eine stärkere Grobkörnigkeit mit sich. Dann ist der Film irgendwann kopiert worden. Summa summarum, Meteren hat immer noch den Originalfilm, und Sie hängen immer noch an seiner Angel. – Haben Sie sich übrigens nie gefragt, warum er Sie, einen Außenstehenden, in die Sache mit hineingezogen hat?«

Klar hatte ich das, aber weil ich eben gerne ein Detektiv wäre und ich obendrein froh war, meine Langeweile bekämpfen zu können, hatte ich mich gar nicht erst bemüht, Meterens Argumentation, mit der er mir löffelweise Honig ums Maul schmierte, auf ihre Stichhaltigkeit zu überprüfen. Jetzt und hier, von Angesicht zu Angesicht mit dem analytischen Russen, kam mir das natürlich selber blöd vor. Aber damals auf dem Schiff war mir alles in einem anderen Licht erschienen. »Doch, hab ich, aber ehrlich gesagt, nicht so richtig.« Und um ihm meine Position verständlich zu machen, erzählte ich ihm die komplette Geschichte von der nächtlichen Postwurfsendung bis zu meiner Pleite bei der Beschaffung der Ikone, die mir Meterens Neffe vor der Nase weggeschnappt hatte.

»Na bitte, da haben Sie doch den wahren Grund, warum Meteren Sie eingespannt hat. Er brauchte einen Sündenbock, falls im Museum etwas schiefgegangen beziehungsweise wegen des Diebstahls ermittelt worden wäre. Bei Ihrer, wenn Sie mir den Ausdruck erlauben, schillernden Vergangenheit hätte sich die Polizei gleich mit Ihnen befasst, und Sie hätten zu Ihrer Entlastung Meteren nicht ins Spiel bringen können, weil der ja immer noch das Foto als Druckmittel hatte. – Ganz schön schlau von dem Schurken. – Sie haben nur deshalb nichts mehr von ihm gehört, weil das Museum, womit keiner rechnen konnte, einfach alles unter den Tisch gekehrt hat.

Aber um auf mein ursprüngliches Problem zurückzukommen, ich brauche einen Beweis, dass Meteren durch die Tagebücher bereits vor dem Verkauf der Asche wusste, dass die nicht echt ist, dass er also seine Geschäftspartner hat ins offene Messer laufen lassen. Damit riskiert er selbstverständlich seinen eigenen Hals, aber einfach jeden zu betrügen, scheint seine Spezialität zu sein. Das haben Sie ja am eigenen Leib erfahren, wie man so sagt. – Sind wir also Partner?«

Ich brauchte ihm die Hand nicht extra über den Tisch zu reichen, mein Blick sagte alles. »Dann verraten Sie mir zum Schluss noch eines. Wenn die Existenz des vollständigen Tagebuchs für Meteren so lebensgefährlich ist, warum vernichtet er es dann nicht einfach?«

»Weil es auf der anderen Seite nicht in Gold aufzuwiegen ist. Würden Sie so einfach Geld verbrennen? Das Ding ist Millionen wert. Stellen Sie sich mal vor, er droht nach einigen Jahren den Käufern, wenn sie längst ihr -zig Millionenprojekt verwirklicht haben, mit Veröffentlichung. Ein Beweis für einen Megaschwindel mit Hitlers Asche, unwiderleglich, weil er aus derselben Quelle stammt wie der Nachweis der angeblichen Echtheit. Was meinen Sie, wie viel die Leute springen lassen würden, um nicht Unsummen in den Sand gesetzt zu haben? Sie könnten ihn natürlich umlegen, hätten andererseits aber nie die Gewißheit, dass nicht eines Tages doch noch die fehlenden Seiten auftauchen. – Klar, Meteren tanzt bei so einer Aktion auf der Rasierklinge, aber er ist genau der Typ dafür.«

Auf dem Rückweg klärte mich mein neuer Bundesgenosse dann noch umfassend darüber auf, wie die Versteigerung in aller Öffentlichkeit und doch praktisch unbemerkt abgelaufen war. Das niedere Volk als ablenkende Kulisse wurde mit Dumpingpreisen des glasweise verkauften Whiskys zum Saufen animiert und damit ruhiggestellt, die geladenen Interessenten saßen im Saal und gaben ihre Gebote ab, indem sie bestimmte Flaschen orderten. Die offiziell ausgewiesenen Preise waren dabei ohne Belang, ausschlaggebend war allein das Alter der betreffenden Sorte, wobei die Jahreszahl mit 100.000 multipliziert werden musste.

Ich rief den Nederlinger Abend vor mein geistiges Auge. Alles war so simpel wie effektiv. Deshalb hatte auch nicht der Typ mit den meisten Flaschen gewonnen, sondern die Frau mit den ältesten Destillaten.

Enorm. Während der Möchtegern-Holmes Karl-Heinz Schmidt an seinem Macallan genippt hatte, war er ahnungsloser Zeuge eines Deals geworden, bei dem rund zehn Millionen Euro für die Anwartschaft auf ein Säckchen Asche über den Tisch gegangen waren.

Ich schloss verschämt die Augen und sprach während des restlichen Weges kein einziges Wort.

Nachdem er seinen Wagen auf dem Parkstreifen vor meinem Hotel angehalten hatte, gab Tal mir seine Handynummer. »Rufen Sie mich sofort an, sobald Sie Meteren erreicht und einen Termin mit ihm vereinbart haben. Es ist in Ihrem ureigensten Interesse, wir können auf Sie aufpassen.«

Ich hatte jede Menge Todesanzeigen gelesen, deren Versprechungen vom ewigen Leben, von einem Wiedersehen nach dem irdischen Dasein, der für immer vereinten Familie und so weiter in meinen Ohren realistischer geklungen hatten als diese Zusicherung eines altgedienten KGBlers. Doch was konnte es schon schaden, ein wenig auf ihn einzugehen, wenn man sich gar nicht bedroht fühlen musste?

»Ach ja, meine angebliche Lebensgefahr. Wieso sind Sie da so sicher, dass es mir an den Kragen gehen soll? Was kann ich denn überhaupt verraten, das mir nicht nur als Geschwätz ausgelegt werden, sondern das ich auch beweisen könnte? Warum sollte man einen solchen Menschen umbringen?«

Tal hatte sich in seinem Ledersitz zurückgelehnt, sein Gesicht zeigte einen Anflug von Müdigkeit. »Das Ganze ist in eine Phase eingetreten, in der es um das Abschneiden der losen Enden geht. Vorgestern ist in Holland jemand gestorben, der vor gut zehn Jahren und obendrein nur ganz am Rande mit dieser Geschichte zu tun hatte. Er hat nachts bei einer irren Geschwindigkeit auf der Verbindungsstraße von Egmond und Alkmaar das Steuer verrissen und ist über die Gracht weg in den Bunkerhügel gerast, eher wohl geflogen, müsste man sagen. Sie kennen die Stelle ja, da, wo noch die Betonklumpen aus dem 2. Weltkrieg stehen und heute die Pferde grasen. Sie sind die Strecke bestimmt selber -zigmal gefahren. Bis vor eine Bunkerwand, das muss man sich mal vorstellen. Geblieben ist natürlich nur noch ein Brei aus Metall und Fleisch. In der Version für die Öffentlichkeit ein Verkehrsunfall, für mich ein Mord, begangen auf den vagen Verdacht hin, er könnte sich an irgendetwas Wichtiges erinnern. Er war der Kellner von damals, der mal kurz das Tagebuch besessen hatte. Der arme Kerl konnte nicht einmal die kyrillische Schrift lesen, und obendrein hätte er erst recht nicht gewusst, an wen er sich mit seinem Wissen hätte wenden können. – Wenn so einer Meteren schon einen Mord wert ist, was meinen Sie denn, wie er Sie einstuft, nachdem sie sogar bei der Käuferin der Asche aufgekreuzt sind?«

Das überzeugte mich nicht. »Sie sagen doch selber, dass alles nach einem Unfall aussieht. Und Meteren ist in erster Linie Kunsthändler und nicht Mafiapate. Wie kommen Sie überhaupt dazu, ihm eine solche kriminelle Energie zuzutrauen?«

»Weil ich ihn kenne. Bevor er mit der Asche die Idee seines Lebens hatte, hat er immer mal wieder für uns gearbeitet. Als wir ihn seinerzeit nach seinem ersten richtig großen Coup in St. Petersburg erwischten, konnten wir ihn davon überzeugen – wie haben Sie das noch genannt, nötigen? –, einige Aufträge für uns zu erledigen, auf die ich nicht näher eingehen werde. Aus der Zeit stammen auch seine heutigen Verbindungen. Nehmen Sie die Sache also nicht auf die leichte Schulter. Sollte er sich in irgendeiner Form wieder an Sie heranmachen und womöglich ein Treffen vorschlagen, die Geschichte mit seinem Neffen wäre dafür ja ein guter Aufhänger, dann melden Sie sich bei mir, am besten sofort. – Wie gesagt, ich kenne ihn.«

Das überzeugte mich dann doch.

9. Kapitel

Im Gegensatz zu den meisten Menschen, die vermutlich ihre Berufswahl verfluchen würden, wenn sie nach einem langen Arbeitstag um drei Uhr in der Nacht aufgeschreckt und zu einem Notfall gerufen würden, war Dr. de Groot eher geneigt, den Anruf als Wirken eines gütigen Geschicks zu betrachten. Um nicht zu sagen, als ein Geschenk des Himmels, der ihn schon immer bevorzugt behandelt hatte, seit er als armer Gelegenheitskellner in Egmond in der Sommersaison sein Taschengeld aufgebessert hatte und wohin er später als Herr Doktor zurückgekehrt war.

Erst am Vorabend hatte ihn der Inhaber eines Antiquariats aus Amsterdam telefonisch davon in Kenntnis gesetzt, dass er durch einen glücklichen Umstand, so glücklich, wie es ihn nur selten im Laufe eines Lebens gab, in den Besitz einer bis dato unbekannten Bildtafel aus dem Werk des Albertus Seba mit der Darstellung verschiedener Oktopoden gekommen sei. Kein Zweifel, ein Original, und doch nicht erfasst in dem einzigartigen, offiziellen Standardwerk *Das Naturalienkabinett* mit seinen 449 Seiten. Im Grunde unbezahlbar, aber weil man nicht allzu viele Fragen nach der Herkunft stellen dürfe und de Groot ja ein höchst verschwiegener Sammler sei, alles gerade noch machbar. Bei einer schnellen und angemessenen Anzahlung ...

De Groot war so aufgeregt, dass er bis zu dem Notfallanruf gar nicht richtig geschlafen hatte. Wieder und wieder kreisten die Gedanken durch seinen Kopf, wie damals alles angefangen hatte.

Gut zehn Jahren zuvor hatte er während seines Studiums beschlossen, auf Tiermedizin umzusatteln. Diesen Entschluss hatte er nie bereuen müssen. Er hatte sich auf die Behandlung von Rassepferden spezialisiert, und seine Praxis lief in diesem Land vom ersten Tag an ausgezeichnet, kräftig angeschoben durch eine kleine Erbschaft, die ihm eine beachtliche Erstausstattung ermöglichte. Hätte er nicht sechs Wochen vorher seinen Röntgenraum mit sündhaft teuren Geräten auf den neusten Stand gebracht, hätte selbst die Anschaffung einer solchen bibliophilen Rarität keine Schwierigkeit bedeutet. Aber so war er ausgesprochen froh, aus seinem Bett gescheucht zu werden, um bei einem Züchter aus Heerhugowaard die plötzliche Kolik eines Dressurpferdes – die Niederlande zählten auf diesem Gebiet zur absoluten Weltspitze – kurieren zu können. Von einem Meenher Terneuzen hatte er zwar bisher nie gehört, aber was hieß das schon? Schließlich genoss er selber in einschlägigen Kreisen einen exzellenten Ruf, sodass jeder ihn kannte, ohne dass er jeden kennen musste.

Also würde er sein Bestes tun und dafür einen Scheck verlangen, auf dem die Stellen vor dem Komma seiner Reputation gerecht würden. Den konnte er dann gleich am nächsten Vormittag im Antiquariat auf die Theke legen.

Von dieser Vorstellung beschwingt stieg er in seinen Mercedes ML und machte sich auf den Weg in Richtung Ring Alkmaar. Wie von selbst kam dabei die Erinnerung zurück an die Treffen mit dem alten Russen, die seine Vorstellungswelt seinerzeit so geprägt hatten. Der ausgebildete Mediziner musste laut lachen, als er an die laienhaften Vorstellungen dachte, die sie beide einmal von den Möglichkeiten des Klonens und etwaigen Mischlebewesen gehabt hatten. Oh je, waren das infantile Bilderwelten gewesen.

Und dennoch hatte sich diese Beziehung im Endeffekt als äußerst nützlich für ihn erwiesen. Er würde nie seine erste Begegnung mit Meenher Nijland vergessen, dem Ladeninhaber, dem er damals das Tagebuch des Semjon Scholochow verkauft und mit dem er seither ständig Kontakt gehalten hatte. Das heißt, ein Verkauf war es eigentlich nicht gewesen. Denn obwohl er als Student Bargeld gut gebrauchen konnte, hatte er sich, weil er schon immer ein Freund schöner und seltener Bücher war, auf einen Tausch eingelassen.

Nijland hatte ihm beim ersten Mal eine Einlieferungsquittung ausgestellt und sich ein paar Tage Bedenkzeit erbeten, um zu überprüfen, ob die Lebenserinnerungen eines greisen Immigranten heutzutage überhaupt einen Wert hatten, der sich in Geld ausdrücken ließ, sich aber bereits am nächsten Tag wieder gemeldet und sein Interesse an einem Ankauf signalisiert.

Wenn de Groot es recht bedachte, war das erste auch das für ihn lukrativste Geschäft mit Nijland gewesen, der ihm, dem angehenden Tiermediziner, als Gegenleistung mit einer Ausgabe der *Histoire naturelle de Madagascar* von 1910 ein Werk über die Schildkröten und Krokodile der Insel sowie einem Schulbuch von Friedrich Koch aus dem Jahre 1862 über die Schlangen Deutschlands, beide Exemplare mit handkolorierten Drucken reich bebildert, ein Angebot gemacht hatte, das er nicht ablehnen konnte. Noch heute glaubte er, den ganz speziellen Geruch des Ladens nach Staub, Leim, altem Papier und Leder mit seiner Nase zu schmecken, spürte er einen fast erotischen Kitzel, wenn er im Geiste mit seinen Fingern genüsslich, doch hauchzart über die Farben strich, die als winzige und dennoch ertastbare Erhebung die Stahlstiche ausfüllten. Hätte er für einen einzigen Augenblick seines Lebens das Verrinnen der Zeit zum Stillstand bringen dürfen, er hätte diesen gewählt.

Später wurden seine Besuche im Antiquariat zu einer liebevollen Routine. Die damit verbundenen Transaktionen waren für Nijland finanziell bestimmt günstiger abgelaufen als die Premiere, aber betrogen hatte er den Herrn Doktor nie. Deshalb war de Groots Stimmung von einem grenzenlosen Hochgefühl getragen, als er mit einem Tempo durch die Nacht jagte, das er gar nicht richtig registrierte und das erheblich jenseits der an dieser Stelle erlaubten 80 Kilometer pro Stunde lag. Die Gedanken der ehemaligen Teilzeit-Bedienung kreisten nicht um die Polizei, Radarfallen und Führerscheinentzug, sondern allein um die Bildtafel von Albertus Seba und den Anruf des bislang noch unbekannten Meenher Terneuzen, der ihm den Ankauf sicherte.

Erst das unverhoffte Angebot und dazu nur Stunden später der alles möglich machende Auftrag. Er konnte sein Glück kaum fassen.

Was für ein wunderbarer Zufall!

Die Männer, die für das Zustandekommen wunderbarer Zufälle zuständig waren und die ihre insoweitige Kompetenz mehrfach unter Beweis gestellt hatten, waren im Scheitelpunkt der Kurve postiert. Ihr Motorrad lag im hohen Gras flach auf der Seite, und ihre schwarze Lederkluft samt der Helme mit Vollvisier boten im Dunkeln die perfekte Tarnung.

Der eine hatte einen flachen Metallkasten umgehängt, aus dem ein Stabblitzgerät mit Energie gespeist wurde, auf das ein klobiges, optisches System mit großer, konzentrisch geschliffener Frontlinse gepfropft war. Solche Teleaufsätze wurden für die Fotografie von Wildtieren konstruiert und verzehnfachten die Reichweite eines Blitzgeräts. Die Verbindung mit einem Metz CT 60 ergab eine Kapazität, die Thor selbst neidisch gemacht hätte. In der Schwärze der Nacht hat sie die Wirkung einer Blendgranate.

Die Ausrüstung des zweiten Mannes bestand aus vier schlanken, extrem leistungsstarken Laserpointern, die er mit

Isolierband zu einer einzigen Strahlenkanone verklebt hatte.

Der dritte Mann lag einen halben Kilometer vor dieser Stelle unsichtbar im Gras. Er trug eine FN Highpower und ein Stiefelmesser aus Bundeswehrbeständen bei sich, jedoch handelte es sich dabei um seine Standardbewaffnung, die in dieser Nacht keine Rolle spielte. Entscheidend waren nur sein Handy und der eine Satz keine Viertelstunde später: »Es ist der nächste Wagen.«

Je schneller er fuhr, desto weniger konzentrierte er sich auf die Straße, denn jetzt drehte sich alles nur noch um den Schatz, den er heben würde. Er würde diese Kostbarkeit in eine atmungsaktive Spezialfolie einschweißen, zusätzlich unter Glas rahmen und an einer Stelle seines klimatisierten Sammlungsraums an die Wand hängen, die keiner direkten Einstrahlung ausgesetzt war. Er würde jeden schädigenden Lichteinfall ...

Der Lichteinfall, der den Maximalschaden in seinem irdischen Dasein auslöste, war eine Kakophonie aus explodierendem Rot und Weiß, die Körper und Geist härter trafen als ein Keulenschlag. Es war das Letzte, was er registrierte. Was er registrieren konnte, weil sich sein Gehirn danach nicht mehr an seiner natürlichen Stelle befand.

* * *

Die lange Reise hatte mich geschlaucht, und meine Gedanken schlugen Purzelbäume. Da konnte schon klügeren Köpfen als meinem die Logik abhandenkommen. Und als ich den Wagen endlich vor meiner Tür in Egmond abstellte, hatte sich mein Misstrauen Tal gegenüber in einem Maße vergrößert, wie mein Vertrauen in seine Geschichte abgenommen hatte. Sie war einfach zu abenteuerlich, um von mir vorbehaltlos geschluckt werden zu können. Außerdem wollte es mir partout nicht in den Schädel, dass mich ein russischer Geheimdienstler aus heiterem Himmel zu seinem Vertrauten und Mitarbeiter erkoren hatte. Vielleicht brauchte er mich ja tatsächlich, weil er mich für den einfachsten Weg hielt, belastendes Material gegen Meteren zusammenzubekommen. Aber wie weit würde seine Dankbarkeit gehen, wenn ich das gewünschte Ergebnis geliefert hatte und somit nicht länger von Nutzen war? Würde man mich mit all meinem Wissen, auch wenn ich über keine entsprechenden Beweise verfügte, unbehelligt lassen? Waren die alten Agenten überhaupt zu einem solchen Umdenken fähig?

Mir kam automatisch wieder meine Lieblingsfabel in den Sinn, die ich schon oft erzählt hatte und die ich gerne noch öfter erzählen würde, wenn ich dafür nur lange genug auf dieser Welt weilte. Und die geht so:

Ein Skorpion wanderte über Land, bis er an einen Fluss kam, den er aus eigener Kraft nicht überqueren konnte. Also bat er einen am Ufer sitzenden Frosch, ihn auf seinen Rücken zu nehmen und auf die andere Seite des Flusses zu tragen.

»Das würde ich gerne tun,« sagte der Frosch, »aber wenn wir in der Mitte der Flusses sind, stichst du mich, und ich muss jämmerlich ertrinken.«

»Logik, wo bleibt da die Logik«, sagte der Skorpion zum Frosch, »denn wenn ich dich steche, muss ich ja mit dir untergehen!«

Das leuchtete dem Frosch ein. Also nahm er den Skorpion auf seinen Rücken und sprang ins Wasser. Als er in der Mitte des Baches angekommen war, spürte er einen durchdringenden Schmerz in seinen Eingeweiden und wusste, dass der Skorpion ihn gestochen hatte. »Logik, wo bleibt da die Logik?«, rief der Frosch, schon im Untergehen.

»Logisch ist mein Handeln freilich nicht, aber es entspricht meinem Charakter.«

Tolle Fabel mit einem eindrucksvollen Fazit. Gerade jetzt hätte ich nur allzu gern eine erbauliche wie nützliche Lehre daraus gezogen. Bloß schade, dass ich nicht die geringste Ahnung hatte, wie der Charakter eines langjährigen KGB-Agenten gelagert war. Und deshalb machte ich den finalen Fehler, den ich bereuen sollte wie keinen anderen jemals zuvor.

So was fängt meistens damit an, dass man sich zu sicher fühlt und meint, eine Sache im Griff zu haben. Diese idiotische Selbstüberschätzung gründete sich in meinem Fall auf den Umstand, dass bei Meterens Anruf und seiner Bitte um eine persönliche Unterredung ich derjenige war, der den Treffpunkt bestimmte und mich auch trotz seiner Einwände davon nicht abbringen ließ. Plötzlich war ich der Boss, dem ein Satz wie »Und kommen Sie alleine, sonst ist der Termin geplatzt!« routiniert über die Lippen kam. Was musste ich da noch die Rote Armee mobilisieren, wenn ich selber die Schlachtordnung festlegen konnte?

Es waren einige Tage bei launischem Wetter ins Land gegangen, ich hatte meine übliche Frühjahrskur durchgezogen, die aus einem genau getakteten Wechsel zwischen altem und jungem Jenever an diversen Strandbuden bestand, und hing mal wieder vor der Fernsehkiste rum, als mich Meterens Anruf im Halbdämmer erwischte. Er war gerade erst von einem Auslandsaufenthalt zurückgekehrt und hatte soeben seinen Neffen interviewt. Schlimme Sache mit dem armen Jungen, alles bestimmt bloß ein großes Missverständnis. Wir wollten doch auch in Zukunft zusammenarbeiten. Eine wunderbare Gelegenheit dazu hätte sich ergeben. Und so weiter mit dem Schmonzes. Eine persönliche Begegnung sei jedenfalls unbedingt erforderlich.

Was Meteren da von sich gab, hörte sich nicht unbedingt unlogisch an. Und es schien mir mehr in die Realität zu passen als die Dr. Mabuse-Theorie von Tal. Also stimmte ich grundsätzlich zu und legte als Treffpunkt den Libertypark bei Overloon fest. Damit hatte ich seinerzeit, als er noch Oorlogs-en-Verzetsmuseum hieß, beste Erfahrung gemacht[2], und dort wollte ich wieder hin, weil ich wusste, wie man sich dort hervorragend verschanzen konnte, falls Tals Vermutung doch nicht völlig aus der Luft gegriffen sein sollte.

Um ein größtmögliches Maß an Ungestörtheit zu erreichen, legte ich mich auf 11 Uhr an einem Montag im Mai fest, an dem nach dem Langzeitwetterbericht mit Regen zu rechnen war. Da hatten die Kinder in der Schule zu sein und wurden nicht von ihren Opas durch das Museum geführt, die ihr Glück noch nicht fassen konnten, den Krieg überlebt zu haben, und beim andächtigen Streicheln der Flak-Geschütze Münchhausiaden von sich gaben, als hätten sie die Moffen ganz alleine über die Grenze zurückgejagt.

Ich selber würde um 10 Uhr bei Öffnung der Anlage vor Ort sein und hätte so ausreichend Gelegenheit, das Terrain zu sondieren, um anschließend in der Bunkeranlage im Erdhügel, in der die Konzentrationslagerabteilung untergebracht war, in deren Videoraum Helling und ich damals einen Killertrupp erwartet hatten, meine uneinnehmbare Stellung zu beziehen. Zwar stand mir keine Maschinenpistole zur Verfügung wie Helling seinerzeit, doch sollte meine zuverlässige Walther ausreichend sein, den schmalen Durchlass in der Betonwand für unerwünschte Personen unpassierbar zu machen.

Diese Planung erschien mir ausgesprochen professionell, so ausgefeilt, dass ich mich auf keine abweichenden Wünsche von Meteren eingelassen hätte.

[2] Siehe F. G. Klimmek, *Schnee von gestern*

Doch der war sofort einverstanden. Auf seine Frage »Das soll ein ziemlich weitläufiges Gelände sein. Wo finde ich Sie da?« beschied ich ihn, sich am Eingang den Weg zu der KZ-Abteilung zeigen zu lassen, dort würden wir uns sicherlich nicht verfehlen.

Auch damit war er einverstanden.

Und ich Dämlack war schon zu viele Jahre aus dem Geschäft, um spätestens jetzt stutzig zu werden.

* * *

Bis zum Treffen war mir nichts passiert, was nicht auch für jeden anderen durchschnittlichen Frührentner typisch gewesen wäre. Insbesondere hatte sich weder Tal gemeldet noch Meteren etwas von sich hören lassen, sodass ich bereits befürchtete, alle Welt hätte mich vergessen und ich würde heute früh der einzige Besucher des Libertyparks sein.

Der war ich tatsächlich, als ich pünktlich um zehn meine 12,50 Euro an der Kasse entrichtet und mich in die sogenannte Marshall-Halle begeben hatte, dem Herzstück dieses etwa zehntausend Quadratmeter großen Gebäudekomplexes. In diesem Raum gab es nichts, was Kain nicht erfunden hätte, um Abel damit im 2. Weltkrieg den Garaus zu machen. Dicht an dicht reihten sich Panzer, Kanonen, Flugzeuge zur Attacke und Geschütze zu deren Abwehr, Versorgungsfahrzeuge, Maschinengewehre und und und aneinander. Auf zimmer- bis handballfeldgroßen Flächen waren unter Einbeziehung einer Unmenge entsprechend ausstaffierter Schaufensterpuppen Kampfszenen nachgestellt, die ihre übergangslose Fortsetzung in riesigen Wandgemälden fanden. Angreifer wurden beschossen, Verwundete abtransportiert, in der Feldküche wurde gebrutzelt, im ewigen Eis Biwak gemacht, und in der Wüste im Freien geduscht. Panzerkommandanten standen auf ihren Vernichtungsmaschinen, Fernmelder hatten ihre Masten erklettert, Funker funkten, Kradmelder meldeten, Piloten lugten aus ihren Kanzeln, und der Rest schoss und schoss. Alles eingebettet in einen vollkommen unüberschaubaren Irrgarten aus fahrbaren Stahlbergen und schwebendem Aluminium, umfassend untermalt vom elektronisch erzeugten Bombenhagel und Geschützlärm, die wiederum periodisch unterbrochen von den Landserhits der 40er Jahre. Für den Grand prix d'Eurovision de la chanson de guerre hatten die Deutschen Lale Andersen mit *Lilli Marleen* ins Rennen geschickt, die Alliierten konterten mit dem dauernd *in the mood* befindlichen Glenn Miller.

Obwohl ich kein Kriegstreiber bin und nie Soldat war, muss ich gestehen, dass ich mich einer nicht näher definierbaren Faszination dieser Schau nicht entziehen konnte. Was wiederum bewies, wie wenig ich doch der detektivische Profi war, der ich so gerne sein wollte. Denn statt wie ein fassungsloser Waldorfschüler mit offenem Mund zwischen den Exponaten herumzutappen, hätte ich besser auf die Zeit achten sollen. Als ich mich nämlich endlich auf den Weg in meine ausgelagerte Betonfestung machen wollte, stellte ich mit Erschrecken fest, dass ich erstens den genauen Weg dorthin nicht mehr wusste, und es zweitens bereits kurz vor elf war.

Es wäre der Witz schlechthin, wenn Meteren inzwischen den Posten bezogen hätte, den ich als Garant für meine Sicherheit vorgesehen hatte.

Aber das hatte er nicht getan. Im Gegenteil, sein Plan sah ganz anders aus.

Und meiner war zum Teufel, ehe ich auch nur den Hauch einer Chance hatte umzudisponieren. Selbst für einen von Reue getragenen Notruf an Tal war es zu spät.

Als ich zur Kasse gehastet kam, um nach dem Übergang zur KZ-Abteilung zu fragen, stand außer Zweifel, dass mir nur noch der augenblickliche Rückzug blieb, und der würde mir außer einem kurzfristigen Zeitgewinn auch nicht viel einbringen. Die Frau, die mir vorhin die Eintrittskarte verkauft hatte, war verschwunden. Stattdessen warteten im Eingangsbereich drei Männer, die mir den Rücken zuwandten, darauf, dass zwei weitere das Museum betraten, die mit ihnen das Exekutionsteam bildeten. Einem war ich schon mal begegnet. Es war der hünenhafte Kerl, der mir auf der *Mona Lisa* den Weinbrand kredenzt hatte. Die übrigen waren mir unbekannt.

Als sie sich lachend begrüßten und der erste eine Walther SSP mit Laservisierung aus seiner Jacke und ein anderer eine Skorpion CZ aus einer gefütterten Nylontasche holte, wusste ich, dass ich auf Meteren nicht mehr zu warten brauchte. Wer wollte schon gerne Zeuge eines Mordes werden, den er selber in Auftrag gegeben hatte?

Das übrige Arsenal des Killerkommandos interessierte mich längst nicht so sehr wie meine eigene Flucht. Ich hatte zwar genau die gleiche Knarre wie James Bond, war aber nicht im selben Film wie er. Deshalb konnte ich mich auch nicht in Positur stellen und mit meinen sieben Schuss die fünf Figuren abknallen. Selbst, wenn mir der erste Treffer gelungen wäre, hätte ich eine Sekunde später ausgesehen wie der Stier in der Arena, bevor ihm der Matador die Ohren und den Schwanz abschneidet. Also zurück in die Halle und dort in einem Versteck schicksalsergeben darauf hoffen, bis zur offiziellen Schließung nicht entdeckt zu werden. Vor allem aber so leise wie möglich, damit sie vielleicht nach einer Weile annahmen, ich wäre gar nicht erschienen.

Leise war ich wohl, aber leider nicht unsichtbar. Während die übrigen vier dicht beieinanderstanden, um bei dem plötzlich einsetzenden Kanonendonner vom Band ihre Taktik zu besprechen, hatte der etwas abseits postierte Kerl mit der SSP, der sich aktuell mehr für den zukünftigen Tatort interessierte, gerade noch mitbekommen, wie ich ein paar Schritte rückwärts machte, nach meiner Entdeckung jede Vorsicht außer Acht ließ und so schnell losrannte, wie es mir meine Leibesfülle gestattete.

Ohne großes Nachdenken hatte ich mich dabei für einen auf beiden Seiten von Stacheldraht begrenzten, verschlungenen Weg durch eine Wüstenszene entschieden, passierte nach Luft ringend Lafetten, Schnellfeuerkanonen und starres, in Khakiuniformen gekleidetes Bedienungspersonal, dessen Blicke an mir zu kleben und meinen Verfolgern den Weg zu weisen schienen. Ich war unendliche Weiten von der Sahara entfernt und atmete temperierte niederländische Luft, trotzdem hatte ich nach wenigen Metern das Gefühl, einen Blasebalg in meinem Brustkorb zu beherbergen.

Ich hatte mich automatisch in Bewegung gesetzt. Erst beim Laufen kam mir die Idee, mich zu einem gigantischen Landungsfahrzeug rüberzuretten, dessen Räder größer waren als der Längste der fünf Killer, und dessen runtergeklappte Laderampe einen vergleichsweise mühelosen Anstieg in eine Höhe gestattete, von der ich das umliegende Gelände wie von einer Burgmauer aus überschauen und mich obendrein in dem dort geladenen Geländewagen verbergen konnte.

Aber bis zu dieser Stelle war es ein verdammt weiter Weg. Außerdem würden sie mich irgendwann auch da aufstöbern, das stand außer Frage. Es war lediglich ein Spiel auf Zeit, obendrein gegründet auf die mehr als vage Hoffnung, die Schlagetots würden sich durch die Anwesenheit hoffentlich bald eintrudelnder Besucher von ihrem Auftrag abbringen lassen.

Natürlich kannte ich den für die deutsche Wehrmacht fatalen Ausgang des 2. Weltkriegs, doch realistisch betrachtet hatten deren Mitglieder damals, egal an welcher Front sie kämpften, eine größere Überlebenschance als ich.

Als ich mit meinem Serpentinenlauf nach meiner Schätzung erst knapp die Hälfte der Strecke bewältigt hatte, aber mich schon kurzatmig mit geschlossenen Augen, weichen Knien und flatternder Lunge an die Seite eines kleinen Mannschaftstransporters lehnen musste, hörte das Schlachtengetöse genauso plötzlich auf, wie es eingesetzt hatte. Die automatische Steuerung der Geräuschkulisse hatte entschieden, dass nun wieder ein kleines Intermezzo mit Swingmusik folgen sollte. Und los ging's mit der fröhlichen Fanfare vom Boogie-Woogie-Bugle-Boy, die mich aus meiner Benommenheit aufrüttelte und mir zu der Erkenntnis verhalf, dass mein Sprint genauso wie mein Leben hier seinen Abschluss finden würde.

Der Kerl mit der Walther stand keine drei Meter vor mir und genoss es sichtlich, mit der Knarre auf meinen Bauch zielen zu können.

He was a famous trumpet man from out Chicago way …

Vermutlich war ich der einzige Mensch auf Erden, dem die Andrew-Sisters jemals das Leben gerettet hatten, wenn auch bloß für wenige Augenblicke. Ich war nur deshalb noch nicht tot, weil er darauf wartete, dass nach der Musik der akustische Bombenhagel wieder einsetzte und seine Schüsse übertönen würde.

They made him blow a bugle for his Uncle Sam …

Schräg hinter ihm hatte sich der Typ mit der Skorpion aufgebaut, den die Situation nicht weniger zu erheitern schien als seinen Kumpel. Sie hatten Spaß an ihrem Job, bei ihnen herrschte die pure Vorfreude. Mir kam es so vor, als würden beide sogar im Takt mitwippen.

He's in the army now ...

Die Mündung pendelte rhythmisch zwischen Bauch, Herz und Stirn hin und her, begleitet von einem doppelten dreckigen Grinsen. Scheiße noch mal, ich war nicht in der Armee! Und wenn es auch in meiner Vergangenheit Dinge gab, über die man heute besser den Mantel des Schweigens deckte, hatte ich einfach nicht verdient, dass mein weiteres Dasein von der Länge eines Liedes abhing.

It really brought him down because he couldn't jam ...

Dann setzte blitzartig der Zeitensprung zum Doomsday ein.

The captain seemed to understand, ließ deshalb ein Wunder geschehen und erweckte um uns herum die toten Krieger von einst zu neuem Leben.

Das amüsierte Lächeln umspielte immer noch den Mund meines Henkers, als er mich mit seinem rechten Auge ausdruckslos anstarrte. Das linke war zusammen mit einem Großteil seines Gesichts zur Seite weggesprengt, bevor ich den Knall hörte, und hatte nur ein Gemisch von ausgezackten Knochen, kleinen Fleischfetzen und hellrotem Blut hinterlassen.

Seinen Partner erwischten im selben Moment zwei Schüsse in die Brust, die so schnell abgefeuert worden waren, dass sie wie einer klangen und ihm keine Zeit ließen, lebend zu Boden zu stürzen. Die dritte Kugel in den Kopf traf bloß noch eine Leiche.

The company jumps when he plays reveille. He's the boogie woogie bugle boy of Company B.

Mit dieser Zeile war das Lied zu Ende, der überlebende Teil der gegnerischen Truppen entwaffnet und gefangen genommen, und meine Kleidung äußerlich wie innerlich erstaunlicherweise immer noch relativ sauber. Ich bezweifelte allerdings, dass ich diesen Zustand lange würde aufrechterhalten können.

Tal, der es sich nicht hatte verkneifen können, als Standort den Turm eines russischen Panzers zu wählen, winkte den Fernmelder herunter, der mit Steigeisen einen Leitungsmast erklettert hatte, um von dort bei bester Sicht die nötigen Informationen an die Scharfschützen durchzugeben, und rief seine Leute zusammen, die froh waren, sich endlich wieder bewegen, ihre amerikanischen Uniformen ausziehen und die Farbe aus dem Gesicht wischen zu dürfen, mit der sie zu Puppen geschminkt worden waren.

Vom Rest der Angelegenheit bekam ich nicht viel mit. Angst und Adrenalin hatten für einen solchen Cocktail gesorgt, dass ich noch eine Stunde später im *Old dutch* am Rathausplatz in Venlo zu keinem klaren Gedanken fähig war – und das, obwohl ich mir bereits den dritten Jenever eingeflößt hatte. Was sich hingegen immer wieder vor mein geistiges Auge schob, war das surreale Bild eines Verwundeten mit blutigem Kopfverband, der, statt auch die nächsten Jahre pflichtschuldigst darauf zu warten, ins Feldlazarett gekarrt zu werden, sich im Stil einer Wunderheilung in der Nähe des Ausgangs von seiner Bahre erhoben hatte, um den drei Überlebenden mit einer Maschinenpistole den Fluchtweg zu versperren.

Unter diesem Eindruck fielen die Fragen an meinen Retter ebenso vordergründig wie simpel aus. »Wie haben Sie das bloß geschafft?«

»Was meinen Sie, praktisch das Museum zu besetzen? Das war nicht schwer. Ich habe rechtzeitig mit der Direktion Kontakt aufgenommen, ihr etwas von einer traditionellen Zusammenkunft russischer Kriegsveteranen erzählt, die bei einer Besichtigung unter sich bleiben wollen, und für das Recht, das Museum einen Tag lang exklusiv nutzen zu dürfen, die Überlassung einiger interessanter Stücke aus unseren Beständen versprochen, die hier heiß begehrt sind. Die sagten Ja, und damit war der schwierigste Teil erledigt. Heute haben wir in aller Frühe Schilder aufgestellt, dass wegen Renovierung geschlossen ist. Die haben wir natürlich kurz weggenommen, als Sie im Anmarsch waren, und hinterher noch mal bei diesen verdächtigen Individuen. Dann mussten meine Leute nur noch in die Rolle der Pappkameraden schlüpfen. Die fluchen ganz schön, denen tun immer noch die Knochen weh. Am schlimmsten war wohl, dass sie sich nicht kratzen oder schnäuzen durften.«

Wenn es sie für ihren Einsatz als Kriegerdenkmal entschädigte, sollten sie meinetwegen fluchen, solange es ihnen gefiel. Ich verdankte diesen Fremden mein Leben. Wenn Russen der Gegenwart in amerikanischen Uniformen der Vergangenheit einem Deutschen auf niederländischem Boden das Leben retteten, war das eine Form von Multi-Kulti, die mich begeisterte.

Glücklich trank ich mein Glas leer und fühlte mich nun in der Lage, eine halbwegs gescheite Frage stellen zu können. »Sie mögen ja an vielen Fäden ziehen und jeden erdenklichen Einfluss haben, aber wie haben Sie von dem geplanten Anschlag auf mich erfahren?«

Mein Hirn war sogar soweit wieder einsatzfähig, dass ich mir rechtzeitig die Frage verbiss, ob er einen von Meterens Typen ausgequetscht oder bestochen habe. So einen Fehler hätte ein alter Hase wie Tal niemals gemacht, das wäre viel zu riskant. Sie hätten den Mann vorsorglich erledigen müssen, um die Gefahr auszuräumen, er könnte sie anschließend an Meteren verraten. Und der wäre dann alleine aufgrund des Fehlens dieses Mannes in Alarmbereitschaft versetzt worden. Das musste anders laufen.

Dem leichten Zucken in Tals Gesicht war anzumerken, dass er sich alle Mühe gab, sein inneres Feixen nicht durchbrechen zu lassen. »Nun, in einem Fall von solcher Bedeutung muss man manchmal über seinen Schatten springen und zu Maßnahmen greifen, die nicht ganz gesetzeskonform sind. – Wir haben das Telefon abgehört.«

Schön, wie das ein Mann formulierte, der bezüglich Mord und Totschlag als der routinierte Schatten-Springer schlechthin angesehen werden musste und für den alle anderen Delikte nur Lappalien waren. Meteren andererseits hatte ich im Zeitalter des Einweg-Handys so viel Erfahrung zugetraut, dass er sich nicht belauschen lassen würde.

»Was, kaum zu glauben! So was ist Ihnen bei einem Routinier wie Meteren gelungen?«

Jetzt konnte Tal sein Grinsen beim besten Willen nicht mehr unterdrücken, das, wie mir schien, besonders breit ausfiel. »Nein, nein, wir haben keinen alten Profi abgehört, sondern einen relativ frischen Amateur – nämlich Sie.«

Ich war froh, dass ich in diesem Moment mein eigenes Gesicht nicht sehen konnte. Der Ausdruck war aber so, dass er Tal zu einer weitergehenden Erläuterung veranlasste. »Wir konnten Sie doch wirklich nicht sich selber überlassen. Sie hatten sich ja nicht einmal rechtzeitig davon überzeugt, dass es diesen bunkerartigen Videoraum noch gibt, von dem Sie mir im Biergarten so enthusiastisch berichtet hatten. Der existiert nämlich seit einigen Monaten gar nicht mehr. Die Exponate sind zum Teil in das Hauptgebäude übergewechselt, in den Abschnitt, in dem die Kriegsverbrechen dokumentiert werden. Ihre KZ-Abteilung ist damit im wahrsten Sinne des Wortes Schnee von gestern. – Tja ja, nicht auf dem aktuellen Kenntnisstand zu sein, kann Leben vernichten, in allerererster Linie das eigene.«

Meine nächsten Äußerungen beschränkte ich darauf, beim Kellner Bestellungen aufzugeben.

Die letzten Worte des Abends, als Tal mich in Overloon bei meinem Wagen absetzte, waren: »Ich darf doch in Zukunft damit rechnen, dass Sie mir nun endlich vertrauen werden.« Das war keine Frage, sondern eine Feststellung.

Als ich den Zündschlüssel umdrehte und mich vergewisserte, dass ich ungehindert den weitestgehend verwaisten Parkplatz verlassen konnte, ließ sich das sich mir bietende Bild nicht mit dem in Kongruenz bringen, das ich bei unserem Abrücken vor knapp zwei Stunden in meinem Unterbewusstsein abgespeichert hatte. Es fehlte der rote Fleck, ganz hinten, fast schon im Bereich der angrenzenden Wohnbebauung. Nachdem ich den Motor wieder ausgeschaltet hatte und eine Weile mit geschlossenen Augen sitzen geblieben war, materialisierte sich die konturenlose Farbe wie von selbst zu einem roten Sportwagen mit einem AZ-Aufkleber.

10. Kapitel

In den folgenden vierzehn Tagen geschah das, was ich nicht erwartet hatte, nämlich nichts.

Ich hatte Tals gut gemeintes Angebot, mich rund um die Uhr von seinen Leuten beschützen zu lassen, mit dem Argument abgelehnt, dass so ein Zustand immer nur eine begrenzte Zeit aufrecht erhalten werden könne und ein späterer Angriff nur noch größere Erfolgsaussichten habe. Der Russe hatte nolens volens zugestimmt, obwohl ich nicht davon überzeugt war, dass er nicht doch ein paar Spezialisten für mich abgestellt hatte. Ich bemerkte jedenfalls keinen. Und ihn direkt danach zu fragen, hätte auch keinen Zweck gehabt, das hatte ich mittlerweile begriffen. Deshalb erkundigte ich mich auch wohlweislich nicht nach dem Schicksal der drei Überwältigten. Wenn Tal nicht von selber davon anfing, hatte eine entsprechende Frage von mir auch keinen Sinn.

Vom Alten vom Berge, der mir seine Assassinen auf den Hals gehetzt hatte, sah und hörte ich nichts. Meteren blieb stumm und unsichtbar, was mir sehr recht war, da ich jede Sekunde meiner Zeit benötigte, mein aus dem Gleichgewicht geratenes Nervenkostüm wieder ins Lot zu bringen. Traditionell eigneten sich dafür meine ausgeprägten Heineken-und-Jenever-Kuren in den Strandbuden des Ortes, bei denen ich mit Wehmut die alten Tage Revue passieren lassen konnte, in denen mein Freund Rendorf und ich mit einigen offiziell als illegal eingestuften, inoffiziell jedoch abgesegneten Aktionen unseren Lebensunterhalt bestritten und unsere Abenteuerlust befriedigt hatten. Herrliche Zeiten, aus denen allerdings nur Rendorf seine Form in die Gegenwart hinübergerettet hatte, während aus mir mehr und mehr ein Spezialist für die Unterscheidung von Schnapssorten geworden war, der eher eine Gefahr für seine Innereien als für die Außenwelt darstellte.

Spätestens an diesem Punkt machte ich regelmäßig Schluss mit meinen Reminiszenzen. Solche Gedanken führten zu nichts, außer zu noch höherem Alkoholkonsum. Und wenn mir danach der Sinn stand, brauchte ich dafür keinen Vorwand.

Vermutlich war es diese Einstellung, die zur Folge hatte, dass Tal sich um meine Zukunft mehr Gedanken machte als ich. »Ungewissheit ist von allen möglichen Zuständen meistens der schlechteste«, begann er daher unser jüngstes Telefonat. »Wir sollten Meteren keine weitere Gelegenheit geben, Pläne zu machen oder neue Kräfte zu bündeln. Jetzt müssen wir es sein, die den Vorstoß machen. Ich habe da eine Idee. Kann ich auf Sie zählen?«

Es war typisch für meine momentane Verfassung, dass ich mir die Frage, warum er mich dabei haben wollte, erst stellte, nachdem ich zugesagt hatte.

* * *

Tal holte mich ab, als die Abenddämmerung die Touristen an den Strand gelockt hatte, die sich nicht daran sattsehen konnten, wie die Sonne in einer rotgoldenen Explosion im dunkelvioletten Meer versank. Postkartenidylle pur. Wenn ich daran dachte, was uns erwartete, hätte ich nur zu gerne mit einem dieser abhängenden Normalos getauscht.

Aber ich Phantast musste ja wieder den Idolen meiner Jugend nacheifern, die in ihrem Leben nur deshalb unsterblich waren, weil sie körperlos zwischen Buchdeckeln oder auf Zelluloid existierten.

Während die schwere Limousine nach Norden glitt, kam mir die Szene aus *Fahr zur Hölle, Liebling!* in den Sinn, in der Philip Marlowe zusammen mit Moose Malloy ein Boot besteigt, um draußen auf dem Meer die schwimmende Spielhölle des großen Gangsterbosses zu entern. Damals hatte ich mich viele Male in eine ähnliche Szenerie geträumt. Heute erschien mir ein solcher Rollentausch weitaus weniger erstrebenswert. Erstens war ich nicht so groß wie Robert Mitchum, zweitens war er nicht so dick wie ich, und drittens kannte er das Drehbuch. Ich dagegen hatte keinen Schimmer, wozu sich unser Besuch auf Meterens Schiff auswachsen würde. Und wenn ich mich zum wiederholten Mal umdrehte, um die ausdruckslosen Gesichter der beiden jüngeren Männer in Tarnanzügen zu betrachten, die auf der Rückbank saßen, rauchten, und durch keine Regung erkennen ließen, ob es zu einer Hochzeit oder zu einer Hinrichtung gehen sollte, hätte ich mich aus meinem *film noir* am liebsten in die Zeichentrickwelt von Bugs Bunny gebeamt, in der der Coyote Karl auch dann noch munter weitermachen kann, wenn gerade eine Dynamitstange in seinem Maul detoniert ist.

Egal, ich konnte nicht mehr zurück.

Über meine sinnreichen Betrachtungen war es mittlerweile fast dunkel geworden, die Strecke nach Hoorn war frei, und Tal bewältigte sie in Bestzeit.

Er war während der Fahrt ziemlich schweigsam, ein zentraler Gedanke schien ihn zu beschäftigen. Er redete nicht einmal mit seinen Begleitern, dem Kahlrasierten und dem Dunkellockigen, die er mir augenzwinkernd als »zwei zuverlässige Seemänner« vorgestellt hatte und die, wenn ich mich nicht sehr irrte, schon in Overloon als Angehörige der Sturmtruppen dabei waren.

Kurz vor Erreichen unseres Ziels kam er schließlich damit heraus. »Ich begreife immer noch nicht, warum sich Meteren nach dem Vorfall im Libertypark bis jetzt nicht gerührt hat. Ein völlig missglückter Anschlag auf Sie, und anschließend seine Leute wie vom Erdboden verschluckt! Er müsste herumflattern wie ein aufgescheuchtes Huhn. Aber nein, er unternimmt nichts, er lässt sich nicht einmal zu einer Kurzschlussreaktion hinreißen. – Er muss davon überzeugt sein, etwas gegen Sie in der Hand zu haben, mit dem er Sie ruhigstellen kann, bis er den richtigen Zeitpunkt für gekommen hält. – Na ja, letztlich ist es gleichgültig. Deshalb sind wir ja hier, um die Sache wieder in Gang zu bringen. Trotzdem wurmt es mich, dass ich keine befriedigende Antwort auf meine Frage finde.«

Meine Entgegnung »Aber das hatten wir doch schon. Dieses Foto von ...« schnitt Tal mit einer knappen Geste ab. »Sie sehen dieses Bild zu sehr aus Ihrer subjektiven Warte. Weil Sie die Vorgeschichte der Aufnahme kennen, achten Sie zu sehr auf die möglichen unangenehmen Folgen statt auf das Foto selbst. Was zeigt dieser grobkörnige, unscharfe Filmschnipsel denn schon? So haben Sie mir ihn jedenfalls geschildert, und eine Portraitaufnahme war es ja wohl auch nicht. Klar, eine Szenerie, aus der man genau den Schluss ziehen kann, zu dem auch Meteren gekommen ist. Aber das ist nur eine Deutungsmöglichkeit von vielen. Was bleibt denn heute tatsächlich übrig nach all den Jahren, die jede beweiskräftige Spur getilgt haben? Klamauk, ein Scherz, eine Bacchusbeerdigung aus einer Jeneverlaune heraus? Sie können dazu die lächerlichste Erklärung in den Raum stellen, die Ihnen einfällt, weil niemand sie widerlegen kann. Wo soll das noch mal passiert sein, haben Sie gesagt, auf einer Vogelschutzinsel oder so?«

»Ja, so was Ähnliches.«

»Na prima, dann machen Sie sich doch einfach einen Gag, sollte Sie jemals jemand darauf ansprechen. Dann kann der Abgebildete nämlich genauso gut Prinz Philip von England sein in seiner Funktion als Ehrenpräsident des WWF. – Im Ernst, ein solches Bild heutzutage, wo sich alles mögliche am Computer zusammenpuzzlen lässt, reicht doch hinten und vorne nicht für eine richtige Erpressung. Und glauben Sie mir, mit Erpressung kenne ich mich aus. – Wenn Sie ehrlich sich selbst gegenüber sind, werden Sie zugeben müssen, dass dieses Foto im Grunde für Sie ein prima Vorwand war, sich endlich mal wieder auf abenteuerlichem Terrain bewegen zu können, oder etwa nicht?«

Ich verschluckte vorsichtshalber eine Entgegnung, musste mir aber eingestehen, dass der Russe ein verdammt guter Psychologe war.

Seine nächsten, bloß gemurmelten Worte waren mehr für ihn als für mich bestimmt. »Also was für ein Ass hat er noch im Ärmel? Was gibt es sonst noch? Was könnte Meteren von Ihnen haben, das ihn so sicher macht?«

Was zu diesem Zeitpunkt keiner von uns ahnte, war, dass umgekehrt ich etwas von Meteren haben könnte, das den Schurken so sicher machte.

* * *

Der Yachthafen von Hoorn sah aus wie alle seine Geschwister rund um Ijssel-, Marker-, Ketel-, Veleuwe- und alle sonstigen Meere, die die Niederlande zu bieten hatten. Auch hier der unvermeidliche Mastenwald einer immer gleichen Mischung von winzigen Bötchen, in denen man zum Schlafen in einen Schuhschrank im Bug kriechen musste, bis zum klotzigen Plattbodenschiff, auf dem zwei Fußballmannschaften urlauben und an Deck ihr Freundschaftsspiel austragen konnten.

Ich fragte einen deutschen Eigner, der mit Hingabe die Planken seiner Minibark wienerte, nach der *Mona Lisa*. Er zeigte auf das Ijsselmeer hinaus, wo sich in der Distanz von einigen hundert Metern die auch aus dieser Entfernung immer noch gewaltige Silhouette des gesuchten Segelschiffs abzeichnete.

Also war es Essig damit, den Kahn schnell und problemlos über einen Bootssteg erreichen zu können, wie Tal es geplant hatte. Fast war ich erleichtert, dass es allmählich anfing, schiefzulaufen. Das war ein prima Grund, die Aktion abzublasen und uns zu überlegen, ob wir nicht auf andere Weise Meteren zu einer uns genehmen Reaktion veranlassen konnten, ohne gleich eine Piratennummer abziehen zu müssen.

Aber der umsichtige Geheimdienstler hatte wohl auch diese Schwierigkeit einkalkuliert. »Lassen Sie uns ein wenig spazieren gehen und warten, bis es richtig dunkel wird.« Mit uns meinte er offensichtlich nur noch ihn und mich, seine beiden Spannesmänner waren nach ein paar knappen Anweisungen in einer fremden Sprache aus meinem Blickfeld verschwunden.

Wir gingen ein bisschen hin und her und landeten schließlich draußen unmittelbar vor der Hafeneinfahrt, wo ein maroder Steg ins Wasser ragte, den niemand mehr benutzte und an dem nachts erst recht niemand herumlungern würde. Die Umgebung war mit Gebüsch und Schilf so zugewuchert, dass wir vor zufälligen Blicken verborgen bleiben würden und auch keine Sicht vom Hafenbecken her gewährleistet war.

Aus dem wolkenverhangenen Firmament drang gerade so viel Licht, dass man sich ohne Taschenlampe zurechtfinden konnte. Mein Begleiter hatte sich eine Zigarette angezündet, die, wie sich bald zeigte, weniger der Befriedigung einer Sucht als vielmehr als Leuchtfeuer diente. Er hatte sie halb aufgeraucht, als vom Wasser her ein leises Plätschern zu hören war.

Ein letztes Inhalieren offenbarte im Schimmer der aufscheinenden Glut eine orangefarbene Zufriedenheit auf seinen Zügen, die keinen Platz für Anspannung oder Selbstzweifel ließ. Das Grübeln von vorhin war verflogen, hier war ein Mann der Tat in seinem Element.

Als wir über das morsche Holz polterten, warf er die Kippe ins Wasser und kletterte in das kleine, von einem beinahe lautlos arbeitenden Elektromotor angetriebene Boot. »Sind Sie sicher, dass Sie dabei sein wollen? Letzte Gelegenheit, es sich anders zu überlegen und hier auf uns zu warten.«

Meine Antwort bestand darin, dass ich hinter ihm einstieg.

Tal und seine Leute verständigten sich stumm durch einen kurzen Blick, dann legten wir ab.

Der Kahlrasierte steuerte das Boot weit genug an der *Mona Lisa* vorbei, als wolle er auf direktem Kurs Stavoren anlaufen. Weil Tal, der Schwarzlockige und ich uns in der winzigen Kajüte unsichtbar gemacht hatten, müsste auch ein argwöhnischer Wachposten auf dem Segler unser Schiffchen als harmlos einstufen.

Während wir uns von der Yacht schon wieder ein Stück entfernten, setzte ich mich ans Heck und beobachtete die *Mona Lisa* durch ein Nachtsichtgerät, das Tal mir herübergereicht hatte. Drei erleuchtete Bullaugen waren gleißende Feuer, in denen man nichts erkennen konnte. Auch an Deck ließen sich keinerlei Personen ausmachen.

Unser Skipper nahm Fahrt weg. Der Motor wurde leiser und erweckte so den Eindruck, wir hätten uns von Meterens schwimmendem Domizil schon weiter entfernt, als es tatsächlich der Fall war. Auf eine geflüsterte Anweisung von Tal schaltete der Rasierte den Antrieb ab und zog in der Schwärze mit der Sicherheit eines Blinden ein winziges Notsegel auf. Den Rest musste der Wind besorgen.

Wie auf ein Zeichen sprach keiner mehr. Es war nur das Schwappen der kurzen Wellen zu hören, ein leises Knarren des betagten Bootes, vereinzelt ein gedämpftes Blaffen des Segels, wenn der Wind nach einer kurzen Flaute wieder einsetzte.

Am Horizont schimmerten die Lichter von Hoorn, diffuses Gaslaternenleuchten im Londoner Nebel. Heute verzichteten sie darauf, auf und ab zu hüpfen. Wir hatten keinen nennenswerten Seegang.

Ich weiß nicht, was meinen Begleitern durch den Kopf ging, ich jedenfalls musste daran denken, dass Hausfriedensbruch noch das Mindeste war, was man uns würde vorwerfen können. Wir waren die Eindringlinge, und alles, was von Meterens Schergen gegen uns unternommen würde, wäre von Notwehr gedeckt. Die Jungs brauchten sich nicht den geringsten Zwang anzutun, wenn es daran ging, den enternden Korsaren die Schädel einzuhauen. Schöne Aussichten!

Langsam, ganz langsam trieben wir auf den Dreimaster zu, den ich bei meinem Besuch in Elburg aus einer anderen Perspektive erlebt und folglich auch anders in Erinnerung hatte. Das Ding hatte schon vom Ufer aus eine imponierende Größe. Aus der Nähe und von der Wasserlinie aus kam es mir vor wie die Titanic.

Tal raunte mir zu: »Halten Sie sich jetzt lieber fest!« Bei diesen Worten packte der Lockige einen an einer Fangleine befestigten Rettungsring und hängte ihn als Fender über die Bordwand, kurz bevor unser Boot sachte gegen das Plattbodenschiff gedrückt wurde. Über uns ragte ein Berg aus Holz und Messing auf.

Tal, der selber danach Ausschau hielt, flüsterte: »Hat einer ein Reep oder eine Strickleiter gesehen?«

Ein synchrones Kopfschütteln war die Antwort. Auf dieser Seite gab es keine solche Aufstiegshilfe, und uns umständlich ohne Motor auf die andere zu manövrieren, konnten wir nicht wagen.

Unser Skipper klackte und scharrte leise in der Dunkelheit herum und brachte ein Tau zum Vorschein, das er steil nach oben warf. Beim dritten Versuch war der indische Seiltrick von Erfolg gekrönt. Das Tau war so über die Reling gefallen, dass es zwischen ihr und der Bordwand nach unten rutschte. Er gab Leine und zog das lose Ende zu sich heran, um es mit dem anderen zu verknoten, nachdem er es durch eine Öse in der Bordwand geführt hatte. Zur Sicherheit platzierte er einen zweiten Rettungsring, und der Aufstieg konnte beginnen.

Der Lockige ging als Erster. Er schwang sich in einer fließenden Bewegung über die Reling und gab uns ein Zeichen. Alles okay.

Bevor sich Tal als Nächster an den Aufstieg machte, noch eine letzte Kontrolle, aus Rücksichtnahme auf mich auf deutsch. »Ist dein Feuerzeug auch hundertprozentig?« Statt einer Antwort ließ der Rasierte es dreimal in der hohlen Hand aufflammen. Die Frage schien mir wirklich überflüssig, weil bei einem nikotinabhängigen Seemann ein Feuerzeug auch noch zwanzigtausend Meilen unter dem Meer funktioniert. Erst dann wurde mir bewusst, dass Tal der zweihundertprozentige Profi war, der aber auch gar nichts dem Zufall überließ. Ich schob den kurzfristigen Blackout auf meine Nervosität.

Der Nächste mit der Luis-Trenker-Nummer war ich. Dabei musste ich feststellen, dass die Tage meines Schulsports in unendliche Ferne gerückt waren, und kam außer Atem und mit brennenden Handflächen oben an.

Nur Sekunden später stand ein kahler Freibeuter neben mir. In dieser kurzen Pause vibrierender Muskeln und unterdrückten Röchelns wurde mir angesichts des dunklen, tanzbodengroßen Decks mit beängstigender Deutlichkeit bewusst, auf was ich mich eingelassen hatte. Hier gab es Gelegenheit für hundert Hinterhalte und Fallstricke. Im Moment offenbarte uns der Kahn aber nicht das Geringste, was am Familientag auf einer Bootsausstellung hätte Argwohn erregen können.

»Gehen Sie am besten da hinter dem Rettungsboot in Deckung. Wir erledigen das hier schon. Und bleiben Sie bitte auch da. Es fördert nicht gerade unsere Konzentration auf das Wesentliche, wenn wir uns nebenher noch um Sie kümmern müssten.«

So hatte ich mir meine Rolle bei diesem Unternehmen nicht vorgestellt, nachdem ich mich einmal entschlossen hatte mitzumachen. Aber Tal hatte natürlich recht. Die drei waren ein Team, das bestimmt nicht heute zum ersten Mal zusammenarbeitete. Ich wäre dabei nur ein Störfaktor. Es wurde höchste Zeit zu begreifen, dass sie mich nur für den Fall mitgenommen hatten, dass aus irgendeinem vorher nicht genau zu definierenden Anlass meine persönliche Präsentation vonnöten sein könnte.

Also verzog ich mich einsichtig an die mir zugewiesene Stelle und beschränkte mich notgedrungen auf den Part des Beobachters. Zwischen Bordwand und Rettungsboot gequetscht, dabei notdürftig ein Stück der Persenning zu mir herüberziehend, haderte ich wider besseres Wissen weiter mit meiner Außenseiterrolle, bis ich fast die Ouvertüre verpasst hätte.

Ein Geräusch, der 7. Sinn oder, wie der noch als Asche so Begehrte zu formulieren pflegte; die Vorrrsehung hatte die

Gegner alarmiert. Bevor ich den Mann bemerkte, der mit einer Schrotflinte in den Händen die hinter mir gelegene Treppe vom Salon nach oben stieg, knallten zwei Schüsse in blitzartiger Folge, wie ich es schon im Libertypark erlebt hatte, trafen ihn mitten in die Brust, und schleuderten ihn wieder nach unten. Es war ein Krachen, das weit über das Wasser trug und auch noch auf größere Entfernung zu hören war.

Tals Leute hatten darauf verzichtet, Schalldämpfer zu benutzen. Mit den klobigen Dingern, die ein Visieren über Kimme und Korn unmöglich machen, war es selbst bei besten Sichtverhältnissen und auf kurze Distanz schwierig, einigermaßen genau zu zielen. Bei Dunkelheit und über mehr als zehn Meter Distanz wäre ein Präzisionsschießen reine Lotterie.

Sekunden nach der Seele des Wächters fuhr eine Rakete gen Himmel, die das Ijsselmeer für Augenblicke in Rubinrot, Giftgrün und Goldgelb aufscheinen ließ. Der Rasierte mit dem zuverlässigen Zippo hatte planmäßig reagiert. Es folgte das Knattern von Leuchtkugeln, die einen metallischen Feuerschweif hinter sich herzogen, der das Deck taghell erleuchtete.

Tal hatte vorgebeugt. Falls es zu einem Schusswechsel käme, sollte der Lärm durch ein Feuerwerk kompensiert werden, sodass jeder Uneingeweihte von einer feuchtfröhlichen Party an Bord ausgehen musste.

Ein zweiter Leuchtkugelwerfer poffte los, Raketen fauchten in der Kadenz einer Stalinorgel in die Nacht. Genug Licht für einen Rundumblick, der uns die Sicherheit gab, im Moment keinem weiteren Angreifer gegenüberzustehen.

Nun kam der gefährlichere Teil unseres Unternehmens. Wir mussten unter Deck in das unübersichtliche Labyrinth, wo hinter jeder Ecke und jeder Tür ein Mordkommando auf uns lauern konnte. Doch jetzt hatte mich das Geschehen gepackt, der Urtrieb des Jägers brach wieder durch. Ich war hier, und plötzlich wollte ich auch mit dabei sein.

Während ich noch darauf hoffte, dass Tal mich endlich um meine Teilnahme an der Fortsetzung der Aktion bitten würde, klang von der Kajütentür mit der Leiche davor ein Schrei herüber, so schrill und langgezogen, wie ich ihn nur aus Edgar-Wallace-Filmen kannte, deren informatorischer Nutzwert für angehende Privatdetektive ernorm war, versetzten sie mich doch in die Lage, ohne zu zögern eine Frau als Urheber dieser Lautäußerung auszumachen.

Den Beweis erhielt ich einige Sekunden später, als eine ältliche Matrone an Deck taumelte, sich neben einem anderen Rettungsboot platt auf ihren Hintern fallen ließ und mit lautem Glucksen darum kämpfte, ihren Mageninhalt dort zu belassen, wo er sich gegenwärtig noch befand. Ihr folgte ein etwa gleichaltriger Mann in ausgebeultem Trainingsanzug und Sandalen, der sich ebenfalls nicht wohlfühlte, sich aber erkennbar mehr Sorgen um die Frau als um sich selber machte. Ich tippte auf ein Ehepaar, das sich um den Kahn kümmerte, wenn Meteren nicht anwesend war. Wie sich herausstellen sollte, lag ich damit gar nicht so falsch.

Nachdem er seine beiden Mitarbeiter auf Erkundungstour unter Deck geschickt hatte, übernahm Tal in eigener Person die Bewachung des Pärchens. Seine Spannesmänner brauchten nicht lange, um ihren Job zu erledigen. Ihr Kopfschütteln belegte, dass unsere Versammlung momentan die gesamte Besatzung des Schiffes bildete. Von Meteren selber keine Spur, nicht einmal eine Kiste mit Heimaterde aus Transsylvanien.

Mit dem Interview des Pärchens kam ich dann doch noch zu meinem großen Auftritt. Sie fungierte als Köchin mit Putzverpflichtung, ihr Ehemann als eine Art Faktotum für kleinere Reparaturen und Wartungsarbeiten. Weil sie aus der

Gegend um Joure stammten und der dortige Dialekt kaum von den übrigen Niederländern verstanden wurde, durfte ich dolmetschen; denn die Russen verstanden gar nichts, ich aber immerhin zehn Prozent.

Das war ausreichend, um zu kapieren, dass beide hier nur ihre Routinearbeit machten wie seit ihrer Einstellung vor sechs Jahren, und keine Ahnung hatten, wo Meteren zur Zeit war und wann er sich wieder blicken lassen würde. Vom Mann mit der Schrotflinte wussten sie nur, dass er Rob gerufen wurde und aufpassen sollte, dass keine Diebe an Bord kamen.

Das war die mehr als magere Ausbeute unserer Unterredung, die zum größten Teil mit Händen und Füßen geführt wurde und wenigstens bewirkte, dass die Frau darüber vergessen hatte zu kotzen.

Tal war dennoch mit dem Ergebnis nicht unzufrieden. »Offen gestanden hatte ich nicht damit gerechnet, hier hinter irgendwelche großen Geheimnisse zu kommen. Was ich wollte, war, Meteren aus seiner Deckung zu locken. Und das dürfte alleine schon durch den Tod von diesem Rob gelingen. – Aber sicher ist sicher.« Bei den Schlussworten zog er seine Pistole und ging unter Deck, von wo kurz darauf etliche Schüsse zu hören waren. Als er wieder oben war, konnte er sich ein Lachen nicht verkneifen. »Sie erinnern sich an die Fotos dieses eitlen Selbstdarstellers vor den Museen und so? Ich hab ihm auf jedem Bild ein Loch in die Stirn geschossen, damit er nicht meint, das mit Rob wäre bloß ein Versehen.« Er grinste immer noch, als er die Order ausgab: »Gut, das war's dann. Lasst uns von hier verschwinden.«

Das jammernde Ehepaar war auch weiterhin mit sich selbst beschäftigt und würde uns keine Schwierigkeiten machen. Doch am Fuß der Treppe lag nach wie vor eine Leiche.

»Aber was wird mit dem Toten«, fragte ich, »soll der einfach so …?«

»Der bleibt da, wo er ist. Genau so ein Zeichen zu setzen, war doch der Sinn der Übung.«

Natürlich, wenn das Meteren nicht zum Handeln zwingen würde, was dann? Ich war wirklich nicht in Bestform. Zuerst das mit dem Feuerzeug und nun meine dämliche Frage. Anscheinend war heute mein naiver Tag.

Dass sich auf der Rückfahrt trotzdem noch ein bisschen Zufriedenheit bei mir einstellte, lag ausschließlich daran, dass sie das Ehepaar am Leben gelassen hatten.

* * *

Gut vierzehn Tage später saß ich an meiner Lieblingsstrandbude und machte mir ernsthafte Gedanken, wie ich mich aus dem Schlamassel befreien konnte, in den mich mein Privatdetektivfimmel geritten hatte.

Seit meiner Rückkehr aus Hoorn hatte sich auch diesmal nichts getan, das Ziel unserer Aktion blieb nach wie vor stumm und unsichtbar. Das machte mich allmählich nervöser, als wenn mir Meteren einen Schützenpanzer hinterher geschickt hätte. So konnte es nicht bleiben, es musste etwas geschehen.

Ich war bei wechselnder Witterung ohne Schirm losgezogen, hatte mich auf meinem Schwenk über die Voorstraat jedes Mal untergestellt, wenn ein Schauer runterprasselte, und war im Moment der einzige Gast auf der Terrasse unter einem Sonnenschirm, der die dicksten Tropfen nur unzulänglich abhielt, indem er sie wie ein Zerstäuber zu feinsten Wasserwölkchen transformierte, die meine Lederjacke allmählich etwas klamm werden ließen. Aber es war genau diese Atmosphäre, die ich alter Nordseefreak zum Nachdenken brauchte, und drei Jenever hatten sich Mühe gegeben, den Boden dafür zu bereiten.

Angefangen hatte alles mit diesem blöden Foto, das ich einfach hätte ignorieren können. Was hatte Tal noch gesagt, als was hätte ich es abtun können, als Scherz, als Firlefanz oder so was? Genau das hätte ich machen sollen, Meteren platt vor die Schwarte sagen, wohin er sich seinen pointillistischen Fotorealismus stecken könnte. Detektiv wird man schließlich nicht, wenn man bei jedem Dielenknarren das Nervenflattern kriegt. Stattdessen hatten sich bei mir zuerst die Symptome eines Paranoikers gezeigt, und danach hatte ich mich um so begieriger vom Märchenonkel Meteren einlullen lassen. Immer schön von einem Extrem ins andere, ohne mir dabei auch nur ein einziges Mal einzugestehen, dass ich das Ganze nur tat, um meinen albernen Sherlock-Holmes-Trieb auszuleben.

Und wozu hatte das geführt? Einen Toten hatte es bei der illegalen Kaperaktion gegeben, an der ich nachweislich beteiligt war. Zwei Tote im Libertypark, und Karl-Heinz Schmidt wieder mittendrin im Geschehen. Das waren die Ablebensfälle, bei denen ich hautnah zugegen war. Von allen anderen Ereignissen, die einen Rundkurs durch das Strafgesetzbuch darstellten, gar nicht zu reden.

Höchste Zeit also, um endgültig rauszukommen aus der Sache, unter alles einen Schlussstrich zu ziehen, Meteren, Tal, die Ikone, das Foto von mir und den ganzen Zirkus einfach vergessen zu können.

Nach dem vierten Schnaps spielte ich sogar kurz mit dem Gedanken, zur Erreichung dieses Ziels Rendorf anzuheuern, um Meteren umzulegen und damit die Wurzel meines persönlichen Übels auszureißen. Aber realistisch betrachtet würde dadurch mein Problem wohl kaum beseitigt; denn für mich stand außer Zweifel, dass Meteren samt seiner Schatzkammer an Erpressungsmaterial sofort von jemand anderem beerbt werden würde. Mir schien zum Beispiel der Neffe kein solches Würstchen zu sein, wie ich eingangs gedacht hatte.

Andererseits fehlte mir die Mentalität, Meterens Füße mit Hilfe einer Lötlampe so lange auf Betriebstemperatur zu bringen, bis er mir freimütig offenbarte, wo seine Fotosammlung eingelagert war. Außerdem wäre dies in Anbetracht der Tatsache, dass sich nur wenige Dinge so leicht duplizieren ließen wie Filmstreifen, kein Allheilmittel gegen die Möglichkeit, zwanzig identische Exemplare an zwanzig verschiedenen Plätzen versteckt zu halten.

Natürlich ging es in erster Linie um die Erhaltung meines Lebens. Konkret: Meteren hatte versucht, mich aus dem Weg zu räumen. Ich konnte mit Sicherheit davon ausgehen, dass er es wieder versuchen würde. Ich war nun mal ein Mitwisser seiner Bemühungen um die Ikone, da ließ sich nichts dran deuteln. Und wenn ihm das nicht passte, dann würde er kaum locker lassen. Dazu noch die Sache mit dem Belastungsfolto, das immerhin noch gut genug war, um peinliche Fragen aufzuwerfen, auch das würde weiter existieren und auch in Zukunft wie ein – wenngleich nicht allzu scharfes – Damoklesschwert über mir schweben.

Also musste ich meinen Ehrgeiz darauf richten, Meteren gegenüber so weit aufzuholen, dass zwischen uns eine Patt-Situation existierte. Und das möglichst bald. Ich brauchte eine Lebensversicherung, ich musste ihn die Idee, mich das Zeitliche vor meiner Zeit segnen zu lassen, ein für allemal austreiben. Und zwar schnell.

Nach Abwägung aller Aspekte, die mir dazu einfielen, kam es vorrangig darauf an, Meteren wieder Auge in Auge gegenüberzusitzen. Das wäre nützlich, um einen wie auch immer gearteten Anhaltspunkt aus ihm herauszukitzeln, an dem ich mit meinen Nachforschungen ansetzen konnte, um mir zukünftige Kopfschmerzen und Magenkrämpfe zu ersparen. Vielleicht wollte ich es auch nur deshalb, weil ich in meiner Jugend zu viele Wildwestfilme gesehen hatte.

Im Übrigen war es ja auch genau das, was Tal, dem großen Planer und Lenker, bereits bei unserer ersten Begegnung vorschwebte. Und ein Mann wie er musste es schließlich wissen. Exakt das wurde benötigt, um Meteren zur Bucht zu kriegen, ein schlagender Beweis für sein Wissen um die Unechtheit der Hitler-Asche.

Der Schweinehund musste nach seinem Fiasko im Libertypark und meinem Besuch auf seinem Schiff kapiert haben, dass es wenig sinnvoll war, mir seine Mordbuben auf den Hals zu schicken. Wir hatten ihm quasi die Köpfe der Attentäter zurückgeschickt und seinen Wachmann auf dem Kahn als Leiche hinterlassen. Jeder auch nur halbwegs gescheite Mensch in seiner Lage müsste mehr als gesprächsbereit sein, wenn ich ihm obendrein etwas anbieten könnte, das nicht weniger wert war als sein flaues Foto. Und Verstand hatte der Schurke, sonst hätte er es nicht so weit gebracht.

Der Köder, den ich ihm dazu hinwerfen wollte, war mein Wissen um sein Wissen und seine parallele Präparation des Tagebuchs. Klar, auch das war kein Gold, das dazu taugte, überzeugend zu glänzen, aber als Quelle für höchst unangenehme Fragen und etwaige Schnüffeleien seiner auserkorenen Betrugsopfer weit gewichtiger als sein Film. Das sollte er jedenfalls annehmen und so lange daran kauen, bis er mir unwissentlich etwas verraten hatte, das mir bei der Beschaffung von stichhaltigem Belastungsmaterial dienlich sein konnte.

Und keinen Irrgarten mehr, sondern nur noch eine offene Fläche, auf der es natürlich etwas zu trinken geben musste, um eine weniger feindselige Atmosphäre zu schaffen und die Zunge zu lösen. Warum also nicht direkt hier an der Strandbude?

Beim fünften Jenever war ich mir sicher, dass er kommen würde, und im Hochgefühl dieser Überzeugung machte ich mich auf den Heimweg.

* * *

Für meinen Termin mit Meteren konsultierte ich am nächsten Tag auf der Suche nach miesem Wetter als Erstes wieder den Langzeitwetterbericht im Fernsehen, der für den Wochenanfang die erhoffte Witterung prognostizierte. Um ganz sicher zu gehen, holte ich mir abends im *t'Vlak* zusätzlich den Rat des alten Antonis ein. Dem gehörten nach Egmond Binnen raus am Dünenrand etliche Blumenfelder, und dessen über Jahrzehnte sublimierter Riecher reagierte auf bevorstehenden Klimaumschwung schneller, als der Frosch im Glas auf seiner Leiter herumklettern konnte.

Beide Quellen stimmten im Wesentlichen überein, wobei Antonis dem Dienstag die höchste Wahrscheinlichkeit für Niederschläge einräumte. Das machte mich um drei Bier ärmer und die Erkenntnis reicher, dass für die von mir beabsichtigte Maßnahme der Dienstag prädestiniert war.

Als ich kurz vor Mitternacht nach Hause kam, hätte ich mit meinem Anruf Meteren nur zu gerne aus dem Bett gescheucht, doch rechnete ich nicht ernsthaft damit, ihn nach wochenlangem Abtauchen ausgerechnet jetzt an den Apparat zu kriegen. Ich war schon froh, keinen Trottel oder eine Sprachkonserve zu erwischen, sondern Bertram, einen Mann mit Verstand, der zuhören konnte.

Ich teilte ihm in knappen Worten mein Begehren mit, wobei ich auf jede Erläuterung des Wo und Warum verzichtete und sehr gezielt auch keine Bereitschaft erkennen ließ, mir irgendwelche Lügengeschichten über die Unerreichbarkeit seines Brötchengebers anzuhören. Dienstag 14 Uhr auf der Terrasse der *Zilvermeeuve*, natürlich nur Meteren alleine, ansonsten würde man seine Leiche statt der seiner Lakaien finden, ebenso für den Fall, dass er wieder einen seiner kleinen Tricks versuchen sollte, er hätte ja wohl endlich kapiert, was es für Folgen hatte, wenn man mir nach dem Leben trachtete – und ab mit der Botschaft.

Als ich ohne Abschiedsfloskel auflegte, hatte ich das Gefühl, der Umfang meines Brustkorbs hätte um zehn Zentimeter zugenommen.

* * *

Damit war der erste Schritt getan, der alleine selbstverständlich nicht ausreichen würde, mir unwiderlegliches, präsentables Belastungsmaterial zu verschaffen. Das Zauberwort, das die komplette Breite der Bühne einnahm, hieß Beweismittel, und zu deren Erlangung musste ich mir die moderne Technik dienstbar machen.

Mein Freund Rendorf war Nostalgiker und hatte stets die Anschaffung einer entsprechenden Ausrüstung abgelehnt. Doch ich war mir sicher, dass Tal insoweit über ein Equipment verfügte, wie es ein Privatmann für noch so viel Geld in keinem Elektronikkatalog finden würde. Und bestimmt würde auch Harry im Kreis seiner Kollegen fündig werden, wenn es um ferngesteuerte Miniaturkameras, Richtmikrofone und dergleichen ging. Auf diesem Sektor liefen heutzutage die Paparazzi den Agenten fast schon den Rang ab.

Vernünftigerweise hätte eine Kooperation mit Tal Priorität genießen müssen, das stand außer Zweifel. Aber der Name

Karl-Heinz Schmidt und die Vokabel Vernunft waren Begriffe, die sich aus einer scheinbar natürlichen Gesetzmäßigkeit heraus nur in den seltensten Fällen in Kongruenz bringen ließen. Außerdem befürchtete ich, dass er, hätte ich mein Ziel erreicht und eine verwertbare Bild- und Tonaufnahme von Meterens Zugeständnis einer umfassenden Kenntnis von den Besonderheiten der Schwarzen Madonna von Illintsi erstellen können, diese Aufnahmen zumindest als Kopie für sich reklamiert hätte. Eine solche Kassette oder CD war ja exakt das, was er mit seinem Engagement in dieser Sache anstrebte, woraus er mir gegenüber nie einen Hehl gemacht hatte. Dann hätte er Meteren zeitlebens in der Hand und könnte ihn nach seiner oder der Pfeife seines jeweiligen Prinzipals tanzen lassen. Dann wäre der gute Karl-Heinz, der die Arbeit gemacht hatte, nur noch letzte Wahl. Seine Interessen würden im Mülleimer millionenschwerer finanzieller Verstrickungen landen, und wenn ich darüber nur in Vergessenheit geriete, könnte ich mich noch glücklich schätzen. Denn wie sah die ganze Schose aus, käme mein russischer Freund oder einer seiner Hintermänner auf den Gedanken, ich könnte mich durch irgendeinen Umstand veranlasst sehen, von meinem Druckmittel Gebrauch machen zu müssen? Dann wäre ihre Kopie automatisch nur noch so viel wert wie ein Wohnberechtigungsschein für ihre Potemkinschen Dörfer. Und damit das nicht passierte, müsste zwangsläufig dieser dicke deutsche Frührentner von der Bildfläche verschwinden, und zwar auf Nimmerwiedersehen.

Als ich mit meiner Grübelei an diesem Punkt angelangt war, zwang ich mich, konzentriert an etwas anderes zu denken, um nicht Gefahr zu laufen, mich noch heute unter einem fremden Namen nach Timbuktu einzuschiffen.

Mit anderen Worten, Harry und seine Verbindungen mussten her.

Den entsprechenden Anruf erledigte ich gleich am nächsten Morgen. Im Gegensatz zu mir fühlte sich der Reporter als potentieller Frühaufsteher durch solche Grausamkeiten nicht gestört. Er war sogar ausgesprochen erheitert und kicherte etwas von »Kobra, übernehmen Sie sich nicht« durch den Hörer. Toller Spaß, bei so einer Sache behilflich sein zu können. Seine Kumpel würden ihm schon aushelfen, wahrscheinlich könnte ich die »Brocken«, wie er sich ausdrückte, am selben Abend in Empfang nehmen. Also *tot ziens*, am besten wieder beim Ijmond. Dann wurde er urplötzlich wieder ernst. »Und, Karl-Heinz, denk dran!«

Ja, ich würde dran denken.

Dieser gelegentlich wiederkehrende Abschluss unserer Telefonate stammte aus einer Zeit, als sich in Harrys Redaktion ein junger, unerfahrener Volontär, der seine Vorstellung vom spannenden Reporterjob überwiegend aus blödsinnigen Romanen und billigst produzierten Fernsehserien bezog, von seinen menschlichen Informationsquellen regelmäßig mit der Aufforderung verabschiedete, ihm die exklusiven Veröffentlichungsrechte zu versprechen, ihn zumindest aber immer als Ersten zu informieren. Der Spruch war so bescheuert, dass wir ihn nach kurzer Zeit nicht mal mehr als running gag hören konnten und ihn durch ein »Denk dran« ersetzten, das in der ersten Zeit für uns die Bedeutung hatte: »Denk dran, bei dem, was du vorhast, keinen Unsinn zu quatschen.«

Im Laufe der Jahre hatte sich der Inhalt dieser Floskel von Fall zu Fall gewandelt, je nachdem, worum es gerade ging. Heute bedeuteten die Worte: »Sei bloß vorsichtig!«

Ich würde vorsichtig sein, und deshalb führte ich nach diesem Telefonat gleich noch ein weiteres.

* * *

Meinem Bestreben, eine Wetterlage zu erwischen, die den Durchschnittssommerurlauber vom Besuch einer Strandbude abhalten würde, war Erfolg beschieden. Bei meinem Eintreffen war ich der Einzige, der auf der Terrasse Platz nahm. Dazu hatte ich mir den nördlichst und an der Wasserseite gelegenen Tisch ausgesucht, dessen Position keinen Verdacht erregen konnte, weil er windgeschützt war und die leichten, immer nur kurzen Regenschauer von einem ausladenden Sonnenschirm abgehalten wurden. Diese Ecke hätte wahrscheinlich auch jeder harmlose Tourist bevorzugt, der seinen Kaffee an der frischen Luft trinken wollte. Und natürlich war die Lage ideal, um von der Miniaturkamera und dem Richtmikrofon erfasst werden zu können, die Harrys Bekannter zum Kennedy Flat hin auf der Düne in halber Höhe angebracht und so verkleidet hatte, dass man sie für eines der vielen Meßgeräte halten musste, von deren Zweck der normale Strandbesucher sowieso keine Ahnung hatte.

Entgegen meinen sonstigen Gepflogenheiten bestellte ich bei der Bedienung, die darüber leicht verwundert schien, einen Kaffee, erhöhte aber sofort auf einen zusätzlichen Jenever, um nicht in den Verdacht zu geraten, hier als mein schlecht gelungener Doppelgänger zu sitzen.

Die Getränke kamen, aber kein weiterer Gast, und nach einer Viertelstunde der Untätigkeit hatte ich mich einigermaßen entspannt in meinem Korbsessel ausgestreckt, während ich die würzige Seeluft einatmete und dem Gezänk der Möwen sowie dem anrollenden Meer zuhörte.

Ich war fast eingeschlafen, als mich ein schwaches Scheppern aufgeschreckte, das gleich darauf vom Winde verweht wurde, bevor ich es irgendwie einordnen konnte. Wahrscheinlich wäre ich gleich darauf wieder eingedöst, hätte sich nicht kaum eine Minute später Meteren, der vermeiden wollte, mit dem Rücken zur Bude und den übrigen Terrassenplätzen zu sitzen, den Stuhl neben mir zurechtgerückt. Dunkler Anzug, Homburg, Spazierstock mit Silberkrücke – es fehlten nur noch die Nelke im Knopfloch und der Akzent von Hercule Poirot.

Er musterte mich mit einem Blick, den ein Lehrer für den Klassenprimus bereithält, der in der großen Pause seinen Mitschülern lauthals verkündet hat, er sei jetzt schon schlauer als der blöde Pauker. »Das ist aber mehr als merkwürdig, was Sie mir da als Nachricht haben übermitteln lassen, Herr Schmidt. Ich darf danach wohl auch annehmen, dass Sie für den Tod meines Angestellten auf der *Mona Lisa* verantwortlich sind. Nach der Personenbeschreibung, die mir das Ehepaar ...«

Ich schnitt ihm das Wort ab. »Ja ja, klar. Da haben sich mich erkannt – und trotzdem nicht die Polizei gerufen. Denn Sie haben ja auch Tal erkannt und wissen haargenau, aus welcher Richtung der Wind weht. Also versuchen Sie gar nicht erst, mir hier einen ... Moment erst mal!«

In fröhlicher Stimmung kamen vier Jugendliche die steile Treppe die Düne herunter und sahen sich unentschlossen um. Sie waren zu weit weg, als dass ich ihre Unterhaltung verstehen konnte, doch vermittelte ihre Gestik den Eindruck, als ginge es darum, sich zwischen Strandkorb und Strandbude zu entscheiden. Die Annehmlichkeiten der Bude gaben letztlich den Ausschlag, und der Trupp bewegte sich in unsere Richtung. Hätten sie nicht einen Mittelplatz einige Tische von unserem entfernt gewählt, hätten Meteren und ich zu einer unbelauschten Plauderei nolens volens einen Stellungswechsel vornehmen müssen. So aber bestand keine Gefahr, zumal die drei Jungen selber bestrebt waren, Distanz zu anderen Gästen zu halten, um das Mädchen in ihrer Begleitung besser bebalzen zu können.

Die Burschen waren deutlich unter zwanzig und mit höchstens einssiebzig für holländische Verhältnisse ziemlich klein. Sie trugen der lauen Witterung entsprechend T- beziehungsweise Sweatshirts, Baseballkappen und diese Sorte Hosen mit hundert überdimensionierten Taschen, die nur dann praktisch waren, wenn man umziehen musste und kein Geld für den Möbelwagen hatte.

Die restlichen vier Zwerge fehlten, dafür war Schneewittchen eine echte Augenweide. Keine achtzehn, aber schon einen halben Kopf größer als ihre Verehrerschar, eine wiedergeborene Jane Mansfield mit einem ortsunüblich ausgeformten Gesäß, das gute Chancen hatte, sich auch in den nächsten zwanzig Jahren nicht wesentlich zu verändern, Welten vom Gros der einheimischen Flachärsche entfernt. Westfrieslands next Topmodel.

Sie war wirklich ein Knüller. Obwohl ich mir der Wichtigkeit meiner Mission vollauf bewusst war, wanderte mein Blick automatisch immer wieder in ihre Richtung. Meteren dagegen schien ihren Reizen gegenüber immun zu sein. Ihm kam es nur darauf an, keinen anderen in Hörweite zu haben. Da dies gewährleistet war, beachtete er die jungen Leute nicht weiter.

Ich wartete noch ab, bis die Bedienung auch ihm einen Kaffee gebracht hatte, und ließ ihm danach keine Chance, sein verlogenes Garn fortzuspinnen, mit dem er unsere Unterhaltung eröffnet hatte. »Hören Sie mir jetzt einfach mal zu, ohne mich zu unterbrechen, und anschließend ist dann immer noch genug Zeit, mir zu erklären, warum meine Story totaler Quatsch ist und ich selber ein ausgemachter Spinner bin, der sich die ganzen Toten nur zusammengeträumt hat. – Der Kaffee geht übrigens auf mich.«

Dann gab ich an einer nordholländischen Strandbude die Geschichte zum Besten, die mir Tal in einem bayrischen Biergarten erzählt hatte, und freute mich dabei über Meterens Mimik, die zunehmend größere Unzufriedenheit und schließlich sogar Ärger – das war an der Stelle, an der ich auf die Manipulation des Tagebuchs zu sprechen kam – ausdrückte.

Die Viererbande hatte uns währenddessen keine übermäßige Beachtung geschenkt. Sie bewegte anscheinend nur das Problem, dass immer noch kein Tropfen gefallen war. Der Ungeduldigste von ihnen blickte sogar einmal mit gespielter Verzweiflung zu mir herüber und dann anklagend zum Himmel, wobei er die Arme ausbreitete und Petrus stumm um den nächsten Schauer anflehte. Um zu verstehen, was er meinte, war keine Erklärung nötig, es genügte, ein normal veranlagter Mann zu sein. Seine schöne Begleiterin hatte nämlich mit Rücksicht auf die herrschenden siebenundzwanzig Grad auf einen BH unter ihrem dünnen weißen Hemd verzichtet, und worauf die kleinen geilen Spechte hier spekulierten, war die himmlische Unterstützung eines Miss-Wet-T-Shirt-Contests.

Ich konnte ihn genauso verstehen wie seine beiden Kumpel, die kurz davor waren, einen indianischen Regentanz aufzuführen, und bereits in freudiger Erwartung des hoffentlich Kommenden Digitalkamera und Camcorder bereitgelegt hatten. Ich hätte ja selber gerne meine Rollei mit dem 1,4/85er Zeiss dabei, aber noch lieber wäre ich dreißig Jahre jünger gewesen.

Solche Träumerei durfte mich jedoch nicht davon abhalten, meinen Plan umzusetzen, den ich als letzte Möglichkeit ansah, mir Meteren auf Dauer vom Hals zu halten. Also machte ich weiter im Text.

Während ich dabei im Geiste Tals Version durchsortierte, um sie meiner Nemesis knapp und mundgerecht zu servieren, setzte bei den Burschen einige Betriebsamkeit ein. Ihre

Gebete waren nämlich erhört worden, es hatte leicht zu nieseln angefangen, und die drei angehenden Helmut Newtons rissen sich ein Bein aus, die Schöne weiter zum Strand hin an eine ungeschützte Stelle zu komplimentieren. Mit welcher Zauberformel sie es schließlich schafften, war aus dieser Entfernung nicht zu verstehen, aber offensichtlich hatten sie die richtigen Worte getroffen, denn das Mädchen, das ständig Pose und Standplatz wechselte, die Haare fliegen ließ und in die Linsen strahlte, schien seine Playmateshow sichtlich zu genießen. Und die Burschen unterwarfen ihre digitalen Spielzeuge einem Dauertest, dass man um Akkuladung und Speicherplatz fürchten musste.

Meteren war das alles nur einen kurzen Blick wert, um mir mit einer rudernden Handbewegung zu verstehen zu geben, mich nicht ablenken zu lassen und fortzufahren.

Als ich zum Ende kam und wir neue Getränke vor uns stehen hatten, war zu meinem Erstaunen jegliche Zerknirschung meines Zuhörers gewichen. Im Gegenteil, er machte tatsächlich einen ziemlich entspannten Eindruck. Sogar ein leichtes Lächeln hatte sich auf seine Lippen gestohlen. »Ist das alles, was Sie zu bieten haben?«

Ich sparte mir eine Antwort und hüllte mich professionell in vielsagendes Schweigen.

Der Erpresserkönig ließ sich dadurch nicht aus der Ruhe bringen. »Dürftig, mein Lieber, äußerst dürftig! Ich will gar nicht abstreiten, dass Sie mit Ihren Vermutungen überwiegend richtig liegen. Aber Sie wissen doch selber am besten, dass Sie keinerlei stichhaltige Beweise gegen mich haben. Die Asche ist, wie Sie ja selber erlebt haben, bereits verkauft, das entsprechende Baugrundstück angekauft, alle Genehmigungen sind eingeholt, und nächste Woche ist der erste Spatenstich. Der erste Akt des Geschäfts ist damit zu meiner größten Zufriedenheit erledigt, wie Ihnen mein Schweizer Bankier bestätigen könnte, wenn er denn je über solche Themen spräche. Und ich bin mehr als zuversichtl...«

»Was soll's? Sie werden so oder so über das Tagebuch stolpern, das Sie präpariert haben, um Ihre Lügengeschichte von der Echtheit der Asche zu untermauern. Sie haben es mit Sicherheit den Auktionsteilnehmern im Vorfeld vorlegen müssen, und wenn ich die informiere, werden sie das Ding hundertprozentig erneut in Augenschein nehmen wollen – und dann sind Sie fällig!«

Was lief hier eigentlich schief? Ich brauchte einen verunsicherten Meteren, keinen herablassenden wie dieses Honigkuchenpferd neben mir.

»Aber Herr Schmidt, ist Ihnen denn jede Logik abhandengekommen? Sie haben doch nichts als bloße Behauptungen. Was schadet denn nun noch die Erkenntnis, dass die Asche gar nicht von Hitler ist? Erstens gibt es, wie ich nicht oft genug betonen kann, nicht den geringsten Beweis, dass ich die entscheidenden Seiten entfernt habe. Zweitens gibt es nicht einmal einen Beweis für eine bloße Kenntnis von der Manipulation. Drittens nicht mal einen Beweis dafür, dass überhaupt eine Manipulation vorliegt. Ich darf mir in diesem Zusammenhang schmeicheln, beim Herauslösen der Seiten gute Arbeit geleistet zu haben. Man könnte also durchaus annehmen, dass dieser Zustand bereits bestand, bevor Semjon Scholochow sie als leere Kladde erstmals in die Finger bekommen hat. Und viertens sind auf den verschiedensten Ebenen bereits zu viele Millionen geflossen, als dass es jetzt noch ein Zurück gäbe. Nein, das Projekt wird durchgezogen, weil das im Interesse aller Beteiligten ist.«

»Trotzdem wird es Ihnen das Genick brechen, wenn die Investoren von Ihrem Betrug erfahren.«

Allmählich wurde sein Tonfall gönnerhaft. »Aber mein lieber Herr Schmidt, Sie wollen sie wohl nicht begreifen, die Mechanismen der heutigen Wirtschaft! Die Geldgeber werden mich förmlich hätscheln, damit ich schweige und die restlichen Buchseiten unter Verschluss halte. Wenn hier jemand etwas zu befürchten hat, dann Sie, der Störenfried, der mit einer Phantasiestory hausieren geht, die keiner gerne breitgetreten haben möchte. Sie sollten sich da besser um Ihr eigenes Wohl sorgen.«

Damit war der Zeitpunkt gekommen, um mein einzige Ass aus dem Ärmel zu ziehen, wenn es de facto auch nur eine Sieben war. »Mag schon sein, dass Sie die meisten Ihrer Profitgeier richtig einschätzen. Aber meinen Sie, das trifft auch auf den Auftraggeber des Genossen Tal zu? So viel ich weiß, ist dieser Mann, Swiad Tschikitschwili heißt er wohl, eine internationale Mafiagröße, die gegenwärtig bemüht ist, mit seinen zig Millionen auf Biedermeier umzusatteln. Dem geht es bloß zweitrangig um Geld, an erster Stelle kommt sein Ruf. Nur noch korrekte Geschäfte, ein Mann, ein Wort. So einer startet seine neue Karriere nicht mit einem Riesenbeschiss. Er hängt aber mit drin, weil er die Asche beschafft hat, die er anschließend liebend gern wieder aus dem Verkehr gezogen hätte, wäre er rechtzeitig über ihre Konsistenz aufgeklärt worden. Doch exakt das haben Sie mit Ihren Machenschaften verhindert. Wenn so ein Typ von der Überarbeitung des Tagebuchs und Ihrer Rolle dabei erfährt, können Sie heilfroh sein, wenn er Sie schnell sterben lässt.«

Meteren stülpte seine Lippen vor und wiegte leicht den Kopf. »Da mögen Sie in Ihrer Einschätzung seines Charakters durchaus recht haben. Zu seiner neuen Rolle passt allerdings auch, dass er nicht grundlos morden lässt – nicht mehr, jedenfalls. Und wäre Ihre unverbindliche Geschichte ein solcher Grund? Auf gar keinen Fall! Doch hätten Sie einen Beweis für meine Kenntnis? Dann vielleicht! Aber Sie haben ihn eben nicht. Und warum haben Sie ihn auch jetzt nicht, nach unserem Gespräch? Weil es nie stattgefunden hat. Verdrahtet sind Sie nicht, das hat mir das Schweigen dieses Wunderwerks der Elektronik verraten ...« Bei diesen Worten zog er ein flaches, schwarzes Kästchen von der Größe eines Notizbuchs einige Zentimeter aus der Brusttasche seiner Jacke. »Und Ihr kleines Agentenspielzeug, dieses Schmuckstück jeder Computermesse ...«, er wies dabei mit seiner Krücke in Richtung Kennedyflat, »hat sich ja leider als wenig robust erwiesen. Es hat nicht mal einen Schlag mit meinem altmodischen Spazierstock verkraftet.«

Natürlich, das Scheppern von vorhin, als ich Meisterdetektiv nicht mit Gangstern, sondern mit Müdigkeit kämpfte.

»Tja, Ihre Idee, mich mit einem entlarvenden Film kompromittieren zu können, ist grundsätzlich ja nicht schlecht, aber ihre Umsetzung ließ doch sehr zu wünschen übrig.«

Meine Mimik musste ihm einiges von meiner heimlichen Selbstkritik offenbart haben. »Gehen Sie nicht zu hart mit sich ins Gericht, Herr Schmidt. Sie hatten einfach von vornherein zu schlechte Karten. Ich habe übrigens größten Respekt vor Ihrer Intelligenz, das meine ich ehrlich. Ich fand es heute zum Beispiel sehr beeindruckend, dass Sie mich gar nicht erst auf das Originalfoto von Vogelsplein angesprochen haben, so viele Kopien wie ich davon haben kann. – Ich darf mich dann wohl verabschieden, falls Sie mir noch einen gut gemeinten Rat gestatten wollen: Fahren Sie für ein paar Wochen weg ... oder noch besser ein paar Monate. Vergessen Sie das hier alles. Fahren Sie dahin, wo Sie keiner kennt und keiner vermutet. Wie wäre es mit Irland oder Schottland, wenn Sie die raue See so lieben? Nun ja, alles Gute jedenfalls, und danke für den Kaffee.«

Auf der steilen Dünentreppe wurde Meteren mühelos von den giggelnden und schäkernden Jugendlichen überholt, die im Gegensatz zu mir ihren Wunschfilm im Kasten hatten, und für die es nun nichts Komplizierteres zu entscheiden gab, als welche Disco man am Abend in Alkmaar oder Amsterdam besuchen sollte. Ich blieb allein zurück und durfte mir den Kopf darüber zerbrechen, wie viele Tausend ich blechen musste, damit mich Harrys Geräteverleiher nicht in denselben Zustand versetzte wie Meteren dessen Ausrüstung. Immerhin verdrängte das für einige Minuten jeden Gedanken an ein Scheitern meiner Mission.

* * *

Am Spätnachmittag hatte ich mich im *Swintje* eingefunden, einer vorwiegend vom ortsansässigen Jungvolk frequentierten Kneipe, die bis unter die Decke mit sepiafarbenen Uraltfotos, Emailleschildern, Schiffszubehör aus Messing und jeder Menge Flaschen ausgekleidet war. Der Laden hatte mir gleich bei meinem ersten, jahrelang zurückliegenden Besuch gefallen. Ich kam nur deshalb nicht oft her, weil ich den Altersschnitt der Gäste nicht raketengleich in die Höhe katapultieren wollte.

Arie betrat den Raum, als ich bei meinem zweiten Whisky angelangt war. Er war der Bursche, der so herrlich augenrollend um Regen gefleht hatte.

»Ich weiß, ich bin ein bisschen zu spät. Dafür habe ich aber schon die komplette Aufnahme für Sie auf CD gebrannt. Ton kam natürlich nicht mit drauf, aber das war ja von vornherein klar.«

Ja, das war klar gewesen. Meteren hätte niemanden so nah an sich herankommen lassen, dass unser Gespräch hätte aufgezeichnet werden können. Doch es müsste eigentlich auch so geklappt haben. »Ist schon in Ordnung, Arie. Mach dir keine Gedanken.«

Der Umschlag, den ich ihm dabei im Tausch rüberschob, enthielt genug Geld, um allen Vieren einen Kurzurlaub im von Nordholländern bevorzugten Vlissingen zu gestatten.

Weil er seine Neugier nicht bezähmen konnte, hielt er das Kuvert unter der Theke in den Schatten und sichtete schnell seinen Inhalt. Dass ich zweihundert Euro mehr als vereinbart hineingetan hatte, entlockte ihm ein andächtiges: »Wow!«

»Keine Ursache. Immerhin helft ihr mir gerade dabei, meinen Seelenfrieden zu restaurieren.« Und das war nicht gelogen. Ich war mir sicher, nie eine CD besessen zu haben, die sich beflügelnder, tröstlicher, hoffnungsvoller anfühlte als dieser wunderbare Silberling in meiner Tasche. Er musste nur noch ein wenig überarbeitet werden. Deshalb hing ich schon wieder am Telefon, bevor Arie seinen Kumpeln vor der Tür die frohe Botschaft von der Erhöhung ihres Soldes überbracht hatte.

Der getreue Harry schien neben dem Hörer gewartet zu haben und ging gleich beim ersten Klingeln ran. Im Grunde war alles so verlaufen, wie wir es erwartet und worauf wir unseren Plan gegründet hatten. Harry hatte sich deshalb auch den heutigen Abend freigehalten, um den Mitschnitt in Empfang zu nehmen, den unsere Nachwuchsagenten mit Hilfe von Camcorder und der Scharade mit dem Tarnmodel angefertigt hatten. Er hatte sich auch schon mit der »Dolmetscherin«, wie er sie nannte, kurzgeschlossen, die angeblich ganz begierig auf diese ungewöhnliche Aufgabe war.

Das war nach diesen ganzen Wochen voller Irrungen und Irrsinn für mich ausreichend Anlass zu verhaltener Euphorie, die mich dazu verführte, beim Wirt die noch mehr als halbvolle Flasche zu ordern und mich mit ihr an das hinterste Ende der Theke zu verziehen. Harry war gewöhnlich pünktlich. Ich hatte also bloß eine gute Stunde, um dafür zu sorgen, dass der restliche Cragganmore keine allzu große Gefahr mehr für ihn darstellte. Mein bedauernswerter Freund musste schließlich noch fahren.

11. Kapitel

Mein Wolkenmobil, bis heute ein profanes Porsche 911 Cabriolet von 1989, schwebte über den Deich, und ließ in seinem schwerelosen Gleiten Schwärme verdutzt dreinblickender Lachmöwen hinter sich, denen beim Anblick eines solch gewaltigen Konkurrenten das Lachen vergangen war. Ich war mir sicher, meine schwarzköpfigen Gefährten der Winde würden es verstehen, hätten sie den Anlass gekannt. Denn heute spielte sich mein Dasein näher dem Himmel als auf der Erde ab. Heute war der Tag der Verheißung und Extermination aller irdischen Beschwernisse. Heute war der Tag, mit dessen Ankunft ich schon nicht mehr gerechnet hatte.

Meterens Schiff lag bei Lelystad vor der Bataviawerft vor Anker, und während ich über den Markerwaarddijk unter konsequentem Ignorieren der Geschwindigkeitsbegrenzung zu unserem Treffen rauschte, führte ich mir wieder und wieder vor Augen, mit welchem Trick wir es geschafft hatten, Meteren für alle Zeiten auszubremsen, und welche Erleichterung mir das verschaffte.

Kein verschämtes Erwähnen eines Fotos mehr, das bei aller Dürftigkeit immer noch einen übereifrigen Schnüffler hätte in Bewegung setzen können. Keinen unruhigen Schlaf und kein schweißgebadetes Aufschrecken mehr. Statt dessen grenzenlose Genugtuung und das eherne Bewusstsein, nun jedes Mal, wenn der Gegner einen hölzernen Stock hervorholte, ihm mit einer eisernen Keule über den Schädel hauen zu können.

Und endlich auch Schluss mit der Spintisiererei, die mich hinter jedem Gewitterdonner die Kanonen von Navarone vermuten ließ. Was war das alleine am letzten Wochenende für eine erbärmliche Nacht gewesen! Ich war gegen zehn nach Hause gekommen, angedünt wie immer, aber irgendetwas war anders. Ich konnte es an keinem konkreten Bild oder einem bestimmten Gegenstand festmachen, doch etwas hatte sich in meiner Wohnung verändert, seit ich sie vor rund zwei Stunden zu einem kleinen Abendspaziergang und einem anschließenden Besuch in *de Werf* verlassen hatte. Genügend anders, um mich in meinem wenig repräsentativen Zustand an eine naturgemäß ausgesprochen oberflächliche Durchsuchung meines Heims zu machen, die, wenig überraschend, negativ ausfiel, mich mit diesem Befund aber trotzdem nicht beruhigte. Ich hatte zuerst nach meinem Geld gesehen, weil ich für alle Fälle immer einen Betrag von tausend bis zweitausend Euro in bar bereithalte. Die Scheine, beschwert mit meiner PPK, lagen noch ebenso in einer Tupperdose in meinem Kühlschrank, wie ich sie hineingetan hatte. Was also war hier passiert? Wahrscheinlich gar nichts.

Am nächsten Morgen, als ich wieder einigermaßen einsatzfähig war, suchte ich gezielt nach Wanzen und Minikameras. Warum sollte Meteren nicht billig sein, was mir recht war? Aber auch insoweit Fehlanzeige, alles an seinem Platz, keine zusätzlichen Einbauten, alles so wie immer. Trotzdem blieb es einmal mehr bei einem dieser Scheißgefühle, mit denen nun endgültig Schluss sein sollte.

So war es für mich nur natürlich, dass seit meinem Strandbudencoup vor meinem inneren Auge in einer Endlosschleife ein Film ablief, an dem ich mich auch nach der zigsten Vorstellung nicht sattsehen konnte.

Aries CD hatte meine Unterhaltung mit Meteren lückenlos dokumentiert. Er hatte, verdeckt mit einer wasserresistent in Folie eingeschweißten Lunchkarte der *Zilvermeeuve*, einen Camcorder so auf dem Tisch vor sich placiert, dass das

Objektiv Meteren und mich voll im Visier hatte. Und dieses kleine, aber feine Gerät mit seiner schier endlosen Speicherkapazität hatte alles Nötige aufgezeichnet, von der Ankunft des großen Erpresserzampanos bis zu seinem Abgang, während Arie und seine Kumpel herumhampelten, um für die erforderliche Ablenkung zu sorgen.

Ich war nicht so wundergläubig gewesen anzunehmen, der Schurke würde nicht mit einer Film- oder Abhöraktion meinerseits rechnen. Die schweineteure Profiausrüstung, die ich der Vernichtung preisgeben musste und an der ich trotzdem nicht sparen konnte, weil ich die Illusion perfekt machen wollte, war daher eh nur irreführende Staffage, um Meteren in Sicherheit zu wiegen und ihn davon zu überzeugen, dass ich mit dieser Installation mein Blatt vollkommen ausgereizt hatte.

Auf dieser Basis hatte Plan B umso glatter funktioniert.

Dazu gehörte, dass Harry, der Mann mit den exzellenten Beziehungen und dem riesigen Bekanntenkreis, mit dem Stummfilm die Nachwuchsfotografin Mefrouw Janni Winter heimsuchte, eine diplomierte Sprachtherapeutin, die ihr Hobby des Lippenlesens zur Perfektion verfeinert hatte, seit sie während eines Praktikums mit Taubstummen mit dieser Art der Kommunikation konfrontiert worden war. Als sie die Strandbudenplauderei in Reinschrift abgefasst hatte, ging es mit der hilfsbereiten Frau samt Textbuch in das Tonstudio eines von Harrys Fernsehfreunden, und ein Wochenende später war der Film mit zeitsynchronen Untertiteln versehen.

Die so geschaffene Wunderwaffe dürfte mehr als genug Sprengkraft besitzen, um Meteren bis zum jüngsten Tag jeglichen Gedanken auszutreiben, mir an den Wagen fahren zu wollen.

Und eine höchst erfreuliche Begleiterscheinung war dabei der Umstand, dass alles ohne Tals Mitwirkung über die

Bühne gegangen war, sogar ganz ohne seine Kenntnis. Ich war also nicht gezwungen, ihm eine der fünf Kopien zu überlassen, die ich vorsichtshalber gebrannt und auf sichere Adressen verteilt hatte. Die er mit Sicherheit ohne Rücksicht auf meine Interessen irgendwann eingesetzt hätte, wenn er es für opportun hielte. Sollte dann der seines Druckmittels beraubte Tölpel Schmidt doch sehen, wo er bleibt. Was tummelte er sich auch in Profikreisen, in denen er nichts zu suchen hatte.

Doch das waren müßige Gedanken, denn dieser Fall würde nie eintreten. Noch ein paar Minuten Fahrt bis zum Besucherparkplatz der Werft, höchsten drei Minuten Fußmarsch zur *Mona Lisa*, eine kurze Präsentation meines Dokumentarfilms über die Gedankenspielchen zweier älterer Herren, dann konnte sich Karl-Heinz Schmidt endgültig aus diesem vertrackten Fall ausblenden.

Ich hatte mir bewusst Zeit gelassen und die akademische Viertelstunde verdoppelt, um Meteren im eigenen Saft schmoren zu lassen. Das würde er bestimmt, und nicht zu knapp, denn ich hatte ihm vorab per Post eine dreißigsekündige Demoversion meines cineastischen Leckerbissens zukommen lassen, garniert mit einem schriftlichen Hinweis, der sich in Datum und Uhrzeit meines Kommens erschöpfte. Wenn er zu unserem Schlussgespräch antrat, wollte ich den Schweinehund in einer bußfertigen Stimmung vorfinden.

Ganz so niedergeschlagen, wie ich es erhofft hatte, war er dann doch nicht, als ich durch die von Bertram offengehaltene Tür in den Salon trat, und er es nicht mal für nötig hielt, hinter seinem Schreibtisch hervorzukommen. Stattdessen gab er sich ausgesprochen humorig. »Nun, Herr Schmidt, ist das Gesamtwerk ein wenig aussagekräftiger als dieser ... äh, man nennt so etwas in Produzentenkreisen wohl einen Trailer, oder nicht?«

Weil ein guter Spieler seine Karten nie zu früh aufdeckt, hatte ich ihm wohlweislich nur eine Sequenz geschickt, in der uns der Kaffee serviert wurde. Sollte er ruhig noch ein wenig feixen, viel Zeit blieb ihm nicht mehr.

Ich zog einen tragbaren CD-Player aus der Jacke, ein Modell, das Tchibo mal im Angebot hatte, klappte den Bildschirm aus, und stellte ihn so schräg vor Meteren auf den Tisch, dass außer mir auch Bertram, der zu meinem Erstaunen nicht von seinem Chef aus dem Zimmer verbannt wurde, Einblick hatte. »Das beurteilen Sie besser selber.«

Während der gesamten Spielzeit gab keiner von uns Dreien einen Ton von sich. Als sich das Gerät ausschaltete, leitete Meteren seine Filmkritik mit einem Hüsteln ein. »Mit dieser Aufnahme bringen Sie mich zugegebenermaßen in eine wenig komfortable Situation.«

Wenig komfortabel! Hahaa, Carolus Augustus Meteren, der Meister des Understatements. Was glaubte er denn, wie ich mich im Liberty-Park gefühlt hatte, wie bei einem Wellnessurlaub?

»Wenn Sie das so formulieren wollen. – Und wenn ich an eine andere Ihrer Formulierungen anknüpfen darf: Auch ich habe zu viel Respekt vor Ihrer Intelligenz, um Ihnen auseinandersetzen zu müssen, wie viele Kopien ich von meinem Material habe und wo ich die Kopien in Sicherheit gebracht habe. Unser Stillhalteabkommen bedarf damit wohl kaum einer schriftlichen Fixierung. Oder müssen wir uns beide, damit die ganze Geschichte auch stilvoll zu Ende gebracht wird, in den Finger schneiden und unseren Kontrakt mit Blut besiegeln? – Ach, übrigens Blut. Ich liege bestimmt nicht falsch, wenn ich vermute, dass ein Herr Swiad Tschikitschwili, sollte er jemals ein Exemplar dieser CD in die Finger bekommen, Blut fließen lassen wird. Sehr viel Blut, und das Meiste davon dürfte von Ihnen stammen.«

Man mag mir getrost niedere Instinkte attestieren, aber das konnte mich nicht davon abhalten, aus vollem Herzen auszukosten, wie dieser miese Erpresser auf Bonsaiformat zusammenschrumpfte. Sein Anblick war so jämmerlich, dass sich sogar sein Lakai Bertram unter dem pietätvollen Vorwand aus der Tür drückte, etwas zur Bereinigung der misslichen Lage herbeischaffen zu wollen.

Natürlich tippte ich auf einen alten Whisky oder erlesenen Cognac. Was der dienstbare Geist jedoch bei seinem Wiedererscheinen in den Händen hielt, war kein Tablett mit den erhofften Spirituosen, sondern eine ausgewachsene Windbüchse von der Sorte, wie Meteren sie als Exponate in seiner Schauvitrine ausstellte.

Ich hatte Bertram als einen zurückhaltenden und klugen Mann kennen gelernt. Sollte meine Einschätzung dermaßen falsch gewesen sein? Wollte dieser Mensch, der wie die Inkarnation der Zivilisation wirkte, die Loyalität zu seinem Arbeitgeber so weit treiben, mit einer antiken Waffe einen Krieg mit mir anzufangen, den sein Boss längst verloren hatte?

In meinem vergangenen Leben hatte ich, öfter als mir lieb war, in die Augen eines Menschen mit einer Schusswaffe gesehen, der im nächsten Moment abdrücken würde. Diesen Blick, der so unverwechselbar ist, fand ich jetzt bei Bertram wieder. Ich hatte auch, öfter als mir lieb war, die Erfahrung gemacht, dass in einer solchen Situation die menschliche Zielscheibe dem Schützen sein Vorhaben nicht ausreden konnte, egal, zu welcher Argumentation sie auch Zuflucht nahm.

Deshalb verhielt ich mich lieber wie Lots Weib und überließ es dem Boss, seinem Gehilfen die Idiotenidee auszutreiben, mich umlegen zu wollen; denn das würde automatisch meine Sicherungskopien in Umlauf bringen und wäre die zuverlässigste Methode, Meteren zu erledigen.

Entsprechend kam auch postwendend ein halb erstickter Ruf aus einer eng gewordenen Kehle. »Bertram, sind Sie verrückt geworden? Legen Sie sofort die Waffe weg!« Aber der Besen hörte nicht mehr auf den Zauberlehrling, sondern visierte weiter in die Richtung unserer Abrüstungskonferenz.

Auch die Wiederholung von Meterens Befehl verhallte wirkungslos.

Ich muss in diesem Moment ziemlich entgeistert aus der Wäsche geguckt haben. Und gleich darauf noch entgeisterter, weil Bertram eine Methode entdeckt hatte, die viel zuverlässiger war als die von mir angenommene. Er trat nah an den Schreibtisch heran, richtete den vorsintflutlichen Schießprügel auf die Brust seines Chefs und drückte ab.

Es gab ein Geräusch, wie ich es von einer Schusswaffe noch nie gehört hatte, eine Mischung aus Fauchen, Zischen, Knallen und Röcheln, wobei das Röcheln allerdings von Meteren stammte. Nachdem es vorbei war, hatte der Blutfleck auf dem Hemd des Schiffseigners die Größe eines Bierdeckels, ließ aber keine Tendenz erkennen, sich damit zu bescheiden.

Bertram, offenkundig die Ruhe selbst, lehnte die Waffe vorsichtig an die Schreibtischkante und wischte sie mit einem Taschentuch sorgfältig an allen Stellen ab, die er berührt hatte. »Ein kurioses Ding, nicht wahr? Keine richtige Proportion, finden Sie nicht auch? So ein klobiger Kolben! Aber das muss wohl so sein, weil er sonst nicht genug Luft aufnehmen kann. Wussten Sie eigentlich, dass über eintausend Pumpvorgänge erforderlich sein können, um den nötigen Druck aufzubauen, der für mehrere Schüsse langt? Na ja, hier genügte natürlich ein einziger, deshalb musste ich mich auch nicht sonderlich anstrengen. – Vielleicht jetzt doch einen Drink? Wir müssen uns unbedingt unterhalten, bevor Sie sich in Verkennung der Sachlage zu etwas Unüberlegtem hinreißen lassen, das Ihnen sehr viel mehr schaden würde als mir. Die Kugel, die im Körper dieses Schwachkopfs steckt, stammt nämlich aus Ihrem Bulldogrevolver. Und den, mitsamt Ihren Fingerabdrücken, habe jetzt ich. – Ich hätte den Idioten übrigens schon sehr viel eher umlegen sollen. Je besser ich ihn bezahlt habe, damit er den großen Kunsthändler spielt, und je mehr Befugnisse ich ihm eingeräumt habe, desto unsinniger wurden seine Aktionen. Aber wer trennt sich schon gerne von einer Investition, die jahrelange Schulung, Geduld und viel Geld erfordert hat? Mein Geschöpf, und als Aushängeschild die perfekte Tarnung. Egal, er war zuletzt nur noch ein einziger Risikofaktor. – Na ja, das ist ja nun erledigt. Also, Whisky oder Cognac? Ich kann Ihnen aber auch einen ausgezeichneten Himbeergeist anbieten.«

* * *

Auf der Rückfahrt fühlte ich mich wie ein umgepolter König Midas. Alles Gold, das ich anfasste, verwandelte sich in Scheiße.

Da hatte ich mein komplettes Sinnen und Trachten auf Meteren ausgerichtet und nicht geschnallt, dass er nur ein Popanz war. Von Anfang an war Bertram die Spinne gewesen, nur dass sie listigerweise nicht in der Mitte des Netzes gelauert hatte. Nicht einmal Tal hatte das gemerkt.

Doch das war kein Trost für jemanden, der nun noch tiefer in seine selbstgegrabene Jauchegrube gerutscht war als je zuvor. Das hatte Bertram mir im Beisein von Meteren, der seine Zeugeneigenschaft bis zur Auferstehung des Fleisches eingebüßt hatte, unmissverständlich klargemacht. Er hatte mir in aller Offenheit sogar verraten, wie er von langer Hand vorbereitet hatte, mich lebenslang zu seiner Marionette zu transformieren. Der Revolver als Geschenk war selbstverständlich seine Idee gewesen. Bevor er ihn auf den Weg brachte, hatte er vorsichtshalber einige Schüsse daraus in ein geeignetes Substrat – ich selber hätte zwei Säcke mit Katzenstreu genommen – abgefeuert und die Kugeln aufbewahrt. Nachdem ihm Meteren vom Treffen an der Strandbude und meinem Abhörversuch berichtet hatte, hielt Bertram den Zeitpunkt für gekommen, die Reißleine zu ziehen und die Kanone »schonend zurückzuführen«, wie er den Diebstahl der Waffe umschrieb, die überall meine Fingerabdrücke trug. Und als sich nun aufgrund meiner CD sein Verdacht bestätigte, dass Meteren zu einem nicht länger tragbaren Sicherheitsrisiko geworden war und von der Bildfläche verschwinden musste, bot sich für ihn die verlockende Möglichkeit, zwei Fliegen mit einer Klappe zu schlagen.

Aus seiner Sicht war es daher nur folgerichtig, eines dieser antiken, großkalibrigen Schießgeräte durch eine genau abgestimmte Ummantelung der dünneren Kugel mit Dämmmaterial aus Filz – die individuellen Spuren »meines« Bulldog durften am Projektil auf keinen Fall beeinträchtigt werden – so zu präparieren, dass es für den einen finalen Schuss genügte. Also nur noch ein Routinevergleich von Kugel und Revolver sowie Fingerabdruckspuren von Bulldog und meiner Hand, und schon wäre Karl-Heinz Schmidt des Mordes an seinem Erpresser Carolus Augustus Meteren überführt. Ein solcher Vergleich wäre im Übrigen auch noch in etlichen Jahren möglich, er hätte sich nämlich schon überlegt, wo und wie er die Leiche mit ihrem kostbaren Inhalt dauerhaft konservieren konnte.

In Anbetracht dieser Sachlage sollte eine Generalamnesie doch in meinem ureigensten Interesse liegen.

Dass er mich danach nicht mit einem jovialen Schulterklopfen aus seiner schwimmenden Villa entließ, sprach für seinen unbestreitbar vorhandenen Stil.

Mit der Asche unidentifizierbarer Leichen der Vergangenheit hatte es angefangen, doch es blieb den Toten der Gegenwart vorbehalten, mich nervlich zu einem Wrack zu machen. Man hatte mich für eine harmlose, geschäftliche Transaktion angeheuert, und nun war Meteren bereits der vierte Mensch, der gestorben war, während ich daneben stand. Das musste ein Ende haben.

Die Konsequenz aus meinen Überlegungen war für mich ebenso zwingend wie blamabel – ich würde zur Beichte gehen müssen.

* * *

Meine Kathedrale war die Düne von Camperduin und mein Beichtstuhl die Statue des Strandjutters, der heute durch eine Sonnenbrille, die ihm ein Witzbold auf die bronzene Nase gedrückt hatte, die Wasserlinie nach angeschwemmten Gegenständen absuchte.

Tal hatte nach meiner telefonischen Kurzfassung auf einem Treffpunkt bestanden, dem man sich unmöglich unbemerkt nähern konnte. Dazu fiel mir spontan diese enorme, asphaltierte Düne ein, die gut zugänglich, bestens überschaubar und von abschreckender Wirkung auf den puristischen Naturliebhaber war. Entsprechend waren wir mittags bei klarer Sicht und blauem Himmel, aber böigem Wind die einzigen Menschen auf dem Kamm, sah man von einer Handvoll Skater ab, die weiter unten ihren Ehrgeiz daransetzten, sich in eleganten Stürzen die Gräten zu brechen.

Ansonsten war südlich von uns ein Mann zu sehen, der an einem Außentisch des einzigen nennenswerten Restaurants weit und breit bei einem Glas Orangensaft saß, die in einem Transportfutteral steckende Angelausrüstung an den Nachbarstuhl gelehnt. Nur wäre ich jede Wette eingegangen, dass die Angelausrüstung genauso wenig eine war wie diejenige des zweiten Mannes, der cirka einhundert Meter entfernt auf der anderen Seite von uns im Gras stand und sich nicht entschließen wollte, zu den Fischgründen hinunterzugehen.

Tal war nach meinen fernmündlichen Andeutungen sehr vorsichtig geworden. Und er würde bestimmt nicht nachlässiger werden, nachdem ich ihm die Geschichte meines Versagens in Lelystad in voller Länge und ungeschönt erzählt hatte, wobei ich auch nicht verschwieg, dass ich alleine nicht mehr weiterwusste.

»Das ist der Stand der Dinge, und wenn nicht bald ein Schlussstrich gezogen wird, werde ich demnächst meine Wohnung mit einer Gummizelle vertauschen müssen. Ich weiß, dass ich Mist gebaut habe, weil ich Sie nicht informiert habe. Ist mir schon klar. Aber was gibt es denn überhaupt noch für eine Möglichkeit, um aus diesem Elend herauszukommen?«

Tal hatte mich an keiner Stelle unterbrochen, auch nicht ein einziges Mal ein Mienenspiel gezeigt, das seine Gedanken hätte verraten können. Und auch bei seiner Antwort zeigte er keine Regung.

Ich hielt mich grundsätzlich für einen ziemlich abgebrühten Burschen, doch die Vokabel, die ich von Tal am wenigsten erwartet hätte, rief trotz des sommerlichen Wetters ein leichtes Frösteln in mir hervor. »Die Endlösung.«

Nachdem er mir eine Weile unverwandt in die Augen geblickt hatte, streckte er den Arm aus und hielt mir die flache Hand entgegen. Ich zögerte keinen Moment, ihm die CD hineinzulegen. Man muss wissen, wann man verloren hat. Man muss erst recht wissen, wann einem eine allerletzte Chance geboten wird.

In meinem besonderen Fall musste man auch noch etwas anderes wissen, etwas, das wohl jeder normale Mensch an meiner Stelle liebend gerne verdrängt hätte. Ich hatte gerade den Auftrag zu mindestens einem Mord gegeben.

12. Kapitel

Danke, Herr de Witt, dass Sie mich zurückgerufen haben. Ich bin Ihnen wirklich sehr verbunden. Danke auch für Ihr Verständnis für meine Situation. Mein Onkel und ich hatten immer ein sehr enges Verhältnis zueinander. Wir sind in unserer Familie die einzigen noch lebenden Blutsverwandten, müssen Sie wissen. Und da ist man natürlich beunruhigt, wenn man wochenlang nicht, wie soll ich es sagen, nicht zu seinem Onkel vorgelassen wird. So wirkte das jedenfalls auf mich, wenn sein Sekretär mich gar nicht erst an Bord ließ. ›Ihr Onkel ist momentan in der Schweiz, und wann er wieder da ist, hat er mich nicht wissen lassen‹, so in der Art. Deshalb kann ich mich bei Ihnen gar nicht ge...«

»Aber nicht doch, Herr Niezen, das ist doch selbstverständlich, nicht der Rede wert.« Dem Hafenmeister von Enkhuizen waren die Dankensbezeugungen seines Besuchers ein bisschen peinlich. Er hatte sich ja selber Sorgen gemacht, als er das Schiff zwar außerhalb des Hafens, aber doch nahe genug hatte vor Anker liegen sehen, und er während der vergangenen drei Tage keine Menschenseele an Bord bemerkt hatte. Dass die beiden älteren Leute, die man an Land als Hausmeisterehepaar klassifiziert hätte, vor einigen Wochen gekündigt hatten, wusste er. Aber dieses Faktotum Bertram hätte noch da sein müssen.

So etwas ging ihn im Grunde nichts an, aber er konnte die Bitte des jungen Wim Niezen nicht mit ruhigem Gewissen ignorieren, der bei ihm vor vierzehn Tagen das erste Mal vorstellig geworden war, ihm dieselbe Geschichte wie auch jetzt wieder erzählt und ihn in ernstem Ton darum gebeten hatte, ihn sofort zu benachrichtigen, falls ihm etwas an dem Plattbodenschiff nicht koscher vorkam.

Nach drei Tagen hatte er zum Hörer gegriffen und sich nach Niezens Ankunft sogar erboten, ihn auf die *Mona Lisa* zu begleiten, obwohl es nicht seine Art war, sich in fremde Angelegenheiten zu mischen. Deshalb war er auch ganz froh, als der junge Mann dankend ablehnte. Sein Onkel hätte immer größten Wert auf die Wahrung seiner Privatsphäre gelegt, da wollte er sich nicht dessen Zorn zuziehen, wenn er wegen irgendwelcher grundlosen Befürchtungen womöglich in etwas hineinplatzte, das ihn – und besonders einen Fremden – nichts anging.

Der Hafenmeister war nur zu gerne bereit, dieser Argumentation zu folgen, und sich mit der Bereitstellung eines winzigen Motorbootes seiner selbstgewählten Verpflichtung zu entziehen.

Es dauerte keine Stunde, bis ein ausgesprochen derangierter Wim Niezen wieder in seinem Gästesessel saß, und anschließend eine ganze Weile, bis de Witt aus den unzusammenhängenden Sätzen seines Besuchers etwas Nachvollziehbares herausfiltern konnte, was obendrein dadurch erschwert wurde, dass der junge Mann im Fünf-Minuten-Takt versuchte, auf den Büroteppich zu kotzen, ohne dass sein Magen noch etwas hergab.

Die Zusammenfassung besagte, dass Niezen auf dem Schiff keinen lebenden Menschen angetroffen und den ersten Schock bekommen hatte, als er feststellen musste, dass es sich bei der roten Farbe, mit der ein großer Teil des Bodens und der Wände im Salon überzogen war, um getrocknetes Blut handelte. Im Teppich fand sich überdies eine Vielzahl von glatten Kerben, wie man sie zum Beispiel nach dem Holzhacken in einem Hauklotz erkennt. Als ihn die weitere Durchsuchung in den Lagerraum mit den großen Kühltruhen führte, die noch aus der Zeit stammten, als der Voreigner das Schiff an Anglergesellschaften vercharterte, stieß er dort auf die eingefrorene Leiche seines Onkels, der man gewaltsam die Brust geöffnet und einiges an Innereien daraus entfernt zu haben schien, die um die Truhe herumlagen.

Als Niezen mit seinem Bericht so weit gekommen war, hatte de Witt plötzlich selber Schwierigkeiten mit seinem Gedärm. Er schaffte es aber dennoch, einen Notruf an die Rijkspolitie abzusetzen. Und Niezen gelang es endlich, so viel an Mageninhalt zusammenzubekommen, dass es für einige beeindruckende Flecken auf dem Büroteppich langte.

* * *

»Hej, besorg dir unbedingt die Zeitungen von morgen.« Harrys Anruf hatte mich aufgeschreckt, als ich am späten Nachmittag auf meiner Couch vor mich hindöste und mich nicht entscheiden konnte, ob ich noch mal zum Strand runtergehen oder lieber fernsehen sollte.

Mein Treffen mit Tal lag ungefähr einen Monat zurück, und ich war heilfroh, seitdem von der Sache nichts gehört zu haben. Die Zeit hatte mir geholfen, mein Dilemma zwar nicht zu vergessen, aber einigermaßen auszublenden. Ich hätte es begrüßt, noch viele ereignislose Monate wie den vergangenen hinter mich bringen und so die Hoffnung nähren zu dürften, dass wirklich und wahrhaftig diese unselige Periode ihr Ende gefunden hatte. Doch die Stimme meines Freundes ließ meinen Wunsch platzen wie eine Seifenblase.

»Was ist, bist du noch dran? – Ich habe eine Druckvorlage gesehen von einem Kollegen, der als Polizeireporter arbeitet.

Morgen kann das jeder nachlesen, aber ich dachte mir, dass du es verdient hast, so schnell wie möglich informiert zu werden. Also pass auf! Dieser Neffe von Meteren – na, wie heißt er doch gleich? – ist ja auch egal – also dieser Neffe wundert sich, dass man ihn an der *Mona Lisa* immer abwimmelt, wenn er seinen Onkel sehen will, der sich ewig nicht bei ihm gemeldet hat. Schließlich kommt ihm das so spanisch vor, dass er sich an den Hafenmeister von Enkhuizen wendet. Der beruhigt ihn, weil er ... ach verdammt, das ist alles viel zu lang für das Telefon. Am besten, ich komm gleich selber vorbei und erzähl dir alles. Aber ich sag dir jetzt schon, du wirst es kaum glauben!«

Harry war pünktlich, und er behielt recht. Ich konnte es auch nach der zweiten Wiederholung seiner Story nicht glauben.

Dass man aus dem schmierigen Meteren eine saubere Leiche gemacht hatte, konnte mich nicht beeindrucken. Diesen Vorgang hatte ich schließlich selber hautnah miterlebt. Aber ganz so sauber war sie dann wohl doch nicht mehr geblieben. Harry, der aufgrund seiner Beziehungen die originalen Tatortfotos hatte in Augenschein nehmen können, war von ihnen so beeindruckt, dass er alleine mehrere Minuten brauchte, mir den Zustand des im Eis konservierten Körpers mit dem aufgebrochenen Thorax und die Kühlkammer mit den darin verteilten Organen plastisch vor Augen zu führen. Dieses surreale Gemälde einer mittelalterlichen Hinrichtung wegen Hochverrats haute mich um.

Natürlich war ich nicht so naiv anzunehmen, Meterens einziges Erpressungs-, Betrugs- oder sonstiges Opfer zu sein. Ich konnte mir vorstellen, dass sich aus dieser Klientel bequem ein doppelstöckiger Reisebus füllen ließe, dessen Insassen alle gerne eine Tour zu seinem Friedhof unternehmen würden, um auf sein Grab zu spucken. Und trotzdem ist es noch etwas ganz anderes, eine Leiche so zu verstümmeln und sie in einem Kühlraum zu konservieren.

Ich konnte es auch am nächsten Tag nach der Lektüre von drei verschiedenen Zeitungen noch kaum glauben, bis *Kabelkrant* am Nachmittag auf Teletext eine entsprechende Bestätigung brachte.

Und damit bekam das Bild, das ich nie gesehen, das sich aber trotzdem aufgrund von Harrys Schilderung in mein Gehirn gebrannt hatte, übergroßes Gewicht. Was und wer alles gingen da um, und vor allem, wie weit würde das noch führen? Und war etwa ich, zumindest zum Teil, für etwas verantwortlich, dessen Ausmaß und Folgen ich nicht übersehen konnte? Konnte sich da eventuell etwas zu einem Bumerang entwickeln, der mich dann treffen würde, wenn ich gar nicht mehr damit rechnete?

Meine Überlegungen führten zwar in der Sache zu keinem Ergebnis, vermittelten mir aber die Erkenntnis, dass nicht die Eule, sondern der Strauß der klügste Vogel der Welt war, wenn auch sein Verhalten noch dahingehend perfektioniert werden musste, dass er den Kopf in den Sand einer Gegend steckte, in der ihn niemand vermuten würde. Klar, dass ich irgendwann nicht darum herumkäme, mit Tal Kontakt aufzunehmen. Aber nicht jetzt und nicht in nächster Zeit, in der ich mich in dieses intelligente Tier zu verwandeln gedachte.

Am selben Abend goss ich ausgiebig meine Blumen, schloss meine Haustür ab, setzte mich in meinen Wagen und fuhr auf unbestimmte Zeit in die Schweiz, ein Land, das mich zeitlebens angewidert hatte, wo ich mir ein kleines Dorf suchen würde, in dem ich vorher noch nie gewesen war.

Epilog

STAUB ZU STAUB

13. Kapitel

Es war ein neuer ominöser Brief, den ich in dieser Angelegenheit bekam, und er war der bei Weitem angenehmste.

Morgen Abend, 20.00 Uhr, Tsaar Peter de Grote.

In Fotokopie war der Ausschnitt eines Stadtplans von Amsterdam beigefügt, der die genaue Position mit einem gelben Pfeil markierte. Mehr stand nicht drin, aber mir genügte es.

Das Lokal mit diesem Namen lag am Rande der sogenannten Rosse Buurt, dem Rotlichtviertel der Hauptstadt. Nicht zu nah dran, um noch dem Puffmilieu zugerechnet werden zu können und dadurch die Klientel abzuschrecken, die in Begleitung ihrer Ehefrauen war. Aber nah genug, dass sich ausreichend Vergnügungssüchtige zum Abschluss eines schönen Tages hierhin verirren konnten.

Den Namen fand ich ausgesprochen passend. Immerhin hatte sich der Star aus *Zar und Zimmermann* ja tatsächlich in diesem Land mal als Schiffsbauer versucht und bestimmt den einen oder anderen Klompen mit eigener Hand geschnitzt.

Der Eingang befand sich drei Treppenstufen oberhalb des Bürgersteigniveaus und wurde von einer Neonreklame erhellt, die eine stilisierte Zarenkrone symbolisierte. Der Mitarbeiterstab war eine tour de force durch die Volksstämme der ehemaligen Sowjetunion.

Die Garderobe hatte man mit einer europäisch anmutenden Schönheitskönigin besetzt, deren slawische Wangenknochen und vollen Lippen das redensartliche Tüpfelchen auf dem I darstellten. Das schlichte, schwarze Kleid musste ihr ein kluger Mensch anempfohlen haben, um durch nichts von ihrer umwerfenden Wirkung abzulenken. Sie schien ehrlich enttäuscht, mir keinen Hut oder Mantel abnehmen zu können.

An der Tür zum Saal empfing mich ein gedrungener Mann, bei dem die Schlitzaugen in seinem breitflächigen Gesicht an einen Mongolen, die Bögen seiner Beine jedoch an einen turkmenischen Reiter denken ließen. Er trug eine lange, gelbe Seidenjacke mit Verschnürungen, wie man sie von Operettenbuffos kannte, und sein abgeklärt-hinduistisches Lächeln ließ in mir die Überzeugung reifen, dass sich seine Kappe, sollte sie diese Glaubensrichtung teilen, bestimmt noch an ihre früheren Inkarnationen als Kaffeewärmer oder samtüberzogene Keksdose erinnern konnte.

Der in die Breite gehende, ovale Raum lag etwa einen halben Meter tiefer als die Bühne und war, von der Tanzfläche abgesehen, mit niedrigen Tischen bestückt, um die sich jeweils vier dick gepolsterte Sessel gruppierten. Der Asiate führte mich zu einem Tisch in der ersten Reihe und brachte mir sodann unaufgefordert einen doppelten Wodka in einem geeisten Glas.

Ich nahm einen Schluck, ließ den ausgezeichneten Stoff genüsslich über die Zunge rollen, und gab mir selbst den Startschuss zum abendlichen Wellnesserlebnis.

Auch das übrige Programm war bereits in Gang.

Auf der Bühne standen sechs Rimskis und korsakowten sich die Seele aus dem Leib. Ihre Kostüme entsprachen dem, was sich hierzulande der kleine Piet unter einem waschechten Donkosaken vorstellte. Roter Kittel, graue Persianermütze, glänzend schwarze Stiefel. Ich fragte mich unwillkürlich, ob wenigstens die Gewehrpatronen in den Halteschlaufen auf der Brust echt waren und es sich nicht um überalterte Frikandeln handelte. Nachdem sie mit dem Hummelflug fertig waren, gesellten sich vier ihrer Klone dazu, gingen in die Knie und führten eine

Art Ententanz auf, wobei sie aus denkbar unbequemen Positionen ihre Beine in die Luft schleuderten, begleitet von einem so strahlenden Lächeln, als hätte man gerade ihren Asylantrag positiv beschieden. Als sie nach fünf Minuten noch nicht aus der Puste waren, hatten sie mich davon überzeugt, dass ein Dasein als Kosak für mich niemals infrage kommen würde.

Für die Jungs da oben war aber noch lange nicht Schluss. Es erschien eine bezopfte, mandeläugige Schönheit in einer Ich-denke-oft-an-Piroschka-Aufmachung und drückte jedem einen Säbel in die Hand, mit denen sie zu den Klängen von Aram Chatschaturjan weiter herumhopsen und die Dinger im Takt aneinander hauen konnten. – Danach machten sie immer noch keine Pause.

Ich war vom bloßen Zuschauen so erschöpft, dass ich gar nicht gemerkt hatte, wie Tal sich neben mir niedergelassen hatte. »Gefällt Ihnen die Show?«

»Sagen wir mal so, für meinen Geschmack war bis jetzt das Beste das Mädchen an der Garderobe.«

Der Gesichtsausdruck des abgebrühten Profis verklärte sich für eine Sekunde. »Fräulein Irina.«

»Der Rest ist für mich ein bisschen zu viel Zarewitsch und Es-steht-ein-Soldat-am-Wolgastrand.«

»Wunderbar! Dann haben wir genau den Nerv getroffen. Nostalgie steht nämlich wieder hoch im Kurs. Wenn sich herumspricht, dass wir den Leuten hier eine Operettenwelt wie in der guten alten Zeit bieten, ist das eine Goldgrube. – Und um beim Soldat am Wolgastrand zu bleiben: Die Meisten unserer Gäste sind übrigens Landsleute von Ihnen. Für mich ein deutliches Zeichen, dass man uns eher als Partner und nicht mehr als die Gefahr aus dem Osten ansieht.«

Warum auch? Für diese Rolle brauchten wir nach dem Mauerfall doch keine Russen mehr. Seit Dschingis Khan hieß die größte Bedrohung deutscher Kultur, die aus dieser Richtung kam, Mario Barth.

»Jedenfalls ist Ihr Wodka spitze.«

»Klar, es ist ja auch schwedischer.«

Wir lachten, prosteten uns zu, und der Mongole brachte zwei neue Gläser. Ich fühlte, wie der Stoff auf eine wohltuende Art meinen Magen erwärmte und mich mit einer schwebenden Entspanntheit versorgte, wie ich sie in den letzten Monaten leider viel zu selten erlebt hatte. Allmählich sollte ich in der Lage sein, meinen Geist durch den allwissenden Russen umfassend erleuchten zu lassen.

»Offengestanden kam Ihre Einladung für mich ein wenig überraschend. In den vergangenen Wochen, seit ich zurück bin, hat sich bei mir nichts getan, ich habe nicht mehr das Geringste gehört. Also was feiern wir hier eigentlich?«

»Genau das – und dass dieser Zustand auch in Zukunft andauern wird. Doch vor allem feiern wir Ihre wiedergewonnene Unabhängigkeit.«

Mit diesen Worten schob er mir einen kleinen Karton zu, der für seine geringen Abmessungen relativ schwer war. »Ich habe mir die Freiheit genommen, sämtliche Fingerabdrücke zu beseitigen. Sie können ihn sich ruhig hier am Tisch ansehen, wir sind ganz unter uns.«

Was im Klartext bedeutete, kein Zeuge würde es jemals wagen, eine Tal oder einen seiner Freunde belastende Aussage zu machen.

Also tat ich wie geheißen – und tatsächlich, da war er, der Bulldogrevolver, den ich anhand der Absplitterung am Griff zweifelsfrei als mein Eigentum identifizierte.

»Nehmen Sie die auch noch dazu, diese ominöse Kugel, die von sich behaupten kann, mal aus einer Windbüchse abgeschossen worden zu sein.« Tal hatte einen winzigen, durchsichtigen Plastikbeutel aus der Tasche gezogen, der einen grauen Metallklumpen von höchstens einem Zentimeter Durchmesser enthielt.

Ich mochte gar nicht daran denken, wo das Ding vorher gesteckt hatte, aber Tal ließ mir mit seiner Erklärung keine Chance, das durch Harrys Erzählung in meinem Schädel eingepflanzte Bild daraus zu verbannen.

»Es liegt auf der Hand, dass es Bertram nur möglich wäre, Ihre Täterschaft bei der Ermordung Meterens zu konstruieren, wenn sich beweisen ließe, daß die Kugel, die ihn tötete, aus einem Revolver mit Ihren Fingerabdrücken stammte. Den Revolver hatte er, die Leiche hatte er auch, und für eine sichere Beweiskette musste die Kugel in ihr stecken bleiben. Wie Sie wissen, musste er die Kühltruhe dafür nicht extra anschaffen. Dadurch verweste die Leiche nicht, aber trotzdem war es noch eine ziemliche Schweinerei, in den Innereien herumzuwühlen, um dieses kleine Stückchen Metall zutage zu fördern. – Nun, wie sieht es aus, kann man uns Russen vielleicht doch ein wenig vertrauen? – Ach ja, und das hier noch, so als kleiner Gimmick zum Abschluss.«

Es war, soweit ich das beurteilen konnte, das Originaldia von Vogelsplein, mit dem meine Misere begonnen hatte.

»Ich würde es an Ihrer Stelle erst gar nicht mit nach Hause nehmen.«

Das tat ich dann auch nicht, sondern bediente mich an Ort und Stelle des Dupont-Feuerzeugs meines Gastgebers.

»Sie sind ein wahrer Magier, Herr Tal. Dann ist jetzt wirklich alles beendet, jedenfalls soweit es mich anbelangt?«

Tals langsames, zufriedenes Nicken war so inhaltsschwer, dass es keines Wortes der Kommentierung bedurfte.

»Und, ist Ihre Mission in eigener Sache auch annähernd erfolgreich verlaufen?«, fragte ich.

Wenn überhaupt möglich, hatte sich sein Wohlbefinden noch gesteigert. »Das kann man durchaus so sehen.«

»Dann wird das Hotel also gar nicht gebaut?«

»Ganz im Gegenteil, es ist bereits zur Hälfte fertiggestellt. Wir übernehmen dabei sogar gewisse Installationsarbeiten, wenn Sie verstehen, was ich meine.«

Selbstverständlich verstand ich nicht die Bohne. »Aber es war doch immer Ihr vordringlichstes Ziel, einen solchen Wallfahrtsort für Nazis zu verhindern. Und jetzt wollen Sie ein derartiges Projekt auch noch fördern?«

»Nein, das will ich nicht. Ich will es mir nur nutzbar machen. Erinnern Sie sich an unsere Unterredung damals in der Waldwirtschaft, als ich Ihnen erklärt habe, dass die Asche ein ganz ausgezeichneter Köder ist, um die Identität unserer Feinde festzustellen? Exakt darum geht es. Klar, es soll kein Dauerzustand werden, den wollen wir ja gerade nicht. Aber es wird eine zeitlich begrenzte Ausstellung geben, so etwa drei Monate, dachte ich mir. Das richtet einerseits keine Spätschäden an und komprimiert andererseits den Aufmarsch unserer potentiellen Widersacher auf einen überschaubaren Zeitraum. Danach verwandelt sich das Hotel Bergblick dank Ihrer CD in einen harmlosen Wellnessbetrieb für jeden, der sich die Preise leisten kann.«

Langsam dämmerte es mir. »Und die Installationen, von denen Sie eben geredet haben und die vermutlich bloß diese drei Monate durchhalten müssen, sind natürlich auf dem neusten Stand der Observationselektronik.«

»Worauf Sie sich verlassen können. Kameras und Mikrofone in jedem Zimmer. – Und denken Sie dabei bitte nicht zu schlecht von uns. Das ist kein Wiederaufleben des Kalten Krieges. Der Witz dabei ist, dass alles in Absegnung durch den Verfassungsschutz passiert, der zum Dank jede gewünschte Kopie erhalten wird.«

Danach stellte ich keine Fragen mehr, und der Rest der Nacht wurde ausschließlich von erfreulichen Dingen bestimmt, zu denen unter anderem auch Alkohol und Musik gehörten.

* * *

In den Zeitungen tauchten zwar hin und wieder kleine Anmerkungen auf, die Polizei habe immer noch nichts über das Schicksal des Sekretärs des ermordeten Carolus Augustus Meteren in Erfahrung gebracht, ginge aber nach wie vor vielversprechenden Hinweisen nach. Die Artikel ließen keinen Zweifel daran, dass die Polizei in dem untergetauchten Bertram Houtenbos den Tatverdächtigen Nummer eins sah. Als Motiv standen für sie umfangreiche Unterschlagungen fest, da praktisch das komplette Vermögen auf Bertrams Namen lief. Meteren musste ihm auf die Schliche gekommen sein und ihn zur Rede gestellt haben, ein Fehler, der sein Schicksal besiegelt hatte.

Ich war mir allerdings sicher, dass Bertram nie wieder auftauchen würde, und das im wahrsten Sinne des Wortes. Stattdessen konnte ich mir sehr gut vorstellen, dass einige Fischarten im Markermeer neuerdings einen Usbeken als ihren besten Freund betrachteten.

* * *

Seither bekam ich unregelmäßig Einladungen in Tals Nachtclub, denen ich bisher auch dann nicht nachgegangen war, wenn es mir zeitlich in den Kram gepasst hätte. Es waren ausnahmslos die üblichen standardisierten Reklameflyer in neutralen Umschlägen mit Klebeadressen, wie sie bevorzugt Stammkunden und immer dann erhalten, wenn etwas anstand, das heutzutage »Event« genannt wurde.

Der bisher letzte Brief in dieser Angelegenheit erreichte mich vor drei Tagen, war außerordentlich erfreulich, und würde mich von meiner Routine abweichen lassen. Er enthielt die übliche vorgedruckte Einladung für den kommenden Samstag ins *Tsaar Peter de Groote* zu einer Verkostung von diversen Wodkasorten aus sieben verschiedenen Ländern. Hinzugefügt war diesmal jedoch eine kurze handschriftliche Anmerkung in weiblich geschwungener Schrift: *You can leave your hat on*.